UNE DETTE À PAYER

CLARISSA WILD

Copyright © 2021 Clarissa Wild
All rights reserved.
ISBN: 9798763451160
Titre original: A Debt Owed

Ce livre est une œuvre de fiction. Tous les noms, les personnages, les lieux et les incidents décrits sont le produit de l'imagination de l'auteur. Toute ressemblance avec des personnes existantes ou ayant existé, des choses, des lieux ou des événements réels, ne serait qu'une coïncidence. Tous les personnages de ce livre ont dix-huit ans ou plus.

Ce livre électronique est uniquement destiné à votre plaisir de lecture personnel. Il ne peut être revendu ni donné à d'autres personnes. Si vous souhaitez partager ce livre, veuillez acheter un exemplaire supplémentaire pour chaque destinataire. Si vous lisez ce livre sans l'avoir acheté, ou s'il n'a pas été acheté pour votre usage exclusivement, veuillez vous rendre sur le site de vente et acheter votre propre exemplaire. Merci de respecter le travail de cet auteur.

PLAYLIST

« Hostage » de Billie Eilish
« Lovely » de Billie Eilish ft. Khalid
« Six Feet Under » de Billie Eilish
« Bury A Friend » de Billie Eilish
« Dinner & Diatribes » de Hozier
« Movement » de Hozier
« Power » de Isak Danielson
« Burn » de Cody Crump
« Hurts Too Good » de Ruelle
« Game of Survival » de Ruelle
« Daydream » de Ruelle
« Dangerous Woman » d'Ariana Grande
« Skyfall » d'Adele
« For The Damaged Coda » de Blonde Redhead
« Call Out My Name » de The Weeknd
« Handmade Heaven » de MARINA
« Style » de Taylor Swift
« Last Stand » de Kwabs

PROLOGUE

EASTON

Quelques semaines plus tôt (âge : 25 ans)

Je ne peux m'empêcher de dévisager la jolie fille riche aux cheveux roses qui danse sur la photo, en page cinq du journal que je tiens entre les mains.

« L'héritière Davis fête son anniversaire alors que l'entreprise de son père est au bord de la faillite. »

Un rictus mauvais me monte aux lèvres quand je découvre ce titre. Enfin, voilà quelque chose d'intéressant. C'est comme ça que je vais mettre un pied dans la porte... c'est comme ça que je vais détruire son entreprise de plusieurs millions de dollars et faire main basse sur la fille.

Charlotte Davis. La fille de mon ennemi juré et mon

obsession de toujours.

Dès l'instant où nous nous sommes rencontrés, au mariage de son père, j'ai su immédiatement qu'elle était faite pour moi. Ça n'a jamais été un choix, même si elle en est persuadée. Elle croit pouvoir décider de son destin, mais elle se trompe.

J'ai travaillé d'arrache-pied pendant des années pour bâtir un empire dans le seul but de détruire Davis Holding et de mettre la main sur Charlotte. Et j'obtiendrai ce que je veux.

Froissant le journal dans mon poing, je me lève pour le jeter.

Il est temps de passer quelques coups de fil et de me mettre sérieusement au boulot.

UN

Charlotte

Aujourd'hui (âge : 23 ans)

Enfermé dans une cage, un oiseau ne sera jamais heureux. Un jour, il s'envolera dans le néant.

Dans ce café où m'attend mon père, je me sens comme un oiseau en cage. Rien que son regard m'étouffe, et une fois de plus, j'ai du mal à respirer.

Rien n'a changé.

Je n'aurais pas dû venir en réponse à son appel de détresse. Mais je ne peux plus faire marche arrière maintenant. C'est trop tard, il m'a déjà vue.

Et s'il avait quelque chose d'important à m'annoncer ? S'il était malade ou à l'article de la mort ?

Je ne veux pas être cette fille sans cœur qui se dérobe à la dernière occasion de voir son père et passe à côté d'une ultime chance de rapprochement. Tout le monde cherche éperdument à aimer ses parents, même les plus dysfonctionnels, ceux qui utilisent les autres et les brisent sans la moindre hésitation. C'est mon père tout craché... et pendant des années, je l'ai laissé faire.

Mais plus maintenant. Grâce à mon dur travail, je peux enfin vivre par mes propres moyens sans son aide, et j'en suis très fière.

Dans ses yeux, cependant, je ne perçois aucune fierté, rien d'autre que le malheur et la haine.

— Charlotte, marmonne-t-il alors que je me penche pour l'embrasser sur les deux joues. Assieds-toi, il faut qu'on parle.

Il claque des doigts vers la serveuse, qui le foudroie du regard.

C'est ce qu'on appelle aller droit au but, cher père.

— Bonjour à toi aussi, dis-je avec sarcasme.

Seigneur, ça fait si longtemps que nous ne nous sommes pas vus. Je me rappelle pourquoi, maintenant.

— Comment ça va... au *travail* ? demande-t-il avant de se racler la gorge comme pour me faire comprendre qu'il ne croit pas un instant à mes efforts acharnés.

— Ça va.

C'est un mensonge. À vrai dire, j'ai quitté mon

emploi dans un service de garde d'enfants pour fonder ma propre entreprise. Maintenant, j'aide les familles dans le besoin en leur offrant des fournitures et des conseils. J'aimerais faire quelque chose de plus gratifiant, mais les investisseurs sont difficiles à trouver... surtout parce qu'ils ne croient ni en moi ni dans mon projet. Pour l'instant, je puise sur mon compte d'épargne pour payer mon loyer, mais je ne suis pas prête à le lui avouer. Même si mes finances étaient dans le rouge, je ne lui demanderais jamais son aide.

— Comment va Elijah ? dis-je, esquivant le sujet.

— Ton frère ? Oh, il est... occupé, disons, comme toujours, répond mon père avec un geste évasif. Mais assez parlé de ça. Tu veux du café ?

Avant que je puisse répondre, il a déjà commandé pour moi.

— Un cappuccino.

Je n'aime même pas le cappuccino, mais je l'accepte.

— Merci, bredouillé-je. Alors, comment ça va, *toi* ?

— Pas génial, dit-il en avalant son café. Tout comme ce truc infect. Vous n'avez rien de meilleur ? grogne-t-il à la serveuse.

Elle hausse les épaules.

— Désolée, monsieur. C'est notre meilleur café.

— Trop fade, précise-t-il en roulant des yeux.

— Papa, murmuré-je.

A-t-il toujours été comme ça ? Sans doute. J'ai dû améliorer son image dans ma tête pour être capable de le supporter.

— Non, ils devraient proposer du meilleur café, ronchonne-t-il tandis que la serveuse dépose mon cappuccino devant moi.

— Pourquoi voulais-tu qu'on se rencontre ici si tu n'aimes pas cet endroit ?

— Parce que c'est la seule option que j'avais.

Il s'éclaircit la voix avant d'ajouter :

— Compte tenu de mon budget.

— *De ton budget ?*

Les sourcils froncés, je me penche en arrière sur mon siège.

— Attends, tu ne veux pas dire que...

— Les affaires ne vont pas bien, répond-il, me donnant le sentiment qu'il cherche à minimiser la situation. Mais tu le savais déjà. Je te l'ai dit tout à l'heure, quand je t'ai demandé de l'aide.

— Oui, dis-je en croisant les bras. D'ailleurs, je me rappelle précisément avoir dit non.

— Je le sais bien, mais écoute...

Il prend une grande inspiration et humecte ses lèvres fines.

— Je risquais de tout perdre. Alors, j'ai fait la seule chose que je pouvais encore faire, j'ai demandé et obtenu un prêt.

— Et alors ? En quoi ça me concerne ?

Je n'ai toujours pas touché à mon cappuccino. Je sais où tout cela va nous mener. J'ai presque envie de m'en aller tout de suite, mais je ne veux pas tirer de conclusions trop rapides.

— Ça te concerne de près, répond-il. Tu es mon dernier espoir.

— Sérieusement ? Et ta femme ? Elle ne peut pas participer ?

— Elle m'a quitté.

Il déglutit comme s'il ne s'y attendait pas du tout. J'arque un sourcil.

— Laisse-moi deviner, elle a filé avec tout ton fric ?

Il me regarde droit dans les yeux et je comprends que j'ai vu juste.

— Je m'en doutais, dis-je avec un soupir. J'ai essayé de te prévenir.

— Charlotte, fait-il sur le ton de l'avertissement. Tu es ma fille.

— Et alors ?

Je suçote ma lèvre inférieure. Il ne va tout de même pas jouer la carte des émotions, pas maintenant.

— Un prêt doit toujours être remboursé. Et les conditions de l'accord que j'ai passé stipulent que tu...

— Non ! Dis-moi que tu n'as pas fait ça, m'exclamé-je, le cœur battant.

Les lèvres pincées, il me regarde fixement. Je comprends que le mal est fait.

— Non, répété-je résolument. Hors de question. Comment oses-tu me faire encore un coup pareil ?

— Il est trop tard. L'accord est déjà conclu, répond-il.

Mon cœur s'arrête.

— Quoi ?!

Cette fois, c'est plus fort que moi. Je me lève et le gifle sans réfléchir. Le silence est retombé dans le café et tout le monde nous regarde, mais je m'en fiche.

— Je ne suis *pas* un objet que tu peux échanger contre de l'argent ! Je suis ta *fille* !

Je refuse de devenir la propriété de quelqu'un, comme un animal de compagnie. Je veux être indépendante, avec ma propre entreprise et ma propre vie. Aucun homme ne peut m'offrir cela, me rendre aussi heureuse que mon autonomie.

Mon père s'avance, mais je m'écarte avant qu'il puisse me prendre la main.

— Charlotte, tu seras heureuse avec cet homme. Je te le promets.

Mon père a toujours essayé de me contrôler en me disant quelle école fréquenter, comment m'habiller et quoi dire. Chaque fois que je désobéissais, il me grondait... parfois même, il me frappait.

Et maintenant, il est allé jusqu'à m'utiliser comme monnaie d'échange pour obtenir un prêt.

— Non. Tu ne peux pas dire ça. Tu ne peux pas me faire ça.

J'essaie de me ressaisir, de m'éloigner.

Au même instant, la porte de la salle s'ouvre et un homme fait son apparition. Il est beau, avec un costume bien taillé, des cheveux noirs ondulés, une fossette au menton... et un sourire terriblement arrogant.

J'écarquille les yeux et commence à bredouiller.

— Easton...

Easton Van Buren... Autrefois simple serveur ambitieux dans le restaurant de mon père, il est devenu un homme d'affaires à succès qui ouvre des clubs dans le monde entier. Nous nous sommes rencontrés à l'occasion du second mariage de mon père, quand nous étions encore deux gamins, et maintenant, nous nous retrouvons pour ce qui semble être... le mien.

— Bonjour, Charlotte, fait-il d'une voix traînante tout aussi malsaine que dans mon souvenir. Comme c'est gentil d'être venue. Pile à l'heure.

Non, c'est impossible. Pas ici... et pas avec *lui*. Même si sa démarche et sa façon de parler lui donnent un petit côté James Bond, je sais qu'il a des arrière-pensées, et qu'elles sont tout sauf bienveillantes.

Il s'approche et m'effleure le bras. On pourrait croire que ce n'est rien, mais les implications sont énormes.

— Toi, murmuré-je, encore sous le choc. Qu'est-ce que tu... ?

Il se lèche les lèvres et esquisse un sourire malicieux. Mais ses yeux... deux océans d'un bleu éblouissant qui ne montrent que mépris et vengeance.

— Non, soufflé-je.

— Si, répond-il à mi-voix. C'est moi qui ai prêté de l'argent à ton père et c'est *toi* que je veux en paiement de sa dette.

Pendant quelques secondes, je le dévisage bêtement. Puis, par instinct, je lève la main pour le gifler, mais il me saisit le poignet avant même que je puisse tendre le bras.

— Voyons, Charlotte. Ce n'est pas gentil. Ton père ne t'a pas appris les bonnes manières ?

Je lui crache au visage.

— Connard.

Il essuie le crachat d'une main.

— Eh bien... je vais devoir te les apprendre moi-même.

Mon père s'éclaircit la voix comme pour attirer son attention.

— Dois-je en déduire que tu acceptes cet accord ?

— Oh, oui.

L'intonation de sa réponse me donne le frisson.

— Quoi ? bredouillé-je.

Je n'en reviens pas. Il m'a vraiment vendue à ce loup richissime pour de simples raisons financières ?

— Je ne suis pas une monnaie d'échange ! protesté-je. Comment oses-tu ?

Easton prend mon menton dans sa main et me répond :

— J'ose parce que je n'ai toujours eu qu'une obsession, te posséder. Maintenant, c'est enfin le cas.

Son petit sourire en coin me donne envie de le frapper, mais une fois de plus, il ne me laisserait pas faire.

— Je ne suis pas un objet. Je suis une personne, merde ! Et je ne suis pas d'accord avec tout ça.

Je ponctue mes propos par un regard lourd de sens.

— Hmm... il va falloir corriger cette insolence, déplore-t-il en passant la langue sur ses lèvres. Et je sais exactement comment faire.

Sur ce, il m'attrape le poignet et m'entraîne vers la porte.

— Lâche-moi ! m'écrié-je en lui frappant le bras, mais il est trop fort.

— Non, Charlotte. Tu es à moi maintenant, je peux faire de toi tout ce que je veux.

— Tu es dingue ? Tu crois pouvoir t'en tirer comme ça ? m'écrié-je en le foudroyant du regard. Tu ne me fais pas peur.

J'ouvre de grands yeux terrifiés lorsqu'il soulève un pan de sa chemise pour révéler un pistolet.

— Et maintenant, je te fais peur ? murmure-t-il.

Quand j'acquiesce, effrayée, le sourire qui lui vient ressemble à celui du diable.

— Bon, alors ne fais pas d'esclandre, obéis-moi et personne ne sera blessé.

— Tu essaies de me vendre, papa ! S'il te plaît, lancé-je comme un dernier appel à l'aide.

Mais mon père ne peut plus rien pour moi.

— Charlotte, fais ton devoir envers ta famille.

Je regarde la serveuse, la seule qui me semble encore capable de m'aider, mais elle nous ignore complètement. Easton a certainement acheté son silence.

— Charlotte... ajoute mon père. Fais-le. Pour moi.

S'il te plaît.

Ce dernier mot me frappe de plein fouet et je cesse de me débattre sous la poigne d'Easton. Mes poumons se gonflent et se vident à un rythme étourdissant tandis que j'affronte le regard franc de mon père. Il ne m'a jamais implorée. C'est la première fois... et sûrement la dernière.

Easton se penche vers moi et chuchote à mon oreille des paroles bien sombres !

— Ton père a vendu son âme à son entreprise et il en a payé le prix ultime.

— Comment ça ?

— S'il ne t'avait pas vendue pour rembourser sa dette... il aurait perdu la vie.

Je reste abasourdie alors que la culpabilité transparaît dans les yeux de mon père. Il ne m'a jamais regardée ainsi... comme s'il m'était infiniment redevable. En effet, il me doit la vie. Et maintenant, je dois payer par la mienne.

— Non, murmuré-je, les larmes aux yeux. Sa vie ou la mienne ? Non, je ne peux pas faire ça. Ne me demande pas ce choix, s'il te plaît...

J'essaie de supplier mon père, mais il détourne le regard, manifestement abattu.

Mes genoux se dérobent et je dois faire un effort pour ne pas m'effondrer sur le sol.

— Tu peux voir les choses autrement, dit Easton en resserrant sa main autour de la mienne. Au moins, vous allez survivre tous les deux, et tu pourras dire que tu as sauvé la vie de ton père.

Je secoue la tête. Je n'en reviens pas qu'Easton ait fait une chose aussi abjecte. Comment un garçon si doux et innocent a-t-il pu devenir un homme aussi mauvais ?

— Tu es un monstre.

Une fois de plus, sa langue vient humecter ses lèvres parfaites.

— Ne t'inquiète pas, Charlotte... Ce monstre prendra bien soin de toi.

Après quoi, il m'entraîne hors de l'établissement en assenant :

— Maintenant, rentrons à la maison.

DEUX

EASTON

Après des années de patience et de manigances, Charlotte Davis m'appartient enfin.

Je suis étonné par la facilité avec laquelle j'ai pu convaincre son père de me la céder. Avec un peu de pression et la menace sur sa vie, il me l'a livrée sur un plateau, comme si de rien n'était.

Mais pour moi, ce n'est pas rien. Loin de là. C'est mon petit trésor que je conserve et compte bien utiliser comme bon me semble.

Il y a longtemps, au mariage de son père, cette fille a volé mon cœur... puis elle l'a piétinée avec ses talons hauts à deux mille dollars, quelques années plus tard.

Je vais lui prouver que je suis capable de bonté. Et

bordel, je suis impatient de mettre les mains sur elle. Je me demande si quelqu'un l'a déjà touchée, si elle a déjà embrassé un homme... si elle est encore vierge.

C'était l'une des conditions *sine qua non* de notre accord et son père le sait. J'espère qu'il me dit la vérité en me jurant qu'il l'a tenue à l'écart des autres hommes pendant la majeure partie de sa vie. Je regrette de ne pas avoir pu l'enlever plus tôt. Je l'aurais volée à cet homme misérable il y a longtemps, si je l'avais pu, mais je n'ai pas toujours eu l'influence que j'ai maintenant.

Elle ne tardera pas à connaître l'étendue de mon pouvoir.

Un simple coup d'œil dans sa direction et elle se recroqueville, apeurée. Elle est assise à côté de moi, dans ma voiture. Elle me regarde toujours comme si j'étais le diable incarné.

Ma douce et innocente Charlotte, si crédule... elle ne connaît pas sa chance. Elle n'a absolument rien à craindre. Je vais la traiter comme la princesse qu'elle pense être, puis je la ferai ramper et me supplier de lui prendre sa virginité. Comment sera son goût ? Aigre, doux ? J'ai hâte de le découvrir.

Mais d'abord, nous allons manger. Je meurs de faim. Je n'ai rien mangé depuis ma descente de l'avion. J'ai dû faire tout ce chemin depuis les Pays-Bas jusqu'aux États-Unis rien que pour réclamer ma part du marché... elle.

Et maintenant, je suis impatient de la ramener chez moi et de la ravager tous les soirs. Nous allons vite nous remplir l'estomac, car un long voyage nous attend.

Quand notre voiture se gare devant le restaurant, je me racle la gorge en attendant qu'elle me regarde. Elle n'a toujours pas desserré les dents depuis que je l'ai forcée à monter dans la voiture, mais je suis sûr qu'elle a beaucoup de questions.

Je n'ai pas encore décidé si j'allais y répondre, mais elle n'a même pas essayé de m'en poser. Elle se détendra peut-être après le repas. Je suis sûr qu'elle a faim, car on dirait que son père ne lui a rien offert d'autre qu'un café.

— Nous y sommes, annoncé-je. Allons manger.

Je sors de la voiture et la verrouille avant de la contourner pour ouvrir sa portière. Je demande au chauffeur de rester dans le coin, car je tiens à ce qu'il soit disponible, prêt à partir à tout moment. Je veux aussi m'assurer qu'elle n'ira nulle part si elle essaie de s'enfuir.

Comme mes autres employés, il sait qu'il ne faut pas me contrarier. Tous ont été formés depuis le début à se taire et à respecter mon autorité. Ils n'ont pas le choix s'ils tiennent aux salaires généreux que je leur verse et à la sécurité de leurs familles.

Les menaces me servent toujours à obtenir ce que je veux et je n'en regrette aucune. J'ai travaillé trop dur pour obtenir ma richesse et mon pouvoir, ce n'est pas pour laisser qui que ce soit mettre en danger ma prospérité. Je me fiche de ce que les gens en pensent. Je prends ce que je veux et je le possède. Entièrement. Complètement. C'est le cas avec elle.

Je ne la veux pas simplement pour *elle*, pour son esprit, son charme et sa beauté.

Non, si je la veux, c'est pour pouvoir la contrôler. Pour l'utiliser dans mes moindres désirs et la faire plier à ma volonté. J'afficherai sa soumission au visage de son père et ce sera mon ultime vengeance.

Putain, comme j'ai hâte de voir les larmes sur le visage de ce connard.

C'était déjà magnifique de voir leurs regards se croiser au moment où il l'a donnée, le visage blême de l'une sous le choc de la trahison et la culpabilité déchirante de l'autre. J'aurais pu jouir sur place rien qu'en la voyant se trémousser contre ma poigne.

Je sais, je suis un affreux fils de pute, mais ça m'est égal. C'est cet homme qui a fait de moi le monstre que je suis aujourd'hui.

À cause de lui, *mon* père est mort... et il va payer.

Passant la langue sur mes lèvres, je la regarde fixement. Elle est toujours assise dans la voiture, les jambes et les bras croisés. Elle a la tête tournée vers la vitre de mon côté, où je me trouvais encore quelques secondes plus tôt. Elle peut bien m'éviter autant qu'elle le voudra, mais tôt ou tard, elle devra accepter ce que son père a fait. Il a renoncé à sa petite fille soi-disant précieuse, et maintenant, j'ai tout le loisir de la séduire et de la posséder.

— Tu comptes sortir ? demandé-je.

— Non.

— Tu veux que je te traîne comme je l'ai fait dans

ce café ?

Je ferme les yeux, un peu agacé.

— Parce que je le ferai si tu ne me laisses pas le choix.

Elle sort de mauvaise grâce en soupirant, me heurtant brutalement au passage. Je sais qu'elle essaie de prouver quelque chose, mais ça ne me dérange pas. Elle fera exactement ce que je lui demande, car en réalité, mes menaces ne restent jamais très longtemps au stade des mots... je les mets toujours à exécution. Et je pense qu'elle l'a compris, maintenant.

Je lui offre mon bras pour tenter de rester courtois et elle le prend à contrecœur. Pourtant, elle refuse toujours de me regarder. Ça ne fait rien... Nous y reviendrons plus tard, quand elle sera à genoux.

Je me penche sur le côté jusqu'à ce que mes lèvres effleurent son oreille.

— N'essaie pas de t'échapper ni de parler à quelqu'un. Sinon je te tue.

À ces mots, ses doigts s'enfoncent dans ma peau.

— Si tu te comportes bien, je te traiterai bien, chuchoté-je.

— Qu'est-ce qu'on va faire ? demande-t-elle après une grande inspiration.

La réponse n'est-elle pas évidente ? Alors, pourquoi cette question ?

— Manger.

— Et ensuite ?

Je suis amusé par l'arrogance dans sa voix.

— Tu verras, murmuré-je avec un sourire en coin. Viens.

Je la conduis dans le restaurant, jusqu'à une table, puis je lui fais signe de s'asseoir en face de moi sur une confortable banquette en cuir. C'est un établissement haut de gamme, contrairement à celui où nous étions avec son père. Je voulais souligner le contraste entre ce que je peux lui offrir et ce qu'elle a reçu de sa part pendant toutes ces années.

— Ça te plaît ? demandé-je en dépliant une serviette.

— Non, répond-elle du tac au tac. Quand est-ce que tu me laisseras repartir ?

Je ricane.

— Sérieusement, Charlotte ? Tu parles déjà de liberté ? dis-je en secouant la tête. Nos plats ne sont même pas arrivés. On mange d'abord, on parlera ensuite.

— Non, parlons tout de suite, décrète-t-elle en se redressant, les bras croisés dans une posture provocatrice. Tu pensais sérieusement que j'allais accepter ça ?

— Eh bien, oui.

Je m'éclaircis la voix alors que la serveuse arrive avec deux assiettes garnies de homards copieux.

— Merci, lui dis-je.

Charlotte ignore complètement son plat, les yeux rivés sur moi.

— Qu'est-ce que mon père t'a promis ?

— Toi, répliqué-je simplement en découpant mon homard avant d'en prendre une bouchée.

— Il n'aurait jamais accepté aussi vite. Je n'y crois pas.

— Libre à toi d'y croire. Quoi qu'il en soit, tu es ici *maintenant* et tu es à *moi*.

— Je ne suis à personne, rétorque-t-elle en regardant son homard comme s'il était toxique.

— On ne partira pas tant que tu n'auras pas mangé, dis-je en désignant son assiette.

— Je m'en fiche.

— Tu dirais la même chose si ton père mourait ?

Elle ouvre grand les yeux. Je savais qu'elle aurait toujours un point faible pour lui.

Oh, Charlotte... si douce et si naïve. Ce vieux rat t'a utilisée, maintenant il te jette en pâture aux loups, et toi, tu restes attachée à lui. C'est admirable... mais très bête.

— C'est ça ? C'est avec ça que tu vas me menacer ? demande-t-elle.

La rancœur est manifeste dans ses yeux.

Oui. Évidemment, putain ! Parce que mon père est mort pour le sien. Et je compte bien demander des comptes à la famille Davis.

— Si tu ne me laisses pas le choix, alors je le ferai.

J'ajoute un sourire pour faire preuve de gentillesse. C'est important pour moi. Parfois, je peux être gentil. Mais elle ne le saura pas tant qu'elle n'aura pas compris quelle est sa place.

— Super, dit-elle en levant les yeux au ciel.

— Écoute... Dis-toi que tu vas sauver une vie.

— En sacrifiant la mienne, répond-elle en serrant les dents.

— Je te promets que ça en vaudra la peine. Tu vas tellement aimer que tu ne voudras plus jamais partir.

Oh oui, je vais m'assurer que ça en vaille la peine pour elle.

— Tu es malade, lâche-t-elle en détournant la tête.

— Peut-être, ou alors tu m'obsèdes.

Bien sûr, elle a raison... à certains égards, je peux être un vrai malade, aussi tordu que cruel.

— Mais ce n'est pas moi qui ai causé tout ça, ajouté-je. C'est toi.

— Comment ? Qu'est-ce que j'ai fait pour mériter ça ?

— Tu sais très bien ce que tu as fait. Et maintenant, mange ton homard.

Je hausse les sourcils et elle découpe un morceau, qu'elle fourre dans sa bouche. Il lui faut un certain temps pour avaler, mais je la surveille attentivement et je ne manque pas le mouvement de sa gorge. Cela me fait penser à toutes les obscénités que je la forcerai à me faire quand nous serons seuls.

— Pourquoi est-ce que mon père avait besoin de *ton* argent ? Il aurait pu choisir quelqu'un d'autre avec une offre plus classique, dit-elle soudain. Pourquoi toi ?

Je lève les yeux, troublé.

— Il ne t'a rien dit ?

Ses narines frémissent, comme si elle était en colère contre moi parce que son père ne lui parle pas. Pourtant, c'est comme ça depuis toujours, elle doit bien le savoir.

— Non, répond-elle. Il ne m'a jamais fait part de ses décisions concernant l'entreprise.

Je termine le dernier morceau de mon homard et je dis :

— Les autres investisseurs ont tous perdu leur argent. La société de ton père a fait faillite.

Elle écarquille les yeux.

— Une vraie faillite ?

Il faut croire qu'il ne lui a jamais dit cela non plus.

— Sa femme lui a tout volé. Mais je tiens à récupérer mon investissement.

— Alors, je suis le lien… commence-t-elle, les yeux baissés sur son homard comme s'il lui renvoyait son regard.

— Oui, Charlotte. Mais je n'ai jamais rien voulu d'autre que toi.

— Et que veux-tu que je sois, ta femme ? répond-elle avec un ricanement narquois en harponnant un morceau de homard qu'elle mâche.

Pourtant, il n'y a pas de quoi rire. Je suis sérieux. Très sérieux. Et quand elle réalise que je ne ris pas avec elle, ses pupilles se dilatent et son visage devient livide.

Lorsqu'elle a avalé, je réponds :

— Oui. Tu vas devenir ma femme.

TROIS

Charlotte

9 ans plus tôt

Je n'ai jamais assisté à un mariage, mais s'ils sont tous aussi beaux que celui de mon père, j'aimerais participer à toutes les cérémonies. Je ne suis pas sûre que les autres familles m'accepteraient, mais avec un gentil sourire, ça pourrait passer.

La plupart du temps, je me débrouille. Mon père est trop occupé par son travail ou l'une de ses copines pour remarquer mon existence. En ce moment, c'est sa future femme. Elle a ses propres demoiselles d'honneur, alors je ne sers pas à grand-chose. Cela dit, je m'en fiche. Je préfère rester dans le public plutôt que sous les feux de la rampe, à côté de mon frère. Elijah rayonne en tant que témoin. Tiré à quatre épingles, il aime attirer tous les regards sur lui, mais je suis l'exact opposé. Je préfère rester seule, même si c'est impossible dans un mariage de cette ampleur.

C'est somptueux. Papa nous a fait venir par avion aux Pays-Bas pour que le mariage ait lieu ici, à Amsterdam. C'est sa ville préférée et il n'avait pas besoin de raisons supplémentaires. Une équipe hollandaise a organisé toute la cérémonie pendant qu'il se prélassait dans son manoir aux États-Unis. Quand nous sommes arrivés, il y a quelques jours, tout était prêt. Je suis même étonnée qu'il n'ait pas prévu sa lune de miel ici, aux Pays-Bas. Enfin, ça se comprend. L'architecture et les paysages verdoyants ne manquent pas de charme, mais la langue est difficile à comprendre et il pleut toujours dans ce pays plat. Honnêtement, je ne comprends pas pourquoi mon père aime tant cet endroit.

À vrai dire, je ne comprends pas grand-chose à ce que fait mon père. Comme cette femme, par exemple... Ce n'est pas du tout son genre. Beaucoup trop coincée, trop rafistolée par la chirurgie esthétique, sans compter qu'elle n'était pas là quand il a bâti son entreprise *ex-nihilo*. Elle doit surtout s'intéresser à son argent, mais il ne veut rien entendre.

Avec un soupir, je détourne le regard et mes yeux se posent sur un garçon inconnu. Il est à côté d'un adulte, près de la sortie. Ils regardent la cérémonie, sur la scène, et je devrais en faire autant, mais je suis soudain intriguée par leur présence. Ce sont des amis de mon père ? À moins qu'ils ne travaillent pour l'organisateur du mariage ?

L'homme a une main sur l'épaule du garçon, et tous deux regardent mon père et sa nouvelle épouse. Je ne me soucie pas de la cérémonie. Bien sûr, j'aime mon père, mais cette nouvelle femme... beurk.

Je ne la considère pas comme ma mère, et clairement, elle n'a pas intérêt à me demander de l'appeler maman. J'en parlerai à mon père après le mariage. En général, tant que ce n'est pas trop scandaleux, il accède à toutes mes demandes.

C'est presque inévitable, quand on a un père rarement présent. Il essaie de compenser en me couvrant de cadeaux et en me passant tous mes caprices, comme pour me faire croire qu'il joue bien son rôle. J'ai l'habitude. Je n'ai jamais connu d'autre vie, alors je souris et je fais avec. C'était pareil quand ma mère était encore en vie. Je ne vois pas pourquoi notre dynamique changerait maintenant que mon père va se remarier.

Je n'en reviens pas que cette femme ait réussi à le convaincre de l'épouser. En temps normal, à cause de son entreprise de plusieurs millions de dollars, mon père protège farouchement sa vie. Les croqueuses de diamants ne manquent pas et il vaut mieux les éviter. Je ferais la même chose si j'étais aux commandes.

Cela n'arrivera jamais. Je sais déjà que mon père

préfère que ce soit mon frère qui reprenne l'entreprise, *Davis Holding*. Il a souvent dit qu'Elijah était le plus intelligent, et il l'emmène toujours en voyage d'affaires, me laissant toute seule à la maison.

Ça ne me dérange pas. Je n'aime pas les préférences qu'il affiche, mais au moins, ça me procure une grande liberté. Quand je serai assez grande, je pourrai faire tout ce que je veux. Je me lancerai peut-être dans un tour du monde... ou alors, je créerai ma propre entreprise à partir de rien.

Et si j'épousais ce beau garçon, là-bas dans le coin ? Après tout, il m'a dévorée des yeux depuis que je me suis assise.

Moi non plus, je n'arrive pas à détourner le regard, même si la chaleur me monte aux joues. Avec son visage fin, ses yeux d'un bleu océan, la fossette de son menton et ses cheveux châtains, il est très beau... et ce n'est qu'un adolescent.

Je me demande comment il sera à l'âge adulte. Cela dit, je ne le reverrai jamais. Nous habitons aux États-Unis, et à l'évidence, il vit aux Pays-Bas. Il porte un simple jean et son père a un tablier autour de la taille. C'est peut-être le traiteur. J'imagine que son fils voulait simplement assister à la cérémonie.

C'est bien compréhensible, parce que c'est un mariage grandiose, avec des montagnes de roses et un décor clinquant. Connaissant la femme qui s'apprête à rafler la moitié de sa fortune, je parierais même que mon père a prévu des assiettes et des couverts en or. Elle aime tout ce qui brille. Ça se voit tout de suite, et franchement, ça me donne envie de vomir.

Après l'échange des alliances et un baiser maladroit, toute la salle applaudit et je me joins aux félicitations... même si je désapprouve complètement son choix. Enfin, si mon père est heureux, c'est le principal.

Les nouveaux mariés descendent l'allée et la foule sort dans le jardin magnifique où sont prévus les cocktails. Pour les adultes, du moins. Moi, je me contenterai d'un Coca au citron avec des glaçons.

Je m'empresse de rallier la table des boissons et je ne peux m'empêcher de sourire en y retrouvant le garçon qui me dévisageait quelques minutes plus tôt. Derrière la table, il est occupé à remplir des verres.

— Salut, me dit-il quand je lui lance un regard gêné.

Je me sens rougir et rabats une mèche de cheveux derrière mon oreille.

— Salut...

— Un, deux ou trois ? demande-t-il.

J'ouvre la bouche, mais je n'ai aucune idée de ce qu'il vient de me demander.

— Euh...

— Coca, thé glacé ou jus d'orange, m'explique-t-il en désignant les verres pré-remplis.

Je plisse les yeux.

— Alors, il n'y a pas d'options pour... des mélanges ?

— Si, bien sûr. Qu'est-ce que tu veux mélanger ? demande-t-il en faisant tournoyer une bouteille tel un serveur professionnel, comme si c'était un geste machinal.

Il me fait un clin d'œil et mon cœur s'emballe. Lorsqu'il s'apprête à mélanger deux verres, je m'empresse de l'arrêter :

— Non, je veux dire... un Coca avec une tranche de citron ? C'est possible ?

Je me mords la lèvre et il penche la tête.

— Normalement, on ne rajoute rien... mais je vais faire une exception pour toi, dit-il.

Son sourire est si sexy que mon cœur bondit presque dans ma poitrine.

Merde, Charlotte, ressaisis-toi.

— Un Coca citron, ça marche ! lance-t-il en faisant tourner la bouteille.

Il ouvre son réfrigérateur et en sort un citron avec une habileté experte.

— Tu fais ça souvent ? demandé-je. Ce n'est pas considéré comme... du travail de mineurs ou quelque chose comme ça ?

Il éclate de rire.

— J'ai seize ans. C'est assez vieux pour travailler à temps partiel, dit-il avec un sourire en coin. Et puis, je suis en vacances en ce moment, alors autant gagner un peu d'argent.

Je me sens bête après ma remarque.

Par-dessus mon épaule, il regarde un homme

debout derrière une grande table remplie de délicieuses pâtisseries.

— J'aide mon père au service restauration quand il en a besoin.

— Intéressant.

Je hoche la tête à plusieurs reprises, impressionnée.

— Tu sais, tu parles très bien anglais pour un Hollandais.

— Oh, je ne suis pas hollandais, répond-il.

— Oups, désolée, dis-je avant de me racler la gorge. Je n'aurais pas dû partir du principe que...

— Ça ne fait rien. On vient juste d'arriver des États-Unis, dit-il en haussant les épaules. Pour le boulot...

— Génial. Moi, je ne suis là que pour le mariage, mais je n'imagine même pas devoir apprendre la langue.

— Oh, ce n'est pas si difficile. En plus, c'est mon père qui m'apprend. Il a grandi ici.

Il se gratte la nuque avant d'ajouter :

— Mais je dois encore m'y faire.

— J'espère que ton père te paie bien. Tu le mérites, surtout avec tes talents de jongleur.

Un sourire malicieux étire ses lèvres.

— Un peu plus qu'il ne le devrait, mais en général, je remets la moitié dans son portefeuille quand il ne regarde pas.

— Waouh. Non seulement tu es doué au service, mais tu es aussi le meilleur fils dont un père puisse rêver.

Le charmant sourire avec lequel il me répond me

fait presque défaillir. Il est aussi adorable que gentil. Mon père devrait l'engager plus souvent – avec son père, bien sûr, on ne peut pas l'oublier.

— Alors... comment tu t'appelles ? demande-t-il soudain.

— Oh, euh, Charlotte.

Je glisse une mèche de cheveux derrière mon oreille. Délibérément, je ne précise pas mon nom de famille. Je ne veux pas qu'il sache que cet homme vaniteux qui vient de se marier est mon père.

— Easton Van Buren, me répond-il en tendant la main. Ravi de te rencontrer.

Nous nous serrons la main avant de nous sourire, un peu gênés. Heureusement, il enchaîne rapidement en me tendant mon verre, m'épargnant un moment d'embarras.

— On s'ennuie ferme, tu ne trouves pas ? souffle-t-il en riant.

— Oui.

J'essaie de ne pas lui donner l'impression que je connais de près tous ces gens. Je les connais un peu trop bien, et en cet instant, je le regrette. C'est vraiment trop gênant.

— Si j'avais autant de fric, reprend-il, je ne le dépenserais pas pour un mariage. Je voyagerais dans le monde entier ou je construirais ma propre maison. Je pourrais aussi lancer une chaîne de boîtes de nuit ou créer un fonds de charité, pourquoi pas ?

Je prends quelques gorgées de Coca.

— Un fonds de charité ? Pour quelle cause ?

— Les enfants dans la misère. Enfin bref... tout le monde se fiche de ce genre d'associations, dit-il en taillant des glaçons avec un pic à glace.

— Moi, ça m'intéresse.

Je resserre mon verre dans ma main et il détourne le regard de son bloc de glace.

— Vraiment ? Ou tu dis ça juste pour te donner un genre ? demande-t-il en haussant un sourcil.

— Non, non, je suis sincère.

Je prends une autre gorgée alors qu'il me demande :

— Donc si tu étais riche, tu donnerais de l'argent à mon association caritative imaginaire ?

Devant sa mine insolente, j'ai vraiment du mal à lui dire non.

— Bien sûr, dis-je en hochant la tête. Mais seulement si tu me jures que tu ferais la même chose.

— Ça marche, répond-il en tendant la main. Je le jure.

Putain, il est vraiment sérieux.

Une fois de plus, je lui serre la main.

— Marché conclu.

Son sourire est contagieux.

— Bon, maintenant, il n'y a plus qu'à savoir lequel d'entre nous va devenir riche en premier.

J'essaie de contenir un éclat de rire, mais c'est difficile. Je ne veux pas qu'il me prenne pour une prétentieuse qui se moque de lui. Bien sûr, si j'étais riche, je tiendrais parole, mais la fortune appartient à mon père et je doute qu'il veuille la dépenser pour une œuvre de charité.

— Ce connard qui se marie en ce moment s'en fiche complètement, j'en suis sûr. Tu es la première qui daigne adresser la parole au personnel.

— La première ? Ça m'étonnerait.

Il vient de traiter mon père de connard, mais je ne lui en tiens pas rigueur.

— Si, je te jure. Sans vouloir te vexer. Enfin, je ne veux pas être un connard, mais tu sais comment sont les riches...

Je frotte mes lèvres l'une contre l'autre. Franchement, je ne sais pas quoi dire.

— Charlotte !

La voix de mon père attire brusquement mon attention. Il me fait signe de le rejoindre.

— Oh, oh, marmonné-je lorsque le regard d'Easton se tourne vers lui.

Eh oui, le marié n'est autre que mon père. Ce qui fait de moi une fille riche pourrie gâtée.

Son sourire se dissipe lentement.

Nos regards se croisent à nouveau, et dans le sien, je vois bien ce qu'il pense. Il croit que je lui en veux d'avoir insulté mon père, mais en réalité, il a raison. À ses yeux, je suis une gosse de riche qui peut faire tout ce qu'elle veut. Le monde envie les gens comme moi, mais personne ne sait ce qui se passe derrière les portes closes. La vérité, c'est que je n'ai jamais vraiment connu certaines choses pourtant élémentaires comme les rapports humains chaleureux et le véritable amour.

Nous ne nous reparlerons sûrement jamais, tous les deux, même si j'en rêverais. Nos mondes sont trop différents, trop éloignés.

— Merde, bafouille-t-il. Je n'ai pas... Je n'étais pas...

— Je sais, dis-je en souriant comme si de rien n'était. Mon père est un con.

Il grimace.

— Je n'aurais pas dû dire ça, ajoute-t-il.

— C'est la vérité. Je suis bien placée pour le savoir. En plus, tu sais comment sont les riches.

Je lui fais un clin d'œil, mais ça ne rend pas la douleur moins forte.

J'aurais aimé que mon père ne m'appelle pas. Nous aurions pu continuer ce joli petit mensonge jusqu'à la fin de la soirée, et au moins, ce mariage aurait pu être amusant.

— Si ça peut arranger quelque chose, je ne pense pas du tout que tu sois comme lui, ajoute-t-il en se raclant la gorge.

— C'est-à-dire ? Une garce qui ne pense qu'à l'argent ?

Il s'humecte les lèvres et baisse les yeux sur les verres qu'il remplissait.

— Excuse-moi. Si j'avais su que c'était ton père, j'aurais...

— Non. J'aime savoir ce que les gens pensent de lui, dis-je en prenant une autre gorgée de Coca. Ça donne des conversations plus croustillantes.

Je repose mon verre et prends une grande inspiration lorsque mon père m'appelle à nouveau, cette fois un peu plus vivement.

— Charlotte ! Viens ici !

Je soupire tout haut.

— Bonne chance pour le travail aujourd'hui, dis-je en me retournant.

— Amuse-toi bien.

Je ne peux m'empêcher de deviner un brin de mépris dans sa voix.

Je ne lui en veux pas. Moi aussi, j'aurais l'impression qu'on s'est foutu de moi.

— Merci.

J'ajoute un sourire, mais il n'est pas sincère.

— J'espère que la nouvelle femme de ton père sera gentille avec toi. Tu le mérites, ajoute-t-il alors que je m'éloigne déjà. Je te promets que la prochaine fois, je ne serai pas aussi méchant !

En secouant la tête, je ris et lui lance par-dessus mon épaule :

— Intérêt !

Sur ce, je retourne auprès de mon père, dont le regard cinglant pourrait fendre la pierre. Les derniers pas qui me séparent de lui ressemblent à une marche de la honte, parce qu'il a l'air furibond.

— Tu aurais pu mettre plus longtemps encore ? Alors, tu ne comptais pas nous féliciter ? demande-t-il avec un regard noir.

— Oh, là... murmure Elijah, debout à côté de mon père. C'est gênant.

Il est toujours dans les parages quand je me fais remonter les bretelles. Il n'intervient jamais, même si je le regarde souvent droit dans les yeux. Comme en ce moment, par exemple. Mais il se contente de tourner les talons et de s'en aller. C'est typique, chez lui, de ne pas vouloir s'en mêler.

En levant les yeux au ciel, j'embrasse mon père et sa nouvelle femme.

— Toutes mes félicitations.

— Merci, ma chérie, répond-elle d'une voix de crécelle qui me donne la chair de poule.

— Qu'est-ce que tu faisais là-bas ? demande mon père. Tu discutais avec ce voyou ?

— Ce n'est pas un voyou, papa, dis-je, les sourcils froncés.

— Son père est traiteur. Tu n'as pas à parler avec un garçon comme ça.

J'ai horreur du jugement permanent de mon père envers les autres, comme si personne n'était jamais à la hauteur.

— Je peux parler à qui je veux.

Il saisit mon poignet et me force à m'approcher.

— Charlotte, arrête de te comporter comme une gamine.

Bon sang, il fait une scène, maintenant, et tout le

monde nous regarde. Je suis humiliée devant tous les invités.

— Je ne suis pas une gamine ! Arrête de me traiter comme ça.

Je me dégage d'un coup sec et ajoute :

— Et d'abord, je fais ce que je veux. Tu ne peux pas me contrôler.

C'est alors qu'il me gifle en plein visage. Là, devant tout le monde.

J'ai les joues en feu et les larmes ruissellent sur la trace rouge qu'il a laissée sur ma joue.

— Comment oses-tu ? Tu es en train de gâcher ce mariage parfait. Tiens-toi correctement.

— Tu viens de me frapper, marmonné-je en me touchant la joue.

— C'est ce qui arrive quand on joue les fortes têtes. Quand je te demande de ne pas parler à quelqu'un, Charlotte, tu dois m'écouter.

Il tend le doigt vers moi, comme pour ajouter du poids à ses paroles. En tout cas, c'est l'impression que ça me donne.

— Ne me fais plus jamais honte comme ça.

Après quoi, mon père et sa nouvelle femme se retournent et s'approchent des invités.

— Bon, et la musique ? C'est l'heure de notre première valse.

Les sourires reviennent sur tous les visages et chacun se dirige vers la piste tandis que je reste plantée là, la tête basse.

Lui faire honte... C'est tout ce qui compte pour lui, son image et sa fierté.

Et moi, j'ai écorné sa réputation rien qu'en me montrant polie avec une personne d'une classe sociale inférieure. Parce que c'est exactement ce qu'il pense, quand il regarde quelqu'un comme Easton. Pour lui, ce n'est qu'un employé qui ferait mieux de garder la bouche fermée.

Pourtant, ce n'est pas ce que je vois quand je le regarde en cet instant. La pitié et la compassion qu'il dégage en un seul regard suffisent à raviver mes sanglots. Je ne mérite absolument pas cette gentillesse et cette sincérité qui émanent de lui.

Et lorsqu'il entrouvre les lèvres pour dire quelque chose, depuis l'autre côté de la salle, je fais volte-face et détale en courant.

***

Charlotte

Aujourd'hui

J'ai rencontré ce garçon à l'occasion d'un mariage. Le cadre était pittoresque, avec de sublimes décorations, mais sous la pression de l'argent, tout est retombé comme un soufflé... tout, sauf lui. Ce garçon qui a réussi à égayer mon humeur alors même que j'étais déprimée par le choix de mon père et sa nouvelle femme toute en beauté plastique.

Je n'ai jamais compris pourquoi j'ai eu tellement envie de parler à ce garçon, ce soir-là, ni pourquoi il m'attirait autant. Je voulais peut-être que ma vie soit aussi simple que la sienne semblait l'être. Je voulais avoir un père comme le sien, sans doute, qui m'aimerait au lieu de m'humilier en me giflant devant tout le monde.

Ou peut-être qu'au fond de moi, je rêvais que ce garçon m'emmène loin d'ici, dans une vie plus belle.

Quoi qu'il en soit, je ne m'attendais pas à ce que ces souhaits se réalisent.

Maintenant, je me retrouve coincée dans un restaurant avec ce même garçon. C'est devenu un homme, indéniablement, avec un corps ciselé et un sourire en coin devant lequel les filles ont tout à coup envie de s'éventer.

À moi, il ne me fait rien du tout. Enlevée contre mon gré, je ne suis qu'un pion dans un plan d'ensemble visant à détruire l'empire de mon père. Et maintenant, il s'attend à ce que je l'épouse aussi, pour rembourser la dette de mon père.

Hors de question.

Je n'en reviens pas d'avoir craqué sur ce type quand j'étais plus jeune. Quand je vois ce qu'il est devenu... Ces hommes riches, tous les mêmes ! Une fois qu'ils ont de l'argent, ils se comportent comme des animaux, dévorant tout ce qu'ils rencontrent. Et maintenant, c'est mon tour de passer à la casserole.

Je n'ai pas l'intention de devenir sa femme. Mais je ne peux pas non plus le fuir, sous peine d'avoir le meurtre de mon père sur la conscience. C'est peut-être le pire des connards, mais il reste mon père et je tiens toujours à lui. Même s'il m'a maltraitée toute ma vie, je ne veux pas qu'il meure.

Mon père n'aurait jamais risqué sa propre vie pour de l'argent. Est-il allé le chercher ou est-ce l'inverse ? Après tout, peut-être qu'Easton a jeté son dévolu sur moi depuis le début.

— Dis-moi, honnêtement, est-ce que tu as accordé ce prêt à mon père *juste* pour m'avoir ?

Son sourire machiavélique en dit long.

— Je vois que tu n'es pas seulement une jolie princesse, mais que tu as aussi de la jugeote.

J'en ai la chair de poule. Je ne veux pas le croire, pourtant je n'ai pas le choix. Depuis toutes ces années qui ont suivi le mariage, il est resté obsédé par moi. Pourquoi, je me le demande, car on se parlait à peine, à de rares occasions seulement. Mon père n'a pas tardé à nous interdire de nous voir, et c'était la fin de l'histoire. Mais il faut croire qu'Easton ne l'a pas si bien pris.

— Alors, tu *voulais* que son entreprise se casse la figure. Tu l'as piégé ?

— Non, tout est sa faute, répond-il.

— Combien lui as-tu offert ? demandé-je, dégoûtée à l'idée de connaître le prix sur mon étiquette.

— Vingt millions.

Ma mâchoire se décroche et je m'efforce de ne pas trahir mes émotions, mais il est déjà trop tard, à en juger par la lueur diabolique dans ses yeux.

— Tu vaudrais bien plus que ça, sache-le, mais je ne voulais pas donner à ton père plus qu'il n'en méritait, ajoute-t-il d'une voix songeuse en essayant de saisir ma main, que je retire vivement de la table. Je te donnerai le monde si tu me laisses faire.

— Pas question, lâché-je.

— Tu dis ça seulement parce que tu es sous le choc. Mais tu changeras d'avis bien assez tôt, dit-il en se levant de sa chaise.

— Ça m'étonnerait.

Il secoue la tête comme s'il ne voulait rien entendre.

— Allez, viens. On s'en va.

— Où m'emmènes-tu maintenant ? dis-je avec une moue dépitée. Une autre virée fantaisiste ? Tu veux m'exhiber comme un putain de trophée ?

Il me tire de mon siège et passe fermement son bras autour de ma taille, me forçant à faire quelques pas avec lui.

— Chez moi... et je te promets que tu vas adorer cet endroit. Tu ne voudras plus jamais revenir en arrière une fois que tu y seras.

— *Cet endroit ?*

On dirait bien que c'est loin d'ici.

— Où ça ? demandé-je alors qu'il m'entraîne à l'extérieur, où la voiture nous attend.

Il ouvre la portière et répond d'une voix grave :
— Aux Pays-Bas.

Avant que je puisse ajouter un mot, il me pousse dans la voiture et referme derrière moi.

QUATRE

Charlotte

Je pense souvent à m'échapper. À chaque tournant, chaque fois que je sors d'une voiture, que je traverse un couloir, que je franchis une nouvelle porte... je songe à m'enfuir.

Mais aussitôt, l'image du corps de mon père dans un cercueil me revient et j'hésite. Et puis, ce moment passe.

C'est comme ça depuis des heures, depuis que l'on m'a escortée jusqu'à la piste d'atterrissage.

En quelques minutes, nous sommes montés dans un jet privé qui a décollé et vole à présent en direction de l'horizon. Tout s'est passé à une vitesse vertigineuse.

Comment ai-je pu me laisser embarquer là-dedans ?

Easton a menacé la vie de mon père... mais serait-il vraiment allé jusqu'au bout ? Irait-il réellement jusqu'à le faire tuer pour me prouver qu'il met ses menaces à exécution ? Qui pourrait être aussi cruel ?

La réponse me dévisage en cet instant depuis le siège juste en face du mien : cet homme, qui me garde en otage pour son seul plaisir.

Pourquoi voulait-il tant m'avoir ? Nous nous connaissons à peine et nous ne nous sommes vus que quelques fois.

— À quoi penses-tu ? demande-t-il soudain, interrompant le fil de mes pensées.

Je change de position sur mon siège et prends une grande inspiration.

— Qu'est-ce que j'ai fait pour que tu aies envie de moi à ce point ? Qu'est-ce que j'ai de si spécial ?

Son index se pose juste sous ses lèvres, soulignant le sourire qui y apparaît.

— Tout.

Son assurance me fait rougir. Je ne devrais pas, parce que ce n'est pas un compliment, mais personne ne me dit jamais ce genre de choses en face et je suis désarmée.

— Tu devrais être flattée que je te désire, ajoute-t-il.

C'est tout le contraire, j'ai envie de vomir. Mon estomac se noue comme si quelqu'un avait enroulé une corde autour de mon corps et tirait de plus en plus fort, me coupant la respiration.

Je suffoque, ou du moins, j'en ai l'impression... Comme si j'étais prisonnière d'un coffre, détenue par un homme qui ne m'en sortirait que pour jouer de temps en temps.

Un frisson parcourt ma colonne vertébrale à l'idée de ces moments de jeu. Que prévoit-il de faire avec moi une fois que nous serons mariés ? Et le moment venu, serai-je capable de résister ?

Je regarde par le hublot alors que nous survolons l'océan, formulant un adieu silencieux au pays qui était le mien, comme si je ne devais plus jamais y remettre les pieds.

Non, je ne laisserai pas cet homme me tourmenter. Après tout, ça ne peut pas durer éternellement. Tôt ou tard, cette dette sera remboursée, et alors je serai libre. Je n'aurai pas à payer toute ma vie les dépenses inconsidérées de mon père, si ? Il sait que ce n'était pas ma faute. Je suis sûre qu'il travaille déjà sur une autre solution au moment même où nous parlons.

— Tu rêvasses ? me demande Easton.

Je me tourne sur mon siège, essayant de l'ignorer, mais c'est difficile avec son regard pénétrant.

— Tu sais que tu peux me parler, n'est-ce pas ?

— Je n'en vois pas l'utilité, dis-je en lui accordant un bref coup d'œil.

C'est déjà trop. Ses yeux d'un bleu intense me font trembler de tous mes membres.

Seigneur, pourquoi produit-il un tel effet sur moi ? Je le déteste.

— J'en doute. Je sais que tu as des questions, mais tu as trop peur pour les poser. Je ne mords pas, c'est promis... pas trop fort, en tout cas.

Son petit sourire me réchauffe tout entière.

— C'est pour ça que tu m'as choisie ? demandé-je en essayant de ne pas baisser ma garde. Pour réaliser tous tes fantasmes dégoûtants avec moi ?

Son pouce effleure doucement sa lèvre.

— Peut-être.

Après une courte pause, il ajoute :

— Mais tu sais très bien pourquoi...

— Explique-moi.

J'incline la tête, faisant mine de ne pas comprendre.

Je sais qu'il a prêté de l'argent à mon père, mais j'ignore comment ils sont entrés en contact, en sachant d'où venait Easton. Mon père a dû être impressionné par tout ce qu'il a accompli.

Quoi qu'il en soit, je refuse de croire qu'il ait pu offrir sa fille en gage de sécurité. Mon père savait-il qu'Easton me désirait depuis le début ou ce dernier le lui a-t-il ouvertement suggéré ?

Peut-être que mon père n'a jamais eu l'intention de rembourser le prêt, que tout cela faisait partie de son plan pour se débarrasser de moi. À moins qu'Easton ait fait en sorte que mon père ne puisse jamais le rembourser pour pouvoir me garder indéfiniment.

Bon sang... il y a tant de choses qui m'échappent. Je meurs d'envie d'interroger mon père, mais il n'y a aucune chance que je puisse le contacter avec Easton constamment sur le dos. D'autant plus que je doute qu'il réponde à mes questions. Il ne ravalera jamais sa fierté au point de me dire la vérité. S'il devait choisir entre sa fierté et sa vie, il choisirait certainement la mort.

C'est dire combien il est têtu. Mais je ne suis pas du même avis. Moi, je ne veux pas qu'il meure. En dépit de notre relation houleuse, il n'en reste pas moins mon père et je tiens à lui.

— Hmm...

Easton ricane. J'ai horreur de ça, je hais ce rire de toutes les fibres de mon être.

— J'ai dit que je savais que tu avais des questions. Je n'ai jamais dit que j'allais répondre à toutes.

Je soupire tout haut.

— Alors, pourquoi me fais-tu miroiter cet espoir ?

— Parce que c'est amusant de t'asticoter, plaisante-t-il en haussant les épaules avec désinvolture.

Qu'il aille se faire voir s'il compte se moquer de moi.

— Ah, enfin, dit-il lorsqu'une femme s'avance en portant un plateau avec deux flûtes à champagne. Merci.

Il les prend et en pose une sur la table basse, la faisant glisser vers moi.

— Non, merci, dis-je sans même le regarder, pas plus que le verre qu'il me propose.

— Allez, je sais que tu en as envie.

— Je préfère éviter de me saouler en compagnie

d'un homme dangereux, dis-je avec humeur. Tu pourrais bien me kidnapper et m'attacher à ton lit.

Une fois de plus, il part d'un petit rire, le visage rayonnant.

— Tu as l'esprit mal tourné. Ça me plaît. Ce sera pratique quand viendra le moment de se salir un peu.

— Tu peux toujours rêver, rétorqué-je.

— Oh, je ne t'ai pas encore montré combien je pouvais être mauvais, Charlotte... et je ne vais pas seulement t'attacher à mon lit, dit-il, penché en avant comme s'il voulait me faire peur rien qu'en s'approchant. Je vais te forcer à me supplier jusqu'à ce que tu cries mon nom, emportée par le plaisir.

Je ravale la boule dans ma gorge et croise les jambes. Soudain, j'ai l'impression de ne pas porter de culotte.

— Ça n'arrivera jamais.

— Oh, que si, répond-il. Une fois que tu seras ma femme, ça arrivera tous les jours... sans exception.

Mes jambes se crispent à cette idée et mon cœur remonte dans ma gorge. Je dois vraiment arrêter d'être aussi émue à chacun de ses mots. Après tout, ce type est le pire des connards. Envolé, le gentil garçon qu'il était autrefois. Où est-il passé ?

— Et moi qui t'ai trouvé si adorable lors de notre première rencontre. Je me suis bien trompée, dis-je en gardant la tête haute.

— Les gens changent, Charlotte. Tu es bien placée

pour le savoir.

Il hausse les sourcils et je murmure :

— Je te prenais pour quelqu'un de meilleur.

Son rire s'éteint avec une lenteur presque douloureuse.

— Oui, moi aussi... mais c'était avant.

— Laisse-moi deviner, tu m'en veux ?

Ses yeux se réduisent à deux fentes étroites.

— Oui... et tu sais très bien pourquoi.

***

EASTON

7 ans plus tôt

— Alors, tu mélanges les deux liquides, et ensuite tu ajoutes les ingrédients secs. C'est compris ? dit mon père en réalisant un coulis impeccablement lisse.

Je n'ai jamais compris aucune de ses astuces en cuisine et j'ai toujours été le pire de ses élèves, mais je suis déterminé à apprendre. Mon père est un grand cuisinier et j'envie sa capacité à s'adapter rapidement. Chaque fois que je me retrouve derrière les fourneaux, je brûle tout. J'aimerais tellement qu'il soit fier de moi.

Je suis plus doué pour servir les clients et je pense que mon père le sait, car il me confie toujours la salle quand nous travaillons ensemble – si ses employeurs sont d'accord, naturellement. Grâce à ses talents en cuisine, mon père est un homme très demandé.

En ce qui me concerne, j'ai terminé le lycée. C'est déjà une bonne chose, mais je n'ai aucune idée de ce que je veux faire ensuite. Mon père n'arrête pas de me dire que je devrais reprendre son entreprise et il doit avoir raison. Ce serait du gâchis de laisser tomber le fruit de son dur labeur après sa retraite. Il a bâti son entreprise à partir de rien, au fil des ans, et j'en suis très fier. Seulement, je ne sais pas encore si c'est mon truc.

— Tu as compris ou pas ? répète-t-il.

Brusquement tiré de mes pensées, je réponds du bout des lèvres :

— Oui, bien sûr, je comprends.

— Hmm... Arrête de mentir, Easton. Tu fais toujours ça, dit-il avec un soupir. Allez, va servir aux tables.

Il pose trois verrines remplies de coulis sur un plateau et me chasse hors de sa cuisine. Il ne travaille qu'à mi-temps pour ce restaurant, mais il a déjà fidélisé un certain nombre de clients. Des riches pour la plupart, curieux d'essayer les créations de mon père. Cet homme est un vrai virtuose du goût alors que je suis... seulement moi. Tout ce que je sais faire, c'est jongler avec des bouteilles et dresser de jolis verres. Mais ça ne suffit pas pour gagner sa vie. On ne fonde pas sa carrière sur la préparation de cocktails. N'est-ce pas ?

Non, je dois vraiment me ressaisir et me concentrer

sur le plus important : apprendre toutes les compétences de mon père afin de pouvoir les appliquer lorsqu'il prendra sa retraite et que je reprendrai son entreprise. La clé, c'est la persévérance.

Le plateau dans une main et un chiffon propre dans l'autre, je franchis la porte et affiche mon plus beau sourire. Dès que je remarque qui sont nos clients, cependant, mon sourire disparaît.

C'est elle... la fille de ce mariage prétentieux, il y a des années.

Charlotte Davis.

Je la reconnaîtrais entre mille.

Elle a des yeux verts uniques et un sourire qui ferait pâlir d'envie n'importe quelle femme. Sans parler de ses cheveux roses qui attirent tout de suite le regard. Tout comme sa longue robe blanche... et le décolleté qu'elle offre.

Putain. Elle a grandi si vite.

J'essaie de lui adresser un sourire poli en espérant lui faire comprendre que je la reconnais, mais elle ne m'accorde même pas un regard. Elle est tournée vers la fenêtre, ignorant tout le monde autour d'elle. Quel manque de savoir-vivre... Enfin, c'est comme ça dans la haute société.

— Avec les compliments de la maison, marmonné-je en déposant les verrines devant eux.

Elle ne veut toujours pas me regarder, comme si je n'existais pas. M'a-t-elle déjà oublié ? Ou est-ce à cause de son père ?

Je me rappelle clairement son comportement au

mariage, quand il l'a giflée devant tout le monde et l'a laissée pleurer toute seule. Lorsqu'elle s'est enfuie dans la salle de bain, j'ai voulu la suivre, mais j'ai réalisé que c'était à cause de moi, parce qu'elle avait osé me parler.

C'est peut-être pour ça qu'elle fait exprès de m'ignorer en ce moment. Elle ne veut pas être blessée à nouveau.

— Merci, mon garçon, dit son père avant de goûter le coulis. Délicieux. Comme toujours.

Il prend une grande inspiration comme pour savourer la mixture.

— Garçon, appelle-moi le chef, tu veux bien ? J'aimerais lui parler.

— Je suis désolé, monsieur. J'aimerais beaucoup, mais il est très occupé en cuisine. La salle va se remplir d'un moment à l'autre.

— Tu veux vraiment faire rater à ton père une occasion en or ? dit-il en levant un sourcil. Il n'aimerait pas apprendre que tu te permets ce genre de décision.

Je n'aime pas son regard, pas plus que son intonation. Mais je soupire et m'exécute. Après tout, c'est mon travail.

— Je vais le chercher tout de suite, monsieur.

Je me retourne et détale en cuisine. Mon père me bombarde immédiatement de questions.

— Alors ? Qu'est-ce qu'il a dit ? Il a aimé ? Comment était son visage ?

— Il a adoré. Il a dit que c'était délicieux. Vraiment,

ça se voyait qu'il savourait ton plat, dis-je en essayant d'oublier sa présence à *elle*. Il aimerait te parler.

— Ah oui ? fait mon père en portant la main à son cœur. Je suis flatté. Tu peux prendre le relais ici une seconde ?

— Bien sûr, dis-je alors qu'il sort.

Je ravale la boule dans ma gorge et regarde le fourneau, puis j'entrouvre discrètement la porte et jette un œil par l'embrasure. Je sais que c'est mal d'écouter leur conversation, mais ma curiosité prend le dessus.

— J'aimerais que vous travailliez pour moi.

— Un instant... Vous êtes sérieux ?

— Très. Je vous donnerai votre propre restaurant. Chef cuisinier. À plein temps. Votre prix sera le mien.

Waouh. Ce type offre à mon père le job de ses rêves. Mais je ne suis pas sûr de m'en réjouir. La dernière fois que nous l'avons rencontré, on ne peut pas dire qu'il m'ait fait bonne impression. Certes, il a de nombreux restaurants et hôtels à son nom à travers le monde, du moins c'est ce que j'ai entendu dire. Je ne doute pas que mon père sera aux anges après cette proposition, mais j'espère seulement que son père n'abusera pas du mien.

Quand il revient, en effet, il a l'air ravi. Dès qu'il me regarde, son sourire disparaît.

— Qu'y a-t-il ? demandé-je.

— Il m'a offert un travail, mais il veut que je me passe de toi.

— Pourquoi ? Qu'est-ce que j'ai fait ?

Je fronce les sourcils, vexé que cet homme veuille se passer de mes services.

— Eh bien, comme sa fille sera là aussi, et qu'elle vient souvent dans les restaurants qu'il gère, il ne veut pas qu'elle soit en contact avec toi.

— Tu veux dire qu'il a peur que j'essaie de la draguer ? dis-je en serrant les dents.

— Eh bien, il ne l'a pas dit comme ça, mais...

— N'essaie même pas de l'expliquer, dis-je en levant la main. Et toi, tu es d'accord ? Que je perde mon travail à temps partiel ?

— Je sais que tu trouveras plein d'autres choses à faire, dit-il en me tendant les bras.

Je me dérobe en rétorquant :

— Mais moi, j'aime travailler avec toi. Je peux lui parler. Peut-être qu'il changera d'avis.

— Non, attends ! s'écrie mon père alors que je franchis la porte.

Il est trop tard pour m'arrêter. Je suis déjà devant leur table avant même qu'il n'atteigne la porte des cuisines. Je me fiche qu'il me regarde.

— Pourquoi voulez-vous que je parte ? demandé-je à Davis sans détour.

Ce dernier lève les yeux avec un sourire arrogant.

— Excuse-moi, qui es-tu ?

— Je suis *son* fils, dis-je en serrant les poings. Pourquoi est-ce que je ne peux pas continuer à travailler avec mon père ?

Davis se contente d'un ricanement qui me fait grincer des dents.

— Qu'est-ce qui vous fait rire ?

Avec un regard condescendant, il me répond :

— Ce qui me fait rire, c'est que tu appelles ça *travailler*.

Qu'il aille se faire foutre avec ses grands airs. Je dois faire appel à toute ma patience pour ne pas virer ce connard du restaurant à coups de pied aux fesses.

— Mon père et moi, nous formons une équipe. Nous avons *toujours* travaillé ensemble.

Son visage s'assombrit.

— Eh bien, maintenant, ça va changer.

— C'est quoi, le problème ? demandé-je en penchant la tête.

— Le problème, c'est que je ne veux pas que tu essaies de baratiner ma fille.

Alors c'est vraiment à cause de Charlotte que je me fais évincer ?

— Vous croyez que je vais la harceler ? demandé-je, la mine sombre.

À ces mots, elle daigne enfin nous accorder son attention. Elle jette un bref coup d'œil vers moi, et dans ce moment de pure haine, nos regards se croisent. Ce n'est plus la même fille épanouie et vive qu'autrefois, il n'y a que du dépit dans ses yeux, comme si elle voulait en finir au plus vite avec cette conversation. Comme si elle avait pitié de moi.

Son expression me donne envie de balayer leurs verrines et de les envoyer se fracasser au sol.

Ce n'est pas moi qui ai besoin d'être pris en pitié, c'est elle.

Mais elle détourne aussitôt le regard et se tourne à nouveau vers la fenêtre, comme si je n'existais plus, comme si nous n'avions jamais discuté au mariage de son père et qu'elle ne se souvienne même pas de moi. Pourtant, je suis persuadé du contraire. Je l'ai vu dans ses yeux.

— Je *sais* que tu te souviens de moi, lui dis-je.

Devant son silence obstiné, je m'exclame :

— Regarde-moi !

Je refuse qu'elle m'oublie et je tiens à ce qu'elle le sache. Son père s'en sert seulement comme excuse pour me faire perdre mon travail.

Soudain, il m'attrape le poignet en grommelant :

— Écoute-moi, espèce de petit...

Il se racle la gorge pour se retenir d'ajouter quelque chose qui, j'en suis certain, n'aurait pas été à mon avantage.

— Ne regarde pas ma fille et ne lui parle pas comme ça. Tu ne seras jamais, jamais assez bien pour elle. C'est compris ?

— Papa, murmure Charlotte, les yeux écarquillés.

Je me libère d'un coup sec.

— Je n'ai jamais dit que je voulais...

— Je ne suis pas aveugle, petit. Je sais qu'elle te plaît, je l'ai vu de mes propres yeux. Je le sais depuis que vous avez eu cette petite discussion à mon mariage.

Il tend vers moi son doigt noueux comme s'il tenait une arme.

— Et pour qu'il se passe quoi que ce soit entre vous, il faudrait d'abord me passer sur le corps.

Je déglutis en essayant de bien comprendre ses paroles. Est-ce une menace ou un défi ? Difficile à dire.

— De toute façon, tu n'as aucune chance, mon garçon, ajoute-t-il.

Je n'en suis pas si sûr.

— Papa ! répète Charlotte, visiblement mortifiée. Je t'en prie !

Il l'ignore complètement.

— Tu n'es qu'un simple serveur du dimanche. Alors, sers-nous à boire, ce sera amplement suffisant. Tu ne feras jamais rien de plus dans la vie. Ma fille ne t'adressera plus jamais la parole. *Jamais.* C'est bien clair ?

Mes narines se dilatent alors que je la dévisage, mais son père est le seul à me regarder droit dans les yeux. On dirait qu'elle craint de croiser mon regard. Elle continue à m'ignorer, à faire comme si je n'existais pas. C'est douloureux.

Sans ajouter un mot, je récupère les verrines et les emporte en cuisine. Je ne lui donnerai pas la satisfaction d'une réponse. Ils ne seront pas témoins de ma fureur.

Mais ils recevront leur châtiment un jour, tous les deux. J'en fais le serment. Le moment venu, je danserai sur la putain de tombe de son père.

Un sourire dément me monte aux lèvres. Un jour,

elle m'appartiendra. Quoi qu'il en coûte. Je jure qu'un jour, elle sera toute à moi.

Et il me verra l'embrasser, l'épouser... la baiser.

Rien que pour montrer à ce connard qu'il avait tort à mon sujet.

CINQ

Charlotte

1 an plus tôt

Je crois que la dernière fois que j'ai vu mon père remonte déjà à plusieurs mois. J'essaie de ne pas lui rendre visite trop souvent, car nos conversations se concluent souvent par des invectives. Nous cherchons tous les deux à avoir raison, et à ce jeu-là, je ne gagne jamais. Surtout depuis que cette femme habite avec lui et se range toujours de son côté. Il ne s'est jamais montré aussi protecteur avec moi qu'il ne l'est avec elle.

Voilà pourquoi j'ai décidé de déménager, de

m'installer dans mon propre appartement. Aussi modeste qu'il soit, je m'y sens bien plus libre et en sécurité. Mes quelques économies me permettront de vivre en attendant de trouver du travail. Je cherche encore et je sais qu'à force de persévérance, je finirai bien par trouver. Il le faut, parce qu'un jour viendra où mon compte sera complètement asséché, et il est hors de question que je retourne chez mon père.

Sauf pour garder un œil sur lui de temps en temps. Je ne peux tout de même pas le laisser trôner dans sa gloire insouciante pendant que sa femme attend qu'il meure pour prendre possession de sa fortune. Je ne le permettrai pas.

Mon père n'a jamais été tendre avec moi, mais il reste mon père et je ne veux pas qu'il soit la victime de qui que ce soit.

Aujourd'hui, ce sont nos retrouvailles annuelles en famille avant son départ en vacances d'été. Je suis allée chez lui pour m'assurer que sa femme se comporte toujours bien et ne l'empoisonne pas secrètement. Maintenant, nous sommes tous attablés et nous dînons en silence sans même nous regarder.

Mon père a l'air en forme, physiquement, mais dans sa tête, je ne suis pas sûre qu'il aille aussi bien. Il est plus absent que d'habitude et s'énerve sur d'infimes détails, comme une fourchette mal placée ou un plat qui manque de sel. On dirait qu'il se passe quelque chose, mais qu'il ne veut pas m'en parler.

Soudain, il repose sa fourchette et lance à son maître

d'hôtel :

— Le steak est encore trop cuit, ce n'est pourtant pas si compliqué, putain !

— Toutes mes excuses, monsieur, bredouille son nouvel employé.

C'est le cinquième en deux ans.

— Cela ne se reproduira plus.

— Il vaut mieux pour vous, lâche mon père, tout en s'essuyant les lèvres avec sa serviette.

— Papa, murmuré-je en posant ma fourchette.

— Quoi ? grogne-t-il.

— Charlotte, j'éviterais à ta place, tente Elijah pour me prévenir.

Je ne tiens pas compte de son avertissement.

— Est-ce que tout va bien ? Tu as l'air très agité ces derniers temps, dis-je en pesant mes mots pour éviter de le fâcher encore plus.

— Ça ne te regarde pas.

Je fronce les sourcils.

— Excuse-moi de m'intéresser à toi, murmuré-je en regardant par la fenêtre avec un soupir.

— Termine ton assiette, reprend-il au bout d'un moment.

— Je n'ai pas faim.

Saisissant ma propre serviette, je me tamponne la bouche.

— Tu dis ça uniquement parce que tu es vexée.

— Pas du tout. Je suis sincèrement inquiète pour

toi, mais tu ne veux pas me parler.

— Que veux-tu que je te dise ? fait-il avec un regard de carnassier. Tu as déménagé, tu ignores en permanence mes coups de fil, tu n'adresses jamais la parole à mon adorable femme...

À ces mots, il se penche pour lui caresser la main et je sens la bile remonter dans ma gorge.

— Je n'ignore personne. Je veux juste mener une vie d'adulte autonome. C'est si terrible que ça ?

— Je ne t'ai jamais donné l'autorisation de déménager.

— Et pourtant, je l'ai fait, rétorqué-je en haussant les épaules.

Apparemment, mon père n'arrive pas à comprendre que je suis une adulte à part entière maintenant.

— Tu es *ma* fille, répond-il comme s'il avait encore son mot à dire.

— Et alors ? Tu laisses bien Elijah faire ce qu'il veut.

Quand je regarde mon frère, il me lance un regard acéré. Puis il secoue lentement la tête et souffle :

— Ne me mêle pas à ça.

— Elijah est un jeune homme responsable, capable de reprendre nos affaires, répond mon père.

— Oh, et pas moi ?

Je ferme les yeux. Je le savais. Il ne me fait pas confiance.

— Je me débrouille très bien toute seule, ajouté-je.

— Avec *mon* argent.

Cette fois, il tape du poing sur la table et tout le monde sursaute.

— Il est temps que tu apprennes le sens des responsabilités.

— Oui, je n'attends que ça. Ça fait des années que j'aimerais que tu me fasses participer à ton travail. Ça me permettrait enfin d'apprendre.

— Mon travail ?

Il éclate d'un rire moqueur avant de retrouver son visage de tueur, froid comme la pierre.

— Non. C'est Elijah qui marchera dans mes pas.

— Évidemment, dis-je en levant les yeux au ciel. Quelle surprise. Tu parles !

— Attends, moi je ne lui ai pas demandé de t'exclure, se défend Elijah. Ce n'était pas mon idée.

— Non, c'était la mienne, poursuit mon père. J'ai besoin de quelqu'un de fiable aux commandes.

— Pourquoi est-ce que tu cherches toujours à me blesser ? demandé-je, les larmes aux yeux. Tu aimes me voir souffrir ?

— Non, Charlotte, ce n'est pas ce que je veux. Mais tu as besoin d'entendre la vérité, et la vérité n'est pas toujours agréable. Tu n'es pas née pour diriger.

— Qui es-tu pour décider de ça ?

Je serre les dents en essayant désespérément de retenir mes larmes. Je ne veux pas les verser devant lui.

— Si je décide, c'est parce que je suis le seul en

position de sauver cette boîte.

Je reste bouche bée, sous le choc.

— *Sauver ?* murmuré-je. Sauver la boîte ?

Mon père ne m'a jamais dit qu'il rencontrait des problèmes avec l'entreprise. Depuis combien de temps nous cache-t-il une chose pareille ?

Mais en regardant Elijah, qui a baissé la tête tout en faisant mine de continuer son repas, je me rends compte que j'étais la seule à ne pas être au courant.

— L'entreprise a des problèmes ? Et tu ne me l'as pas dit ?

— Bien sûr que non. Ton frère et moi, nous allons tout régler.

— Mais c'est toute ta vie. *Nos* vies. Tout ce pour quoi tu as travaillé si dur.

Je me penche sur la table pour essayer de croiser son regard, mais il semble concentré sur sa fourchette, triturant le contenu de son assiette. S'il continue, il ne restera que de la bouillie.

— Putain, je le sais bien !

Cette fois, ce brusque accès de colère est accompagné d'un coup de couteau sur la table.

— Je suis bien conscient de ce qui est en jeu, figure-toi !

— Alors, laisse-moi t'aider, dis-je en tentant désespérément d'établir un contact visuel.

— Tu veux m'aider ? fait-il en s'essuyant la bouche avant de laisser retomber la serviette dans son assiette. Alors, fais ce que je te dis de faire.

— Tout ce que tu veux, je le ferai.

— Épouse un prétendant de mon choix.

À ces mots, j'ouvre de grands yeux et ma mâchoire dégringole presque au sol.

— *Quoi ?*

J'éclate de rire. Il plaisante forcément. Pourtant, je suis la seule à rire.

— C'est une blague, j'espère !

— Le seul moyen de remettre cette entreprise à flot, c'est de trouver un autre investisseur, et pour ça, j'ai besoin d'une monnaie d'échange.

— Une *monnaie d'échange ?* m'exclamé-je, narquoise.

Je n'en reviens pas qu'il envisage une telle chose.

— Et tu veux m'offrir comme récompense ? Attends un peu.

Je prends mon verre d'eau et le vide d'un trait.

— Je dois... quoi ? Sortir avec lui ?

À ce stade, j'ai envie de pleurer, de rire et de crier en même temps. C'est tellement ridicule.

— L'épouser.

Le verre que je tenais tombe par terre et vole en éclats.

— Que... ?

Je n'arrive même pas à formuler une phrase cohérente.

— Tu pourras sauver l'entreprise *et* l'héritage du nom Davis, Charlotte, ajoute mon père comme si cela pouvait suffire à me convaincre.

— Non, répliqué-je une fois que j'ai retrouvé mes esprits. C'est totalement hors de question.

Mon père s'éclaircit la voix.

— Je me doutais que tu dirais ça. Mais tu changeras d'avis en voyant les hommes respectables que j'ai en tête.

— Tu es fou ? dis-je en reculant ma chaise. La réponse est *non*.

— Charlotte...

— C'est de la folie ! Tu crois que je vais épouser un type que je n'ai jamais rencontré uniquement pour sauver ta boîte ? m'écrié-je, à présent debout.

— Assieds-toi, grogne-t-il avec un regard noir.

— Non !

Je jette ma serviette sur la table.

— Ça n'arrivera *jamais*.

— Si, et tu assisteras à ces séances de rencontre.

— Des séances de rencontre ? répété-je, sarcastique. Parce que tout est organisé, maintenant ? J'imagine que tu as même prévu des dates ?

Je secoue la tête.

— Je n'en reviens pas. Après tout ce temps et tous mes efforts pour te montrer mon intérêt, pour m'investir... c'est comme ça que tu me récompenses ? En me vendant au plus offrant ?

— Tu apprendras à les connaître avant.

— Je ne te laisserai pas vendre mon cœur aux enchères, merde !

— Charlotte ! Les bonnes manières ! répond-il en haussant le ton.

— Je me fiche des bonnes manières autant que tu te fiches de moi.

Je regarde Elijah, le suppliant du regard, mais il reste muet. Il s'est retiré de la conversation, choisissant la voie de la facilité. Mais personne ne me laisse le choix. Je suis toute seule.

— Elijah... s'il te plaît, demandé-je.

Le regard contrit qu'il m'adresse en cet instant ne m'aide absolument pas.

— Je suis désolé, frangine, murmure-t-il.

— Allez tous vous faire foutre !

— Charlotte ! s'écrie mon père alors que je passe près de lui.

— Non, c'est mort, dis-je entre mes dents tout en fondant droit vers la porte.

— Arrête-toi tout de suite, jeune fille !

J'entends ses pas derrière moi.

— Comment oses-tu m'insulter comme ça ? Tu es ma fille !

— Oui, papa, dis-je en faisant volte-face pour lui assener une dernière réplique. Je suis ta fille. Ta *fille*. Une fille dont tu devrais prendre soin. Au lieu de ça, tu ne m'as donné que de la douleur. Et maintenant, tu veux me vendre... Comment *oses-tu ?*

— C'est déjà réglé, répond-il alors que je me retourne à nouveau.

— Ça m'est égal. Je ne viendrai pas. Alors, bonne chance, dis-je en brandissant mon majeur.

— Charlotte ! Reviens ici ! s'égosille-t-il.

Mais je sors à grandes enjambées, claquant la porte derrière moi.

Je ne veux pas savoir ce qu'il dit ni même s'il me suit à l'extérieur. Je ne vais pas sacrifier ma vie pour lui permettre de poursuivre la sienne. Hors de question. C'est peut-être mon père, mais il n'est plus responsable de ma vie. Je me débrouillerai toute seule et personne ne dictera jamais ma vie à ma place.

***

Charlotte

Aujourd'hui

Ce vol est interminable.

Easton prend une gorgée de champagne.

— Nous arriverons bientôt. Je suis sûr que tu vas adorer ma maison.

— Ça m'étonnerait, dis-je avec condescendance.

Je veux qu'il sache que je suis en colère. Après tout, qui peut faire une chose pareille et s'en sortir à bon compte ?

Encore une fois, on dicte ma vie comme si je n'avais pas mon mot à dire, et moi, je suis totalement impuissante.

— Tu l'adoreras, insiste-t-il avec un regard persuasif. Que tu le veuilles ou non.

— Oh, comme c'est agréable d'être invitée chez quelqu'un sous la menace.

— Tu n'es pas une simple invitée, Charlotte, dit-il en posant son verre sur la table. Tu es ma captive.

Ça y est, il a enfin prononcé ces mots fatidiques. La vérité dans toute sa cruauté... Je suis captive d'un homme diabolique aux objectifs sinistres.

— Alors, tu admets que je suis ici contre mon gré. Ce sera plus facile à expliquer aux flics une fois qu'on aura atterri, dis-je avec sarcasme.

Il esquisse un rictus mauvais.

— Parce que tu crois pouvoir parler à quelqu'un d'autre que moi ? C'est très drôle.

Sa langue vient humecter ses lèvres, et pour une raison qui m'échappe, elle me fascine.

— Que les choses soient bien claires, Charlotte, je ne laisserai personne s'approcher assez près pour te toucher. Tu es à moi, et à moi seul, pour le reste de ta vie. Si tu oses essayer de parler à quelqu'un, tu seras l'unique responsable de ce qui arrive à ton père.

À ses yeux sombres et luisants, je comprends que ce n'est pas une menace en l'air. Il le pense sérieusement.

Mes narines frémissent et je prends une grande inspiration. Dans un élan de colère sourde, j'empoigne ma flûte à champagne et en jette le contenu sur son beau costume noir.

— Connard, lâché-je à mi-voix.

— Vraiment, Charlotte ? Tu étais obligée de faire ça ? murmure-t-il en s'essuyant avec une serviette. Non, ne réponds pas. Tu ne ferais que t'enfoncer encore plus dans les ennuis et je t'assure que c'est le contraire de ce que tu veux.

Il me regarde en plissant les yeux, son sourire entièrement disparu.

— Parce que tu sais que tu seras punie pour ça, n'est-ce pas ?

Le sous-entendu me fait froid dans le dos.

— Tu aimes me voir souffrir ? demandé-je en me mordant les joues. Est-ce que tu prends ton pied ?

— Ne pose pas de questions dont tu connais déjà les réponses, Charlotte. C'est indigne de toi et tu sais qu'il vaut mieux ne pas me faire perdre mon temps, répond-il avec arrogance tout en glissant sa serviette dans la poubelle sous la table.

— Alors, la réponse est oui. Qu'est-ce que je t'ai fait pour mériter ça ?

— C'est ton père qui a causé ton malheur, pas moi, dit-il comme s'il n'y était pour rien dans cette histoire.

— Mais c'est toi qui m'as enlevée, et maintenant, sa dette est remboursée. Alors, tu es de mèche avec lui.

— C'est exact... tant que tu restes à moi, bien sûr. Sinon, la dette perdurera et il la paiera de sa vie, répond-il comme si le meurtre de mon père était un incident sans importance.

— Tu le tuerais vraiment ? dis-je avec un ricanement incrédule.

Il me regarde droit dans les yeux sans répondre. Le coup classique. Bavard quand je voudrais ne pas l'entendre et muet comme une carpe dès que j'ai besoin de réponses. Je prends une profonde inspiration avant de poser ma prochaine question :

— Tu nourris une obsession malsaine pour ma famille, je me trompe ?

Il ne s'est pas contenté de saisir une occasion qui se présentait. Il devait être au courant des problèmes financiers de mon père et il les a suivis comme un requin flairant du sang.

— Très clairvoyant, princesse, dit-il en inclinant la tête.

— Ne m'appelle pas comme ça.

Il doit sûrement se sentir puissant en me rabaissant constamment, mais rien de ce qu'il me dira ne peut me faire craquer. Rien. Je ne me laisserai pas faire.

Il hausse les sourcils comme s'il était amusé par ma colère.

— Comment ? *Petite princesse pourrie gâtée ?*

Je tressaille. Ce type croit me connaître ?

— Je ne suis pas comme ça. Pas du tout.

Il se trompe. Je vais le lui prouver en échappant à son emprise et en le battant à son propre jeu.

— Tu n'as même pas conscience de ta chance. Tu as toujours été privilégiée, répond-il. Mais tu t'en rendras compte bien assez tôt.

Le signal lumineux de la ceinture de sécurité s'allume au-dessus de nos têtes et il obéit à la consigne.

— Attache-toi, princesse. Nous allons atterrir.

SIX

Charlotte

1 an plus tôt

Après ce douloureux dîner chez mon père, je n'ai aucune envie de rentrer chez moi et de finir la nuit en pleurant toutes les larmes de mon corps devant Netflix et une bouteille de vin. Au lieu de quoi, je prends un taxi et sors m'aérer. Les illuminations de la ville ont toujours su me remonter le moral. J'ai besoin d'un bon verre et je sais où aller pour déguster de fabuleux cocktails.

Dernièrement, j'ai entendu parler d'un nouveau club, dans le quartier, le *Dutch Deviants*. Je n'y suis jamais allée, mais on ne m'en a dit que du bien. C'est le club le plus en vue du moment, à ce qu'il paraît, et je suis impatiente de savoir pourquoi tout le monde en parle.

Quand le taxi me dépose, j'ouvre mon sac et applique un peu de rouge à lèvres avant d'entrer. C'est un établissement luxueux, tout en velours pourpre, avec des dorures sur les tables et aux murs. On se croirait dans la salle du trône d'un sultan. Il n'y a pas beaucoup de danseurs sur la piste, la plupart des clients se détendent sur les sofas noirs et les fauteuils confortables. À l'évidence, c'est un club lounge plus propice à la détente, où la musique est moins forte qu'ailleurs. Tant mieux, c'est ce que je préfère.

Je me dirige vers le bar et consulte la carte des cocktails. La liste est longue, avec de nombreuses combinaisons intrigantes, comme la vodka au citron vert avec un soupçon de pétales de rose, ou encore le jus de pommes à la liqueur de fruits et au gin.

— Je vais prendre le Lotus Heaven.

En tournant la tête pour commander, j'ai l'agréable surprise de croiser une paire d'yeux bleus familiers.

— Easton, murmuré-je.

Je le dévisage, sous le choc. Il n'a pas beaucoup changé en quelques années. Les mêmes cheveux bruns courts et ondulés, son éternelle fossette au menton et des lèvres épaisses qui appellent au baiser. Seigneur, ai-je toujours perdu mes moyens devant lui ?

Il tend la main, et pendant une seconde, je me demande s'il va m'empoigner et m'embrasser à en perdre haleine. Non, bien sûr. Il prend la carte des cocktails et fait glisser son doigt vers le bas, jusqu'à la description du Lotus Dream.

— Fleur de lotus et amandes au rhum, dit-il. Un goût exquis, si je peux me permettre de le conseiller.

Son sourire charmeur fait battre mon cœur un peu plus fort.

— J'ai du mal à le croire.

— Quoi ? La fleur de lotus ?

— Non... enfin, ça aussi, bredouillé-je. Mais plutôt le fait que tu...

Il pose un doigt sur mes lèvres :

— Pas besoin d'explication.

Il sourit à nouveau, avec une arrogance évidente cette fois.

— Je dois dire que je suis... surpris et charmé de te rencontrer ici.

Mes joues rougissent et je baisse les yeux. Je suis incapable de le regarder sous peine de me changer en flaque à l'eau de rose. Mais qu'est-ce qui ne va pas ? Il n'a jamais produit un tel effet sur moi, si ? À moins que je sois dans le déni.

Il fait signe au barman en commandant :

— Lotus Dream. Deux. C'est la maison qui paie.

J'ouvre la bouche, mais je ne sais pas quoi dire, surtout lorsqu'il me fait ensuite un clin d'œil.

— Tu es éblouissante.

Récupérant les cocktails sur le comptoir, il me tend

mon verre.

— Tiens.

— Merci, dis-je, encore un peu abasourdie.

— Vas-y, m'invite-t-il.

Je prends une gorgée. C'est divin, bien différent de ce que j'imaginais.

— Hmm...

Un sourire d'orgueil lui vient aux lèvres.

— Je sais, n'est-ce pas ? C'est l'un de mes préférés.

Je passe la langue sur mes lèvres et mes doigts se resserrent autour de mon verre.

— Dis-moi... Qu'est-ce que tu fais... ?

— Ici ? Bonne question. Je n'avais pas l'intention de sortir dans l'un de mes clubs ce soir, mais je m'ennuyais, alors j'ai fini par venir boire un verre.

Je ferme les yeux.

— Attends... *tes* clubs ?

— Ça fait un moment qu'on ne s'est pas parlé, dit-il en acquiesçant.

Il entrechoque son verre avec le mien en disant :

— Santé ! Bonne dégustation.

Sur ce, il s'éloigne dans la foule.

Je ne veux pas le harceler, mais quand le seul homme qui ait jamais éveillé mon intérêt s'en va sans dire un mot, j'ai très envie de savoir où il va. Je dois absolument lui parler. Qu'est-il devenu pendant toutes ces années ? La dernière fois que je l'ai vu, c'était dans ce restaurant où son père travaillait... avant que le mien ne l'engage. Mon père m'avait forcée à ne pas lui adresser la parole, à l'époque, et si je ne faisais pas ce qu'il voulait, je serais punie. Alors, j'avais trop peur de lui parler. Mais je le regrette, et maintenant que j'ai la possibilité de lui présenter mes excuses, je tiens à le faire.

Je le poursuis à travers la foule et monte l'escalier jusqu'à l'immense balcon qui surplombe la ville. Accoudé à la balustrade, il regarde la rue en contrebas tout en sirotant son verre.

En m'approchant du bord, je murmure :

— Waouh.

— Magnifique, n'est-ce pas ? dit-il en prenant une autre gorgée. C'est exactement pour ça que je voulais construire ici.

— Je dois dire que je suis impressionnée.

Je n'aurais jamais imaginé qu'il puisse fonder son entreprise, encore moins quelque chose d'aussi florissant et somptueux.

Son regard se perd dans le lointain.

— Chaque fois que j'ai envie de faire une pause, je viens ici.

— C'est un endroit idéal pour passer du temps seul, avoué-je, m'adossant contre le mur tout en le regardant.

Il me jette un coup d'œil par-dessus son épaule, et cet unique regard me ramollit jusqu'aux os. Je ne sais pas ce qu'il a de si particulier pour me procurer de telles émotions.

— Je n'aurais jamais cru te croiser ici, commente-t-il.

— Et pourtant, je suis là, dis-je en sirotant mon cocktail.

— C'est bizarre... mais très agréable aussi.

Bon sang, il enflamme mon âme avec ce sourire de tueur. Il s'éloigne de la rambarde et prend une nouvelle gorgée.

— Alors, dis-moi ce qui t'amène.

— Hmm... commencé-je en baissant les yeux. Mon père. Tu sais comment il est...

— Malheureusement, oui.

— Je regrette la façon dont il t'a traité à l'époque, dis-je en me léchant les lèvres. Et de m'être comportée comme une garce en t'ignorant.

Avec un sourire en coin, il lève la main.

— Non, ce n'est rien. Ton père était dur avec toi.

— C'est toujours le cas, dis-je en soupirant avant de poser mon verre. Désolée, je ne vais pas te raconter mes malheurs.

— Tu te sens étouffée par ton père.

— Exactement !

À croire qu'il peut lire dans mes pensées.

— Le pire, c'est qu'il veut que je l'aide, mais je ne pense pas en être capable.

— Comment ça ?

— Il veut que j'épouse un inconnu, quelqu'un de riche qui pourra sauver sa boîte...

— Hmm...

Il se frotte le menton et murmure :

— Intéressant.

— Pas vraiment. Je me suis emportée et je me suis enfuie. Il doit être atrocement fâché contre moi, dis-je avant de croiser les bras. Enfin, je m'en fiche.

— Ça ne se voit pas, plaisante-t-il, recevant un regard de travers de ma part.

— Décidément, tu es toujours aussi odieux qu'au mariage de mon père.

— Est-ce que tu t'es regardée dans un miroir récemment ? rétorque-t-il.

Cette fois, j'éclate de rire. Il termine son verre.

— Alors, dis-moi pourquoi tu m'as suivi.

— Sans raison. Pour te présenter des excuses pour le comportement de mon père, et aussi pour le mien, je crois. C'est tout.

— Vraiment ? fait-il en arquant un sourcil. Tu n'es pas un peu captivée par l'idée que je possède tous ces clubs ?

À présent, il se rapproche.

— Tu crois que, maintenant que tu t'es excusée, je vais te pardonner ?

Je ravale la boule dans ma gorge. Il est si proche que je peux sentir son souffle sur ma peau.

— Il faudra encore que tu me supplies beaucoup pour que j'oublie comment tu m'as traité.

J'ai tellement honte.

— Mais je... mon père...

Je reste pétrifiée par sa proximité, incapable de penser correctement et encore moins de parler.

— Maintenant que j'ai créé toutes ces entreprises et accumulé une certaine richesse, tu me trouves assez intéressant pour m'adresser la parole ? fait-il avec un rire sans joie.

D'où provient cette soudaine hostilité ?

— Je n'ai jamais dit que tu n'étais pas...

— Tu m'as ignoré et tu as laissé ton père faire ce qu'il voulait. Si tu étais intervenue, peut-être que mon père aurait...

Son père ? Qu'est-ce que son père vient faire dans la conversation ? Tout ce que je sais, c'est qu'il travaillait pour le mien – chef-cuisinier dans l'un de ses restaurants – puis qu'il a brusquement laissé tomber. Cela dit, mon père ne me tient jamais vraiment au courant de ses affaires.

Les narines d'Easton palpitent lorsqu'il prend une profonde inspiration.

— Va-t'en. Allez, va-t'en.

Je secoue la tête en mordillant ma lèvre inférieure.

— Excuse-moi. Je ne voulais pas être aussi impolie, mais mon père ne m'a pas laissé le choix.

Soudain, il m'arrache le verre des mains et le jette par terre, où il vole en éclats.

— *Va-t'en !*

Devant sa violence, je tourne les talons sans hésiter et je quitte le balcon, dévalant l'escalier pour me ruer hors du club.

Je ne comprends pas ce qui l'a poussé à se retourner contre moi. J'avais l'impression qu'il voulait raviver ce qu'il y avait entre nous, mais l'instant d'après, il m'a humiliée.

Manifestement, il est trop tard pour s'excuser. Je ne mettrai plus jamais les pieds ici.

***

EASTON

Quelques jours plus tard

J'ai ouvert des succursales de mon entreprise dans plusieurs villes du monde, et tout particulièrement ici, parce que je savais que ses parents y habitent. Je me suis renseigné il y a longtemps. Je n'aurais jamais espéré la croiser dans l'un de mes clubs, mais c'était une bonne surprise, même si la rencontre s'est mal terminée.

Après tout, elle m'a brisé le cœur à de nombreuses reprises et son père est un monstre impitoyable. Les billets dans lesquels cette ordure se vautre en ce moment même sont trempés de sang.

Mon sang.

Et il va payer ce qu'il m'a fait.

Je trouverai un moyen pour le faire implorer ma pitié. Et j'ai ma petite idée.

Elle vient de me révéler que la société de son père battait de l'aile. Il a besoin d'investisseurs financiers et ce sera ma porte d'entrée. C'est presque comme si elle avait senti que je broyais du noir et qu'elle était venue de sa propre initiative m'offrir sa délicieuse fleur éclose.

Je pourrais accorder un prêt à son père et exiger sa fille en guise de paiement.

Charlotte Davis. Ma femme. *Mon adorable petit animal de compagnie.*

Je sens un sourire machiavélique me venir aux lèvres. C'est presque trop beau pour être vrai, mais je n'ai jamais eu de meilleure idée. Ce sera un coup de maître.

C'était si facile d'accéder à son appartement.

Après son départ, je l'ai fait suivre. Quand j'ai su où elle habitait, il m'a suffi de soulever la plante en pot sur son palier pour trouver un double de ses clés. Quelle idiote... Elle ne sait pas que tous les types louches dans mon genre connaissent la combine ?

Je pourrais l'écouter respirer toute la nuit sur son oreiller. Sa poitrine se soulève et s'abaisse à chaque respiration et ses paupières frémissent dans son sommeil paradoxal. Est-ce qu'elle rêve de moi et de notre rencontre inopinée ? À moins qu'elle imagine un moyen d'échapper au cauchemar de sa vie ?

Je me rapproche, attiré par son parfum. J'aimerais tant soulever les draps, l'attirer à moi et l'enlever sur-le-champ.

Mais je dois me retenir de peur de gâcher le plan idéal que j'ai échafaudé.

Je recule un peu plus, conservant en mémoire l'image de son corps assoupi comme une photo destinée à mon propre plaisir.

Oh, mon petit oiseau déchu, avec tes lèvres de fraise et ta chevelure de fée... tu seras à moi.

Très bientôt.

SEPT

EASTON

Aujourd'hui

Mon excitation est à son comble depuis que nous avons atterri. Non seulement parce que nous sommes de retour dans le pays où j'habite, où je connais mieux les gens et où je me sens réellement chez moi, mais aussi parce que je suis impatient de voir sa tête quand elle comprendra qu'elle ne peut parler à personne – ni à la police, ni aux passagers de l'aéroport ni au personnel. Si elle avait encore un peu d'espoir, dommage pour elle.

Ces espoirs ont été anéantis à la seconde où ma limousine nous a rejoints sur la piste d'atterrissage pour nous accueillir dès notre sortie du jet. Je me suis délecté de son regard à ce moment-là. Le désespoir n'a pas tardé à la gagner, la transformant en créature fébrile et sombre, comme un spectre éthéré sur le siège à côté de moi. Je n'ai même pas eu à la forcer. Elle se laisse faire sans se débattre et je dois avouer que je m'en réjouis.

C'est toujours fascinant de voir les gens se désintégrer devant moi. Je ne m'en lasse pas. Cela fait peut-être de moi un affreux sadique, mais je m'en fiche. J'adore ça. Ça m'excite. J'ai envie de la toucher, de prendre possession de son corps et de lui montrer qui commande ici.

Elle n'a jamais côtoyé d'homme digne de ce nom, mais ça va changer. Elle le sent déjà, c'est évident. L'habitacle est chargé par les non-dits et le désir presque palpable. Sa soumission a un goût délicieux sur ma langue. Elle va rapidement céder à mon pouvoir... je n'en doute pas un instant.

Ensuite, elle deviendra ma femme.

Elle croit peut-être que je ne cherche que du court terme, mais je la veux pour l'éternité. Je la veux corps et âme. Et je veux qu'elle se soumette délibérément, qu'elle se donne à moi de son plein gré.

Je veux qu'elle écarte les cuisses, s'offrant à mon doigt. Je veux qu'elle tombe à genoux, suppliant de recevoir ma queue, et qu'elle passe docilement mon alliance à son doigt en sachant qu'elle se lie pour toujours.

Il n'est pas seulement question de possession. Je la possède déjà depuis que je l'ai achetée à son père en échange d'un simple prêt. Non, je veux qu'elle s'effondre et admette sa défaite. Elle n'en a peut-être pas encore conscience, mais elle le fera en temps voulu.

Je me racle la gorge lorsque nous franchissons le portail et elle se trémousse sur son siège. Elle a l'air anxieuse, des perles de sueur luisent sur son front tandis qu'elle regarde par la vitre arrière les portes qui se referment.

Elle scrute peut-être les environs, essayant de trouver une sortie, mais il n'y en a pas. J'ai de nombreux gardes prêts à l'empêcher de s'échapper si elle essaie. D'autant plus que ma maison est verrouillée en permanence, sauf si je suis là.

Elle sera une belle princesse dans un beau château, comme elle l'a toujours rêvé.

— Nous sommes arrivés, dis-je lorsque la limousine s'arrête devant la porte.

Ça me fait du bien de revoir ma maison. Je suis si heureux d'être de retour au pays. J'y ai vécu pendant si longtemps et je ne me suis jamais senti bien en Amérique. Même si je suis né là-bas, c'est ici que je me sens chez moi.

Charlotte prend une inspiration, mais elle garde le silence. Sa mine défaite en dit long.

Je quitte la voiture et me dirige vers l'autre côté pour ouvrir sa portière et lui tendre poliment la main, mais elle sort sans même me toucher et passe devant moi sur ses talons hauts, manquant de peu une flaque d'eau. Décidément, c'est une fille intrépide.

Elle gravit les marches et franchit la porte que l'un de mes majordomes lui a déjà ouverte. Elle s'avance dans le hall d'entrée, puis elle s'arrête et jette un regard autour d'elle sans bouger.

Je pose une main sur son épaule. Ses muscles se tendent et, en réaction, un sourire me vient aux lèvres.

— Ma maison te plaît ? demandé-je.

Elle s'humecte les lèvres avant de répondre :

— Quand me laisseras-tu partir ?

Encore ?

— Jamais, dis-je en plissant les yeux. Alors, arrête de me le demander.

À ces mots, elle me regarde droit dans les yeux et répond :

— Je n'arrêterai jamais de le demander.

J'ai la gorge nouée et je dois déglutir une fois de plus. Je ne m'attendais pas à ce qu'elle dise ça. Elle n'est pas bête, elle connaît déjà la réponse. Si elle me le demande sans relâche... c'est pour me confronter à mon choix, pour me faire voir le diable que je suis devenu.

Mais je m'en fiche. Je suis arrivé à la même conclusion il y a longtemps, quand j'ai décidé d'aller jusqu'au bout de mon projet.

— Depuis quand es-tu un tel monstre ? demande-t-elle.

Cette question me fait l'effet d'un couteau de boucher en plein cœur. Comme si elle ne connaissait pas la réponse à cette question... C'est à cause d'elle que je suis comme je suis aujourd'hui. Une cause et son effet. C'est en me refusant ne serait-ce qu'un simple sourire qu'elle a déclenché toute une chaîne d'événements qui ne pourront jamais être changés.

— Depuis le moment où tu m'as ignoré. Tu l'as écouté, lui, au lieu d'écouter ton cœur. Il n'en a pas fallu plus.

Ses lèvres entrouvertes se referment.

Les portes claquent derrière nous avec un écho, puis le silence devient assourdissant.

— Tu sais combien mon père est violent. Tu l'as vu de tes propres yeux, dit-elle d'une voix douloureuse. Il fallait que je t'ignore, je n'avais pas le choix.

— Tu aurais pu résister. Tu sais aussi bien que moi que c'est ta faute. Tout ça, c'est ta faute.

— Non, tu te mens à toi-même. Si tu es devenu un monstre, c'est parce que tu le voulais, siffle-t-elle.

— Ton père me détestait et tu l'as laissé te contrôler, rétorqué-je.

— Il essaie de contrôler tout le monde. Ce n'est pas un comportement acceptable pour autant. Pourquoi tiens-tu à ce point à nous anéantir ?

— Je ferai mon possible pour détruire le nom des Davis. À cause de *ton* père, le mien est mort, maintenant.

— Quoi ? fait-elle en écarquillant les yeux. Ton père ?

Elle secoue la tête.

— Non, ce n'est pas possible. Mon père ne tuerait pas...

À présent, mon sang bouillonne.

— Ton père a fait travailler le mien jusqu'à la mort.

— Ce n'était pas son...

— Si, bien sûr que si !

La colère s'infiltre jusque dans mes veines et j'explose :

— Ton père *voulait* que le mien succombe au stress pour se venger de notre rapprochement. À cause de *toi*... mon père est mort.

***

1 an plus tôt

Après ma dispute au restaurant avec ce connard de Davis, je ne voulais pas priver mon père de son accomplissement professionnel. Je voulais qu'il réussisse, même si c'était sans moi, alors j'ai arrêté de travailler pour lui et décidé de me débrouiller tout seul.

J'ai ouvert mon propre club de luxe pour célibataires, et après avoir réuni quelques investisseurs, j'ai réussi à en ouvrir deux autres au fil des ans. Je les ai tous remboursés en un rien de temps. Je ne m'attendais pas à ce que mon activité décolle aussi vite, mais il faut croire que les clients apprécient nos cocktails uniques et l'atmosphère haut de gamme de nos établissements.

Plus j'ouvre de clubs de par le monde, plus j'ai l'occasion de dépenser et de gagner beaucoup d'argent. C'est ce que j'ai toujours voulu... Faire de mon entreprise un empire et devenir plus malin que cet abruti de Davis. Un jour, je serai plus riche que lui, et alors je rachèterai toutes ses entreprises. Il me le paiera cher. Je l'anéantirai jusqu'à ce qu'il n'ait plus aucune raison de cracher sur les autres. Et alors, nous verrons qui a le dernier mot.

Mais d'abord, il est temps d'aller voir mon père. Je ne l'ai pas vu depuis un mois et il n'est pas bavard au téléphone, ces derniers temps. J'ai décidé de passer chez lui ce soir.

Tout ce que je sais, c'est que Davis lui met tellement la pression pour qu'il soit performant qu'il n'a même pas le droit de rester chez lui quand il est malade. Je hais ce type de tout mon être, mais mon père ne m'a jamais écouté quand je lui ai dit qu'il devait démissionner tant qu'il le pouvait. Maintenant, l'autre ordure agite son chèque de paie comme un hochet... et mon père travaille comme un forcené.

Cette pensée me fait serrer les poings et je sonne plusieurs fois à sa porte.

Pas de réponse.

— Papa ?

Je frappe encore à deux ou trois reprises, mais toujours rien.

— Papa ?

D'habitude, à cette heure-ci, il est toujours à la maison. Il me reste un dernier recours et je crains de ne pas avoir le choix.

Mon père m'a donné un double des clés de son appartement, il y a quelques mois, au cas où j'aurais besoin de passer pour lui apporter quelque chose ou lui donner un coup de main. Il est grand temps de m'en servir.

Je sors la clé de ma poche et la glisse dans le trou de la serrure, puis je tourne jusqu'à ce que la porte s'ouvre. Je la pousse et appelle à nouveau mon père.

Au moment où j'entre et jette un coup d'œil à l'intérieur, je me fige et la clé me tombe des mains. Il est étendu sur le sol, inerte.

— Papa !

Je me précipite vers lui et tombe à genoux devant son corps, le secouant vigoureusement. Je pose mon index contre son cou pour vérifier son pouls. Rien.

Mes mains sur sa poitrine, je commence immédiatement le massage cardiaque. Après d'innombrables répétitions, je lui fais du bouche-à-bouche tout en lui pinçant le nez. Mais rien ne parvient à insuffler la vie en lui.

J'ignore combien de temps je continue ni combien de temps s'écoule avant que j'appelle une ambulance. On m'annonce que j'ai fait de mon mieux, mais que je ne peux pas le sauver. Il est mort d'une crise cardiaque causée par un excès de stress. Il a travaillé si dur ces derniers temps. C'est ce qui l'a tué.

Dans la salle d'attente de l'hôpital, mes mains sont glaciales et mon cœur est vide, dénué de toute émotion. Les yeux dans le vague, j'encaisse le choc et comprends peu à peu que mon père m'a été enlevé.

Beaucoup trop tôt.

HUIT

EASTON

Aujourd'hui

— Non...

Elle continue de secouer la tête.

— Crois ce que tu veux, Charlotte, mais c'est la vérité.

— C'est impossible. Tu ne peux pas me mettre sa mort sur le dos.

— Je me fiche de ce que tu penses ou de ce que tu crois. C'est à cause de toi que ton père a fait travailler le mien jusqu'à la mort. Et maintenant, je vais *te* faire payer... et ensuite, ton père.

Avec un sourire machiavélique, j'ajoute :

— Tout ce qui compte, c'est que tu es ici chez moi, maintenant, et que tu vas respecter mes souhaits comme une fille docile.

— Va te faire foutre, s'écrie-t-elle avant de s'élancer vers les portes qu'elle tambourine de toutes ses forces. Laissez-moi sortir ! Laissez-moi sortir, je vous en prie !

Je m'approche d'elle par derrière, la saisis aux épaules et, comme elle ne cesse de frapper à la porte, je la retourne et la pousse contre le bois.

— *Personne* ne te laissera sortir. Tu m'entends ? *Personne*. Personne ne t'écoutera. Personne... sauf moi.

Sa poitrine se soulève à chaque respiration et la sueur scintille sur la peau exposée de son décolleté.

— Quelle comédienne ! Tu crois que je vais céder à tes caprices, mais c'est hors de question.

J'incline son menton avec mon index, la forçant à me regarder.

— Plus maintenant, Charlotte. Tu es à moi et les seuls caprices ici, ce seront les miens.

Elle grince des dents.

— C'est ce qu'on verra.

Nous nous affrontons du regard pendant quelques secondes. Je veux qu'elle se sente intimidée sans toutefois la forcer. Je tiens à lui laisser une certaine marge de manœuvre et qu'elle se souvienne de ce moment pour toujours.

Alors, pour l'instant, je prends mes distances et la laisse monter l'escalier.

— Ta chambre est à gauche ! lancé-je.

Mais elle l'a déjà trouvée et a claqué la porte.

Cette fille n'en fait qu'à sa tête... Je ne vais pas m'ennuyer avec elle.

***

Charlotte

Les draps de mon lit sont en lin d'un noir velouté. Autour de moi, les murs avec moulures dorées m'entourent comme une cage somptueuse pour une princesse captive. Les rideaux bordeaux évoquent la couleur du sang de mon père qui coulera à la moindre tentative d'évasion. Les fenêtres sont verrouillées. Je me demande où il conserve la clé et si je dois la lui demander.

Je rêve de m'enfuir, mais j'imagine aussitôt les yeux de mon père mort fixés sur moi et je m'arrête. Je ne peux pas. Sans compter que je ne connais personne dans ce pays. Je ne saurais même pas où m'enfuir si j'en avais l'occasion.

Assise sur le lit, je laisse mes yeux dériver vers la coiffeuse à l'autre bout de la pièce. La personne dans le miroir me regarde, mais je ne la reconnais pas. Tout ce que je vois, ce sont deux yeux anéantis et remplis de larmes.

Mais je ne veux pas pleurer.

Je ne veux pas regarder cette fille dans le miroir, qui

avait toute sa vie devant elle, volée à son monde pour être jetée dans une belle prison.

Au lieu de quoi, je me dirige vers la plante en pot à côté de la coiffeuse. Je la ramasse et la jette sur le miroir. Mes poumons expulsent un cri de rage primitif et bestial. Même s'il n'exprime qu'une fraction de la douleur que je ressens, il fallait que j'en purge mon organisme. Rien ne peut atténuer cette fureur qui gronde dans mes veines.

J'aimerais crier et frapper à la porte jusqu'à ce que mes poings saignent, gratter le bois jusqu'à ce que les échardes pénètrent sous mes ongles, jusqu'à ce qu'il ne reste plus que le vide.

Comme en moi.

Je me sens vide à l'intérieur. Comme si l'on m'avait privée de tout ce que la vie signifie. Comme si j'étais emprisonnée avec mon pire ennemi.

C'est moi qui ai causé tout cela. Easton est tombé amoureux de moi, et depuis, mon père le déteste. Je n'ai pas su tenir tête à mon père, et c'est à cause de ma lâcheté qu'il a écrasé Easton et sa famille… Il a tué son père.

Par mon attitude, j'ai poussé Easton à me détester au point de forcer mon père, par pure vengeance, à me vendre à lui. Comment ai-je pu éprouver de quelconques sentiments pour cet homme ? Et surtout, pourquoi ai-je écouté mon père quand il m'a donné rendez-vous dans ce foutu café ?

Mon esprit est assailli par les « et si » et la culpabilité me ronge.

Des coups soudains contre la porte me tirent de mon angoisse.

— Excusez-moi. Monsieur Van Buren vous demande en bas pour le dîner, fait une voix.

Je ne réponds pas. Je ne sais même pas quoi dire à cette... personne, quelle qu'elle soit. Est-ce qu'ils imaginent sincèrement que je vais sortir et manger avec ce monstre ? Non. Plutôt mourir de faim que de m'asseoir à côté de lui et faire comme si tout allait bien alors que c'est tout le contraire.

— Allez-vous descendre dîner avec lui ? reprend la voix.

— Non, grogné-je. Laissez-moi tranquille.

Les bruits de pas s'estompent. La personne doit être descendue. Je me demande qui c'était... et d'abord, qui voudrait travailler pour un tel fumier ? Comme le chauffeur qui nous a amenés au restaurant, celui qui est venu nous chercher sur la piste d'atterrissage ou encore le pilote de l'avion, et tout le personnel à son service. Travaillent-ils pour lui de leur plein gré ou y sont-ils contraints par la dette, eux aussi ?

Cela ne me surprendrait pas. Ce type est un tel connard... Putain, je n'en reviens pas de l'avoir apprécié autrefois, d'avoir ressenti autre chose que de l'hostilité envers lui. C'est de la folie. Au mariage de mon père, c'était un jeune homme si gentil. A-t-il changé si radicalement juste parce que je l'ai ignoré cette fois-là ? C'est impossible. Je ne peux tout de même pas exercer un tel effet sur la personnalité de quelqu'un. En tout cas, on dirait bien.

Avec un soupir, je m'allonge sur le lit, les yeux au plafond. Je n'ai rien d'autre à faire que d'attendre... J'irai peut-être faire un tour dans la maison quand elle sera silencieuse et que tout le monde sera allé se coucher. Au moins, je n'aurai pas à *lui* parler.

Quelques heures plus tard, je pousse la porte et descends l'escalier sans un bruit. Il fait sombre autour de moi, le soleil est déjà couché. On dirait qu'il n'y a plus personne. J'ai attendu assez longtemps pour m'assurer que les employés soient allés se coucher ou rentrés chez eux. Je ne sais pas si le personnel réside à demeure, mais je ne voulais pas risquer de tomber nez à nez avec l'un d'eux.

Mon estomac qui gargouille me rappelle que je n'ai pas mangé depuis un moment. Je me rends directement à la cuisine, à gauche de l'escalier, pour voir si je peux dénicher quelque chose. Elle est immense, avec des carreaux de marbre au sol et aux murs et des placards en bois de chêne. Au-dessus de l'immense îlot de cuisine, des batteries de casseroles hors de prix sont suspendues à un support au plafond. Si je n'étais pas prisonnière, je trouverais ce manoir idyllique. Mais pour le coup, c'est un cadre à mon scénario de cauchemar.

Quoi qu'il en soit, je ne peux pas rester assise sans rien faire alors que j'ai une faim de loup. Il doit bien y avoir quelque chose dans le réfrigérateur. Un appétissant gâteau au chocolat m'apparaît dès que j'ouvre la porte. J'en ai l'eau à la bouche. Personne ne le remarquera si j'en prends un morceau. De toute façon, il est déjà entamé.

Je me penche à l'intérieur et en sors le gâteau, que je dépose sur le plan de travail en marbre gris avant de chercher un couteau dans les tiroirs. Sans succès. Ils sont tous fermés à clé.

— C'est ça que tu cherches ?

Le son de sa voix me fait sursauter et je retiens un cri de surprise.

Easton brandit un couteau aiguisé. Je ne sais pas où il l'a pris ni comment il m'a découverte ici. Je jette un œil autour de moi, sur les murs, la porte... Il doit forcément y avoir une caméra ! Sinon, comment aurait-il pu savoir où j'étais ?

Je recule et mes hanches se heurtent au plan de travail. La lame tranchante brille dans sa main et je déglutis lorsqu'Easton approche.

— Tu as faim, n'est-ce pas ? demande-t-il.

Je hoche la tête et il regarde le gâteau à côté de moi.

Je ne dis pas un mot. Je ne veux pas lui donner plus de munitions contre moi.

D'après lui, je suis responsable de sa douleur et de sa souffrance... mais je refuse obstinément de me laisser diminuer.

— Je vais t'aider, dit Easton en resserrant la ceinture de son peignoir avant de se pencher sur le gâteau.

Il hume son arôme sans me quitter des yeux. Instinctivement, j'entrouvre la bouche. J'aimerais tant pouvoir y goûter, mais je ne veux pas lui donner ce plaisir.

— Tu peux en prendre une bouchée... me dit-il en enfonçant le couteau à l'intérieur, découpant violemment une part.

Il attrape une assiette, y dépose la part de gâteau et l'approche de mon visage.

— Ça sent bon, tu ne trouves pas ? demande-t-il avec un sourire malicieux. Mais attends...

Alors que je me penche vers l'assiette, il l'éloigne à nouveau et sort une clé de la poche de son peignoir. Il ouvre un tiroir à côté de moi, et après avoir récupéré une fourchette, il le referme immédiatement. Puis il prend l'assiette et plante la fourchette dans le gâteau avant de me la tendre.

— Ouvre, ordonne-t-il en la faisant glisser sur mes lèvres.

À son regard possessif, je comprends qu'il se fiche éperdument d'assouvir ma faim. C'est une question de pouvoir, un jeu du chat et de la souris. Les lèvres pincées, je garde les yeux rivés droit devant moi. Il n'y a aucune pitié dans son regard sombre.

— Ouvre la bouche, Charlotte, dit-il avec une voix plus dominatrice, cette fois.

La fourchette qu'il frotte contre mes lèvres me donne l'impression qu'il essaie de m'embrasser avec cet ustensile.

Je ne sais pas s'il est très judicieux de refuser. Je ne voudrais pas le mettre en colère. Et s'il se fâchait ? En même temps, je ne veux pas non plus qu'il croie que je vais devenir un gentil petit agneau. Mais après tout, une part de gâteau, ça ne peut pas me faire de mal.

Mon estomac décide pour moi et je finis par ouvrir la bouche. Il glisse la fourchette à l'intérieur et son regard suit mes lèvres qui se referment pour accueillir le gâteau. Sous son regard perçant, je mâche le morceau délicieux et l'avale. C'est lui qui pousse un gémissement de satisfaction lorsque je déglutis.

Je me sens nue, épiée et utilisée.

Comme s'il ne m'accordait cette faveur que parce que le geste lui évoque quelque chose de bien plus sale.

Soudain, le gâteau n'a plus le même goût.

Il prend un autre morceau avec la fourchette et tente de la fourrer à nouveau dans ma bouche, mais je détourne la tête.

— Allez, murmure-t-il. Une autre. Tu aimes ça. Ça se voit.

— Non, dis-je catégoriquement. Je veux le faire moi-même.

— Tu mangeras *quand* je te dis de manger, et tu mangeras comme *je* veux que tu manges.

Je refuse sans un mot. Il sait très bien ce que je pense. Un seul regard suffit.

Brusquement, il jette l'assiette sur le sol. Elle éclate en morceaux et le chocolat s'écrase sur le marbre.

— Alors, meurs de faim ! Je m'en fiche, gronde-t-il en désignant la porte. Allez ! Retourne dans ta putain de chambre et n'en sors plus avant que je te l'ordonne.

Je ne bouge pas, me raccrochant au plan de travail en marbre, crispée en attendant son retour de bâton. Nous avons déjà dépassé le stade de sa colère, et tout ce que je peux faire, maintenant, c'est un choix : détaler comme une mauviette ou affronter courageusement la menace.

— Je ne suis pas un robot, dis-je avec toute la politesse dont je suis capable.

Après tout, je ne vais pas m'abaisser à son niveau.

— Non, tu es ma prisonnière, dit-il en passant la langue sur ses lèvres, comme s'il réfléchissait aux implications de ce terme, comme si cela signifiait que je suis censée faire tout ce qu'il exige de moi.

Seulement voilà, même en tant que prisonnière, j'ai toujours ma propre autonomie. Je peux toujours choisir de ne pas penser ni ressentir ce qu'il attend. Il peut posséder mon corps... mais pas mon cœur ni mon âme.

Le silence glacial entre nous est lourd de sens. Je sais qu'il en est arrivé à la même conclusion.

Ses narines se dilatent. Il détourne le regard et se frotte les lèvres. Enfin, il ferme les paupières et passe la main sur son front.

— Va-t'en, dit-il.

Je suis troublée par la douceur de sa voix. Où est passée sa colère ?

Parmi les débris de l'assiette sur le sol de la cuisine,

il reste là, les épaules basses. Presque comme... s'il avait honte.

— Laisse-moi, dit-il en désignant toujours la porte.

Il appuie sur un bouton contre le mur, près de la cuisinière.

— Quelqu'un va t'escorter jusqu'à ta chambre.

Dans la minute qui suit, quelqu'un arrive. C'est un homme aux cheveux bouclés avec une tenue appropriée. Il ne semble pas avoir été tiré du sommeil.

Il me fait signe de le suivre et je m'exécute. Je ne veux pas laisser Easton remporter ce combat, mais je dois m'éclipser avant que la situation devienne incontrôlable.

Je vois bien qu'il s'est retenu d'aller plus loin, comme s'il mourait d'envie de m'attraper et de me faire quelque chose. Mais son regard pendant que je mangeais ce morceau de gâteau, la lueur animale dans ses yeux, m'a donné un profond sentiment d'impuissance. Il semblait prêt à me prendre à même le plan de travail de la cuisine.

Mon cœur bat la chamade lorsque je suis l'homme dans l'escalier. Je ne peux m'empêcher de songer à Easton, quand il a essayé de me donner à manger. Au début, je croyais qu'il essayait seulement de jouer avec mes nerfs, de me donner l'impression d'être un enfant, mais il était tellement focalisé sur mes lèvres que je me sentais entièrement nue. Et je n'aime pas du tout ce sentiment.

Des frissons parcourent ma colonne vertébrale lorsque nous arrivons devant ma porte. L'homme ouvre gentiment ma porte comme si c'était un service et pas du tout comme s'il était complice des combines de son employeur.

— Vous travaillez pour lui ? demandé-je en entrant, me retournant pour lui faire face.

— Oui, madame, répond-il en essayant de refermer la porte.

Mais j'avance le pied pour l'empêcher de la refermer.

— Comment vous appelez-vous ? demandé-je avant que l'occasion de lui parler ne me glisse entre les doigts.

— Vous pouvez m'appeler Nick, madame.

— Et tout cela ne vous dérange pas ? Vous savez que je suis prisonnière ici, n'est-ce pas ?

— Madame...

Avec un soupir, il ajoute :

— Nous ne sommes pas autorisés à vous parler de ça.

— Alors, vous savez et vous choisissez de ne rien faire ? dis-je en penchant la tête alors qu'il essaie de refermer la porte.

— Bonsoir.

Il parvient à repousser mon pied à l'intérieur et referme immédiatement la porte, m'enfermant à l'intérieur.

Et merde.

Je frappe à plusieurs reprises.

— Vous ne pouvez pas me garder ici !

Mais personne ne répond à mes appels désespérés. J'ai beau cogner tant et plus en m'époumonant, mes cris s'éteignent dans le silence.

Cependant, je sais qu'Easton peut m'entendre.

Je le sais, parce qu'il m'a observée pendant tout ce temps. Il sait où je suis dès que je quitte cette chambre. D'ailleurs, je ne serais pas étonnée qu'il m'observe en ce moment même. Seulement, il décide de ne pas répondre à mes cris. Comme un monstre cruel qui garde une fille en otage.

Au bout d'un moment, je me retourne et m'affale sur le lit, tête la première. Refusant d'affronter la réalité en face, je me blottis en position fœtale et ferme les yeux en attendant que mes sanglots cessent.

NEUF

EASTON

Un hoquet. Deux hoquets. Un reniflement.

L'oreille collée contre sa porte, j'entends chacun de ses bruits, chaque souffle.

Je ne peux m'empêcher de me mordre la lèvre en écoutant. Je me demande ce qu'elle fait en ce moment. Quelque chose étouffe ses cris, un oreiller peut-être. J'imagine qu'elle le serre avec force dans ses bras, blottie sur le lit de ma chambre d'amis... *son* lit. Dans *sa* chambre. La chambre que je lui ai donnée, sa prison à jamais.

Je ne devrais pas être ici.

Mais je ne peux pas me résoudre à m'éloigner. Où qu'elle soit, j'ai toujours voulu la suivre. C'est ce qui m'a conduit à elle, ce qui m'a poussé à l'enlever à son père.

Elle a raison. Je suis un monstre cruel qui ne se soucie que de ses propres désirs. Mais quelque part au fond de moi, je rêve aussi d'autre chose. Quelque chose de... mieux, de bien réel.

Non, c'est impossible. Nous n'avons jamais pu et ne pourrons jamais vivre cela.

Parce qu'elle est mon otage et que je la garde dans cette cage dorée et veloutée pour mes besoins égoïstes.

Ma main s'attarde sur le bois et mes ongles s'y enfoncent alors que mon cœur dégringole dans mes chaussures. Je réprime l'envie d'ouvrir la porte et d'entrer.

Je n'ai pas ma place dans sa chambre. Pas après l'avoir poussée au bord du désespoir. Suis-je allé trop loin ? Le couteau et la fourchette n'étaient qu'un jeu, un moyen de jouer avec ses émotions, mais l'obéissance avec laquelle elle a réagi m'a empli d'une telle puissance que je me suis laissé prendre au jeu et consumer tout entier. Je voulais qu'elle mange ce gâteau jusqu'à ce qu'elle en soit rassasiée, puis qu'elle tombe à genoux et prenne ma queue comme deuxième dessert.

Bien sûr, ce n'était qu'un fantasme, rien de plus.

J'aurais dû me douter que mes pulsions m'empêcheraient de raisonner. Je n'ai pas réussi à garder mon calme et je lui ai dévoilé la rage qui m'habitait. Maintenant, elle est dans tous ses états.

Je ferme les yeux et pousse un soupir. Je ne veux pas être aussi méchant, au contraire. J'aimerais la rendre heureuse.

Mais je veux qu'elle souffre, aussi, et ces désirs contradictoires s'entrechoquent en moi. Je veux qu'elle connaisse la douleur que j'ai ressentie lorsqu'elle a choisi de me renier, de choisir son père plutôt que moi. Ce fils de pute arrogant qui ne l'aime pas comme il le faudrait et qui a gâché la vision idéale que j'avais d'elle.

Le monstre qui a fait travailler mon père à mort... au premier sens du terme.

Avec une profonde inspiration, je m'écarte de la porte et la fixe du regard pendant quelques secondes. Puis je tourne les talons et m'éloigne. Je sais que bientôt, je ne pourrai plus garder cette porte fermée, je ne pourrai plus m'empêcher de la toucher... de l'embrasser. Et ce jour arrivera plus tôt qu'elle ne le pense.

***

Le matin, je demande à Nick de déverrouiller sa porte et de lui demander de s'habiller pour le petit-déjeuner. Elle met un moment à descendre – deux heures, précisément. Je me demande ce qui lui prend autant de temps. J'imagine que la faim la tenaille, à présent. Dans ce domaine, on finit vite par craquer. Tout comme l'eau et le sommeil, la nourriture est essentielle à la survie... ce qui en fait l'outil de torture parfait quand on cherche à se faire obéir.

Ce que je veux en ce moment, c'est qu'elle mange avec moi à cette grande table trop vide sans elle. J'ai attendu ce moment depuis des années.

Lorsqu'elle entre, dans sa robe blanche flottante que j'ai fait tailler sur mesure, c'est comme si la pièce entière s'illuminait. Ses beaux yeux flamboient quand elle les darde sur moi.

Je sais qu'elle ne m'a pas encore pardonné, mais ça ne fait rien. Je ne m'y attends pas. Ce que je veux, c'est qu'elle se comporte correctement. Tant qu'elle obéit à mes règles, tout le monde sera satisfait et restera en vie. C'est très simple.

— Assieds-toi, dis-je en désignant la chaise à côté de moi.

Il y a suffisamment de place, mais j'ai ordonné que l'on dresse la table de sorte que nous puissions nous regarder dans les yeux pendant le repas.

Elle observe la table, figée sur place, avant de se diriger vers l'autre bout, s'asseyant le plus loin possible de moi. Le regard assassin qu'elle me lance embrase tout mon corps. Bon sang, mais elle ne se rend pas compte que cela ne fait que renforcer mon envie de la saisir sur-le-champ et de la baiser ici même, sur cette table ?

Je ne désire qu'elle, mais elle garde résolument ses distances. Ma patience est mise à rude épreuve.

Avec un sourire sans joie, je m'éclaircis la voix et demande à Nick :

— Apportez à Mademoiselle Davis son assiette et ses couverts. Elle ne va tout de même pas manger avec les mains.

Elle m'adresse un sourire hypocrite, ses yeux réduits à deux fentes étroites. J'imagine qu'elle me lance du venin en cet instant, mais qu'à cela ne tienne. Je sais qu'elle est contrariée. Après tout, c'est son droit. Elle n'en est pas moins ma propriété, désormais. Je ne la laisserai pas partir, même si elle essaie de résister.

Bientôt, elle va céder... et petit à petit, je saurai la combler.

Lorsque Nick termine de mettre la table, les plats arrivent. Ses yeux se posent aussitôt sur le bagel au fromage fouetté que j'ai acheté tôt ce matin rien que pour elle, dans une boulangerie américaine d'Amsterdam. Je sais qu'elle aime ça, comme le jus de cranberries, le café sans sucre ni lait, et un œuf au plat sur une tartine de pain grillé. C'est exactement ce que j'ai fait préparer pour elle.

Elle aime les goûts purs et sans mélanges, et surtout rien qui ne provienne d'une boîte. Tout doit être frais pour ma princesse. Elle ouvre grand les yeux en découvrant le plat. J'imagine qu'elle salive. Je n'ai même pas besoin de deviner. J'ai pris des notes détaillées sur tous ses plats préférés, grâce au personnel de son père et mes propres observations.

Je me racle la gorge avant de lui dire :

— Si tu manges ton petit-déjeuner sans protester, je passerai l'éponge sur ton refus de t'asseoir à côté de moi.

À ces mots, elle se hérisse et détourne le regard en secouant la tête, mais elle ne répond pas. Typique. Je sais que les pensées se bousculent dans sa tête en cet instant.

Seulement, elle a peur de les prononcer à voix haute.

Je prends mon bagel et y mords, mais plus j'avale, moins elle semble s'intéresser à son assiette.

— Allez, mange.

— Non, s'obstine-t-elle en croisant les bras.

Je lui tends un rameau d'olivier en gage de paix, et voilà qu'elle me le renvoie en pleine figure.

— Charlotte, on va encore jouer longtemps ?

Je lève un sourcil, la mettant au défi de me provoquer une fois de plus.

— S'il te plaît, n'essaie même pas. Tu sais que ça finira mal.

— Dans la douleur, tu veux dire. *Ma* douleur.

Ses mots se plantent dans mon cœur comme mon couteau dans le beurre et je voudrais les ignorer, mais j'en suis incapable. J'aimerais éperdument la blesser, mais pas comme elle le pense.

Je ne veux pas qu'elle ressente la douleur que j'ai ressentie. Je veux qu'elle ressente une douleur suave et qu'elle se trémousse de désir, la gorge nouée et le souffle court. Pas la douleur qui arrache le cœur de la poitrine, qui le jette au sol et le piétine – parce que c'est ce que j'ai ressenti quand elle m'a royalement ignoré en présence de son père. Elle ne sait pas non plus le genre de douleur que l'on ressent quand on découvre son propre père, mort sur le sol.

— Tu ignores tout de la douleur, vociféré-je, tourmenté par ce souvenir.

Elle plisse les yeux.

— Autant que toi.

Je plante le couteau dans le beurre comme si je découpais de la viande.

— Tu ne sais pas ce que j'ai enduré, alors ne t'aventure pas sur ce terrain.

— Vraiment ? Alors, raconte-moi. Raconte-moi combien le monde a été difficile pour toi, plaisante-t-elle en essayant de m'atteindre.

Ça ne marchera pas. Je m'y refuse.

— Mange ton foutu repas, dis-je d'une voix basse et autoritaire.

Sur ce, je mords rageusement dans mon bagel et avale une gorgée de café.

— Seulement si tu me dis pourquoi. Pourquoi devrais-je faire semblant d'être heureuse ? À quoi bon ? Tu me possèdes déjà. Qu'est-ce que tu pourrais vouloir de plus ?

Je lève les yeux de mon assiette et lui réponds en fronçant les sourcils :

— Ton cœur et ton âme... et je ne m'arrêterai pas tant qu'ils ne m'appartiendront pas.

— Alors, bon courage, dit-elle en prenant une bouchée provocante.

Avec elle, même la nourriture devient une arme. Je ne sais pas comment elle fait, mais elle me donne envie de planter mes ongles dans ma peau jusqu'au sang.

— Tu dis ça maintenant, mais tu finiras par t'habituer à moi.

Sa langue vient lécher le fromage fouetté sur ses lèvres. Putain, j'aimerais tant que ce soit ma langue à sa place.

— Qu'est-ce qui te fait croire ça ? demande-t-elle en mordant à nouveau dans son bagel.

— Je t'ai déjà charmée une fois... dis-je avec un sourire arrogant. Je peux le refaire.

— C'était avant que je sache quel salaud manipulateur tu es.

— Tu es en colère parce que je me donne les moyens pour obtenir ce que je veux.

Je pose ma tasse de café et ajoute :

— Que les choses soient bien claires, Charlotte. J'ai peut-être l'air d'un gentleman, mais je suis tout le contraire. Depuis le début, mon seul but a été de détruire l'entreprise de ton père et de te prendre comme trophée.

— Je ne suis pas ton putain de jouet, siffle-t-elle.

Encore des grossièretés. Mais je dois dire que ça me plaît bien.

— Tu devrais parler mal plus souvent. Ça détend l'atmosphère, plaisanté-je.

— Arrête. Ne joue pas avec moi.

— Pourquoi pas ? J'aime quand tu es mal à l'aise, dis-je en penchant la tête. Ça me fait bander.

Avec un grognement, elle abandonne son bagel dans son assiette. Puis elle s'adosse dans sa chaise, les bras croisés et la mine renfrognée. Elle me fait penser à un enfant boudeur, mais nous pourrons travailler sur cette attitude.

Après tout, nous avons tout le temps du monde.

— Alors, tu as planifié tout ça depuis le début ? marmonne-t-elle. Dis-moi comment.

A-t-elle vraiment envie de le savoir ? Je pourrais le lui dire, mais elle me détesterait encore plus ensuite. Cela dit, elle me prendra peut-être enfin au sérieux et commencera à m'écouter pour de bon.

— J'ai acheté les dernières actions de ton père et je les ai revendues à bas prix pour que le marché s'effondre.

Elle prend la serviette pour s'essuyer les lèvres, mais elle ne peut s'empêcher de la froisser dans son poing tandis que je continue :

— Il a suffi de quelques coups de fil de ma part pour que les autres actionnaires commencent à vendre à leur tour... et que le prix coule à pic comme une pierre au fond de l'eau. Il n'a pas fallu longtemps pour que son entreprise fasse faillite et que sa femme l'abandonne en emportant ce qu'il lui restait. Le pauvre. Je devrais le prendre en pitié, tu ne penses pas ? Enfin, je suis content qu'il ait accepté mon prêt. J'étais le seul à lui en proposer un. Maintenant que son entreprise est au plus mal, tout le monde se détourne.

Je ricane avant d'avaler la dernière bouchée de bagel, mais Charlotte ne semble pas du tout amusée. Comme c'est étonnant.

— Alors, c'était toi ? s'écrie-t-elle, à peine capable de se contrôler.

Je me demande ce qu'elle va faire après avoir chiffonné la serviette dans sa main. Va-t-elle essayer de me lancer son couteau ? Ou de planter ses griffes dans ma peau pour me le faire payer dans ma chair ?

— Tu l'as détruit, lui et son entreprise, puis tu m'as enlevée aussi rien que pour le plaisir... murmure-t-elle.

Je me prépare au conflit qui s'ensuit. J'attends un long moment... mais rien ne se passe.

Au lieu de quoi, elle se met à renifler, ses yeux rouges et gonflés, puis une larme – une seule – roule sur sa joue. Elle est magnifique dans la défaite... mais toujours aussi féroce qu'une lionne prête à se battre pour sortir de sa cage. Elle se lève avec fierté, me lance un regard meurtrier et quitte la pièce à grandes enjambées, me laissant fulminer tout seul. Cette femme est une reine.

DIX

Charlotte

Des flocons de neige s'écrasent contre la vitre, passant de la glace à l'eau avant de disparaître. Aussi fragiles que moi, dans cette chambre, en soutien-gorge et en culotte pendant que l'on prend mes mesures.

La couturière travaille méticuleusement sans dire un mot. Elle ne me regarde même pas dans les yeux lorsqu'elle pose ses mains sur ma taille et ma poitrine. Jill, je crois qu'elle s'appelle. Elle me l'a dit, mais je l'ai mal retenu, comme le reste de ses paroles depuis son arrivée dans ma chambre avec deux portants chargés de robes de mariée.

Quand on parle d'une expérience de décorporation,

j'imagine que c'est un peu comme ça. J'ai l'impression de ne pas être présente dans mon corps. Je ne pense qu'au froid qu'il doit faire dehors, et combien ça me manque de sentir les flocons sur ma peau. Je me demande si je pourrai sortir à nouveau, s'il me laissera poser le pied dehors.

J'ai du vague à l'âme, le genre de mélancolie qui vous donne envie de pleurer alors même que toutes vos larmes ont tari. Mon regard est dénué d'émotion. Je m'efface de cette existence et me perds dans le moment présent, agitée comme une marionnette au bout d'une ficelle.

Jill me parle, mais je ne l'écoute pas. Mon esprit est ailleurs... dehors, avec les gens libres qui profitent de la neige, le sourire aux lèvres, et jouent avec leurs enfants sans avoir conscience que quelqu'un est enfermé ici. Je ne sais pas où je suis ni si je sortirai un jour. Je prie pour que l'on n'oublie pas totalement mon existence.

— Mademoiselle, pourriez-vous reculer, s'il vous plaît ? demande Jill.

Elle est si gentille, contrairement à lui. C'est la première fois que je la rencontre, mais elle a l'air attentionnée, à en juger par le regard que je croise chaque fois qu'elle tourne autour de moi et se retrouve devant mon visage inexpressif. Un simple sourire suffit à réchauffer mon corps pourtant glacial.

Je fais ce qu'elle me demande et elle place autour de moi une jupe terminée par un cerceau, qu'elle remonte jusqu'à ma taille en l'ajustant. Puis vient le bustier, et enfin la robe. L'ensemble ne me va pas du tout, mais avec quelques épingles, elle la rend un tant soit peu présentable pour le moment.

— Il faudra s'en contenter. Ce n'est qu'un essai, dit-elle en soufflant lorsqu'elle se relève. Qu'en pensez-vous ?

Je regarde la robe qui m'habille, le tissu d'un blanc nacré, doux et velouté contre ma peau, qui scintille dès que je bouge. Je n'arrive pas à croire que je porte cette robe et qu'il va m'épouser.

Un frisson me saisit lorsque Jill me pousse vers le nouveau miroir qu'Easton a fait installer.

— Allez-y, regardez.

J'hésite, mais je me dirige quand même vers le miroir en pied, devant la coiffeuse. Avec un grand sourire, Jill l'écarte pour me laisser plus de place. Même si je n'en ai pas envie, je m'avance et reste figée devant mon reflet. Je ne reconnais pas la fille qui me renvoie mon regard. Elle me semble effacée et ses mains tremblent.

— Ce n'est pas moi, murmuré-je en découvrant mes lèvres rouges.

Je me demande à quel moment elle m'a maquillée. Je ne m'en souviens même pas, c'est dire à quel point je suis à côté de la plaque.

— Bien sûr que si, insiste Jill en gloussant tout en lissant un peu la robe. Vous êtes magnifique !

J'ai envie de vomir. Aussitôt, je me rue vers la salle de bain et me penche au-dessus des toilettes.

Jill vient à mon secours, retenant mes cheveux et la robe.

— Seigneur, marmonne-t-elle en me tendant une serviette pour m'essuyer la bouche. Ça va mieux ?

Je secoue la tête tandis qu'elle se redresse pour remplir un gobelet d'eau.

— Tenez, buvez un peu. Ça vous aidera à chasser le goût.

— Merci.

Je ne sais pas trop quoi dire.

— Vous êtes sûre que tout va bien ? Vous avez l'air distante, demande-t-elle. Dois-je appeler Monsieur Van Buren ?

— Non, je vous en prie, dis-je en me levant immédiatement. Ça va aller.

Elle fronce les sourcils.

— Vous... vous n'êtes pas enceinte, si ?

— Quoi ? m'exclamé-je en écarquillant les yeux. Non. Bien sûr que non.

— Je voulais en avoir le cœur net. Je ne voudrais pas vous imposer une robe lourde et un corset serré si un petit être grandit en vous.

Une fois de plus, elle éclate de rire.

— Sans compter qu'une fille enceinte a besoin de manger, et vous êtes aussi fine qu'une brindille.

Merci pour le compliment. Enfin, je crois.

— Je ne suis pas enceinte, ne vous inquiétez pas, dis-je en tournant la tête.

— Si ça change, tenez-moi au courant.

Une main sur mon épaule, elle ajoute :

— Je suis là pour vous.

Cette femme travaille pour Easton, contribuant à son objectif de toujours, à savoir me forcer à devenir sa femme. Je ne comprends pas pourquoi tous ces gens l'aident et travaillent pour lui. Qui peut faire une chose pareille à un autre être humain ?

Je la regarde droit dans les yeux et déclare :

— Vous êtes là pour moi ? Eh bien, sachez que je ne veux pas épouser Easton.

Elle penche la tête et son sourire disparaît alors qu'elle me dévisage.

— Oh, ma belle, mais vous irez à merveille avec lui. Je n'en doute pas.

Je lui attrape les bras et les retiens fermement.

— On me détient contre ma volonté. Vous ne le voyez pas ? dis-je dans un moment de lucidité.

Elle est mon seul lien avec le monde réel en ce moment même. La dernière bouée de sauvetage à laquelle je puisse me raccrocher si je veux avoir la vie sauve.

— Pitié, vous devez m'aider.

Elle passe la langue sur ses lèvres et soupire.

— Ma belle... euh, j'aimerais beaucoup pouvoir vous aider, mais c'est impossible. Easton a de bonnes intentions, même s'il peut parfois vous paraître cruel.

— Il m'a enlevée comme remboursement d'une dette de mon père, expliqué-je en luttant contre les larmes. Je vous en supplie. Aidez-moi.

Elle prend sa lèvre inférieure entre ses dents.

— Je suis désolée, ma belle, mais je ne peux pas. J'aimerais vous aider, sincèrement.

— Qu'est-ce qui vous en empêche ? Dites-moi.

J'ai presque envie de la secouer.

— Vous avez une clé, non ? Il vous laisse entrer et sortir de la maison.

— Oui, mais je ne peux pas l'utiliser pour vous aider à sortir, dit-elle en détournant les yeux. Ce serait une trahison pour lui.

Je lui lâche les bras et mon corps se place instantanément en position défensive quand je réalise où cette discussion va me mener.

— Je ne peux pas... Je suis désolée. Je lui dois trop, dit-elle.

Ces mots ne signifient rien pour moi. J'aurais dû me douter qu'elle l'admirait.

— Alors, vous ne m'aiderez pas, murmuré-je en reculant.

Il est évident qu'elle n'en fera rien. Je l'ai supposé en constatant qu'elle ne parlait pas la langue des gens d'ici mais un anglais sans accent. Il l'a fait venir lui-même, sans doute depuis l'Amérique, pour qu'elle travaille pour lui personnellement sans avoir quoi que ce soit à se reprocher.

Elle affiche un sourire empreint de tendresse.

— Oh, ma belle, ne dites pas ça. Bien sûr que je vais vous aider. Je vais vous aider à vous habiller pour le grand jour.

— Ce n'est pas...

— Je peux vous procurer tout ce dont vous avez besoin. Livres, magazines, chocolats, tampons. Tout et n'importe quoi. Il vous suffit d'utiliser le bipeur qu'il vous a donné.

— Un bipeur ?

Je fronce les sourcils.

— Oui. Vous ne l'avez pas vu ?

Elle se retourne et se dirige vers la coiffeuse, dont elle ouvre le tiroir pour en sortir un vieux bipeur.

— Tenez. Bipez-moi au 30151 et j'arriverai tout de suite !

Elle me fourre l'objet dans la main comme si c'était un cadeau. Non, ce n'est qu'une preuve concrète de ma captivité. Un appareil numérique qui ne fait rien d'autre que recevoir et envoyer des messages aux rares personnes qu'il souhaite me voir contacter. Je ne posséderai jamais d'autre moyen de communication et celui-ci m'empêche clairement de garder le contact avec mes amis ou ma famille. Comme prévu.

— Euh... merci, bredouillé-je.

Je ne sais pas quoi dire. Elle me sourit comme si elle attendait une réponse, comme si j'avais des raisons de me réjouir.

Je suis aussi loin d'être heureuse qu'on puisse l'être, mais je ne le lui montrerai pas. C'est son assistante, et visiblement, elle l'adore. Elle ne s'opposera jamais à lui, même si j'essaie de la convaincre. Ce doit être le pouvoir de la persuasion. *Son* pouvoir, qu'il exerce sur nous deux. C'était ridicule de ma part d'essayer de trouver de l'aide.

— Bon, faites quelques pas avec cette robe pour voir si vous vous sentez bien en la portant. Je reviendrai dans un moment pour vous faire essayer les autres, d'accord ? Vous êtes libre d'en choisir quelques-unes que vous aimeriez tout particulièrement essayer.

Elle me fait un clin d'œil et quitte la chambre. Aussitôt, je m'écroule sur le sol, noyée dans ma robe de mariée tandis que les larmes de chagrin ruissellent sur mes joues.

***

EASTON

Mon tailleur prend mes mesures en ce moment même, mais je suis trop impatient pour le laisser terminer. J'aimerais pouvoir claquer des doigts et avoir un costume bleu marine qui m'irait comme un gant. Malheureusement, la plupart du temps, ça ne fonctionne pas comme ça.

Tout comme avec les femmes, il faut se montrer patient, attendre qu'elles s'ouvrent et vous permettent d'entrer sur leur domaine. Cela vaut aussi pour Charlotte. Elle est difficile à vivre depuis son arrivée, mais c'est bien compréhensible, étant donné les circonstances. Ce n'est pas tous les jours qu'on vous arrache à votre vie quotidienne pour vous enfermer dans un manoir, où l'on attend de vous que vous épousiez un connard plein aux as.

Elle a de la chance, pour être honnête. Un tas de femmes mourraient pour devenir la mienne.

Mais je ne veux pas des autres. C'est elle seule qu'il me faut.

Je l'ai su dès que j'ai posé les yeux sur elle, ce jour-là au mariage, tout comme lorsqu'elle m'a ignoré dans le restaurant de son père, des années plus tard. Plus elle me repousse, plus j'ai envie de tirer jusqu'à la ramener là où elle doit être… à savoir dans mes bras.

Elle joue peut-être la difficile en ce moment, mais je *vais* la soumettre. De gré ou de force, c'est moi qui lui prendrai sa virginité.

Putain, j'ai hâte de mettre la main sur elle et de m'enfoncer dans son intimité vierge, moite et serrée. Son père m'a dit qu'elle était intacte et il vaudrait mieux que ce soit vrai, parce que je ne me contenterai de rien de moins. J'ai rêvé trop longtemps, je me suis trop battu pour ce privilège. Hors de question qu'un autre l'ait prise avant moi. Elle ne me glissera pas entre les doigts, pas cette fois. Non, elle restera dans sa chambre et attendra patiemment comme la jolie petite princesse qu'elle est, jusqu'à ce que le moment arrive et que j'aille la chercher.

Le jour où elle deviendra ma femme. Soudain, un hurlement retentit et je sors en trombe de ma chambre, à moitié habillé. Il est arrivé quelque chose à Charlotte.

ONZE

Charlotte

Quelques minutes plus tôt

La solitude est vraiment la pire expérience au monde.

Je suis entourée d'un million de robes de mariée. Je n'ai envie d'en porter aucune, mais elles semblent toutes me fixer du regard alors que je tourne sur moi-même en essayant de donner un sens à tout cela. Même si Jill m'a dit que je devais en choisir une, je ne veux pas. Tout sauf ça. J'aimerais crier, hurler sur les toits, mais je suis incapable de sortir de cette chambre. Impossible de sortir... aucun moyen de libérer cette colère refoulée qui s'attarde en moi.

La rage remonte sans cesse à la surface et je passe les doigts dans mes cheveux en essayant de ne pas devenir folle. Mais c'est plus fort que moi. Il est trop tard. Avant de m'en rendre compte, j'ai déjà fouillé dans les tiroirs et tout vidé : vêtements, sous-vêtements, chaussures, ceintures.

Quelque chose de brillant et de pointu attire mon attention et je prends la boucle en diamant que j'arrache de sa ceinture. Sans plus réfléchir, je la passe rageusement à travers les robes, une par une, ne laissant aucune tenue indemne, pas même celle que je porte.

Après avoir terminé, je m'égosille si fort que j'ai l'impression que mes poumons sont sur le point d'éclater. Il fallait que ça sorte, et maintenant, je me sens beaucoup mieux. Je m'écroule sur le lit et respire lentement. Je m'efforce de ne pas perdre la tête... mais je crains qu'il soit trop tard.

En entendant des bruits de pas précipités dans les escaliers, je serre un peu plus la boucle dans ma main, prête à bondir. Mais le visage qui apparaît me calme immédiatement. C'est Jill. Elle n'est pas encore partie ?

— Mademoiselle, j'ai entendu des... oh, mon Dieu !

Elle se précipite aussitôt vers les robes et soulève les lambeaux déchirés. À l'évidence, elle a du mal à en croire ses yeux.

— C'est vous qui avez fait ça ? murmure-t-elle, toujours agrippée aux robes comme si c'étaient ses bébés.

— Je...

Ma culpabilité est telle qu'elle m'empêche de répondre convenablement. Comment le pourrais-je devant sa douleur manifeste ? J'espère tout de même que ce n'est pas elle qui a confectionné ces robes. Je prie le ciel pour que ce ne soient pas les siennes. Je ne veux pas lui faire ça. Je ne veux causer de tort à personne... Seulement, je ne veux pas non plus être obligée d'épouser un homme que je méprise.

Ces robes étaient magnifiques, murmure-t-elle. Magnifiques. Et vous les avez abîmées.

— Je suis désolée. Je n'aurais pas dû, mais c'était plus fort que moi...

J'essaie de m'expliquer, mais je sais qu'elle ne comprendra pas. Si elle choisit son bonheur plutôt que ma liberté, comment pourrais-je m'attendre à ce qu'elle me comprenne ?

Soudain, Easton franchit le seuil de la chambre en pantalon bleu marine. Il est torse nu. Mes yeux ne peuvent s'empêcher de remonter du V de son bas-ventre jusqu'à son torse musclé. Merde.

Il découvre les robes et ses narines palpitent lorsqu'il constate la destruction que j'ai causée. Il passe en revue chaque lambeau jusqu'à ce que ses yeux brûlants se posent enfin sur moi. Je presse les jambes lorsqu'il s'avance dans la pièce, ses épaules se soulevant et s'abaissant à chaque respiration.

— Jill. Laissez-nous.

Elle acquiesce et quitte la chambre, refermant la porte en sortant.

À présent, il n'y a plus que le monstre et moi, seuls dans la pièce. Il se rapproche et passe la langue sur sa lèvre inférieure, comme s'il se préparait à écouter mes excuses. Je mentirais en prétendant que je ne me sens pas accablée par sa présence menaçante alors qu'il me domine, inclinant la tête pour me regarder de haut. Sous son regard pénétrant, je me sens nue.

Est-ce que ce sera toujours comme ça entre nous ? Si c'est le cas, je vais avoir beaucoup de mal à m'habituer à le voir, surtout si je continue à me laisser distraire par son corps ciselé et à moitié nu.

Je ravale la boule dans ma gorge alors qu'il pose les mains sur sa taille.

Oh, Seigneur. Quel enfer !

***

EASTON

— C'est toi qui as fait ça ? demandé-je en montrant les robes qui jonchent à présent le sol... ou du moins, ce qu'il en reste.

Quand elle a crié, j'ai cru qu'elle s'était blessée, pas qu'elle avait saccagé les robes qu'elle était censée essayer. Une fortune entière déchirée comme si elle ne signifiait rien pour elle.

Elle détourne les yeux, se dérobant à mon regard.

Elle ne veut pas me donner la satisfaction de sa culpabilité. Et je suis sûr que si elle me regardait, elle se transformerait en un doux petit agneau. Je sais qu'elle me désire et elle peut bien ignorer les sensations de son corps, cela n'a aucune importance. Ses yeux l'ont déjà trahie dès que j'ai mis le pied dans sa chambre.

Quoi qu'il en soit, elle s'est comportée comme une princesse ~~pourrie~~ gâtée.

Je saisis son menton et la force à me regarder dans les yeux.

— Dis-moi pourquoi.

— Tu sais très bien pourquoi, rétorque-t-elle en serrant les dents, s'efforçant de ne pas regarder mon torse nu.

Comme c'est amusant. J'imagine que ce n'est pas facile d'ignorer ce que l'on a pourtant très envie de reluquer. Tout comme c'est difficile de ne pas gâcher le dur travail de quelqu'un d'autre.

— Ce sont des robes chères que tu étais censée essayer, pas découper en mille morceaux.

Elle s'énerve.

— Tu crois que c'est ce que j'ai fait ?

Je resserre la main sur son menton pour l'empêcher de tourner la tête.

— Tu évites l'inévitable, Charlotte.

Un sourire me vient aux lèvres alors que sa peur grandit et je me penche pour me placer à la hauteur de ses yeux.

— Tu seras ma femme, que tu le veuilles ou non, et *tu* porteras ce que je te dirai de porter.

— Il n'y a plus de robes. Que vas-tu faire ? raille-t-elle.

— Tu crois que ça va t'épargner ? dis-je en secouant légèrement la tête.

Je pose les mains à côté d'elle, sur le lit, et elle recule pour éviter la confrontation.

— Je vais être franc avec toi. Je me fiche de devoir te traîner à l'autel en soutien-gorge et en culotte. S'il le faut, je te passerai la bague au doigt devant ta famille même si tu es nue, grogné-je, si proche d'elle que je pourrais l'écraser sur le matelas et la forcer à se soumettre.

Mais je ne vais pas lui infliger cela. Je veux seulement lui laisser croire que j'en suis capable. Il faut qu'elle sente la menace et qu'elle s'en souvienne, pour ne plus jamais recommencer ce genre de bêtises.

— Que les choses soient bien claires, princesse... chuchoté-je en prenant une mèche de ses cheveux que j'enroule autour de mon doigt. Tu es à moi et tu seras ma femme, avec ou sans robe. Nous aurons tout le temps de profiter de ce qui accompagne le mariage... et crois-moi, j'aurai l'occasion de te voir dans ma maison entièrement nue.

Rien que d'y penser, je suis très excité et ma queue durcit dans mon pantalon. Lorsque je recule, droit et fier devant elle, ses yeux redescendent automatiquement vers mon corps dur comme de la pierre. Elle déglutit juste après et sa réaction me ravit.

D'abord, je vais prendre sa main et lui passer la bague au doigt. Ensuite, je prendrai autre chose.

— Et maintenant, excuse-toi auprès de Jill. Promets-moi de ne plus recommencer de tels caprices. Peut-être qu'alors, je te laisserai dîner ce soir.

Elle grimace en regardant par la fenêtre.

— Non.

— Charlotte... dis-je en serrant le poing. Il est dans ton intérêt de faire exactement ce que je te demande. À moins que tu veuilles arrêter de manger tout court ?

Je sais qu'elle a faim. Je l'ai vue appuyer la main contre son ventre et j'ai remarqué qu'elle essayait de faire la sourde oreille aux grognements de son estomac. Elle refuse d'écouter les besoins de son corps parce que c'est son unique moyen de contrôler ce qui lui arrive, et elle s'en sert comme d'une arme contre moi. Mais c'est terminé, maintenant.

— Si tu ne t'excuses pas, tu peux mourir de faim. À toi de choisir.

Je suis sincère. J'en ai fini de jouer à ses jeux.

Elle prend une vive inspiration par le nez et passe la langue sur ses lèvres comme pour en chasser un mauvais goût.

— Je m'excuse, dit-elle dans un souffle.

Sa voix est douce comme une plume et presque inaudible, mais je l'ai entendue.

— Et je promets de ne plus recommencer.

J'esquisse un petit sourire.

— Tu veux toujours des vêtements ? Ou dois-je te traîner dans l'allée dans la même tenue que le jour de ta naissance ?

Elle me regarde avec dégoût.

— Quoi ?

— Tu m'as très bien entendu, dis-je en croisant les bras. Veux-tu porter des vêtements à notre mariage ? Demande-moi et je te laisserai peut-être.

Une fois de plus, elle fronce les sourcils et refuse de me regarder dans les yeux. Enfin, elle entrouvre les lèvres et lâche sèchement :

— D'accord. S'il te plaît, est-ce que je peux porter des vêtements à mon putain de mariage ?

— Non, dis-je en plissant les yeux. Supplie-moi et sois sincère.

Elle prend une autre inspiration comme si elle se sentait humiliée. Tant mieux. Je veux qu'elle ressente cela. Je veux que cette idée s'ancre dans ses os et qu'elle n'oublie jamais, qu'elle y réfléchisse à deux fois avant de piquer une colère, la prochaine fois.

— S'il te plaît, est-ce que je pourrai porter des vêtements ? demande-t-elle, sans ironie cette fois.

Putain, j'adore l'entendre ramper. Je pourrais bien m'y habituer... Vraiment.

Je m'approche à nouveau et pose une main sur sa tête, caressant ses cheveux.

— C'est très bien. Maintenant, va te faire pardonner auprès de Jill, et ensuite, nous pourrons continuer notre journée.

Lorsque je dépose un doux baiser sur ses joues, elle se fige complètement. Alors que je m'éloigne, elle est encore assise sur le lit. Elle esquive mon regard quand j'ouvre la porte et la referme après un dernier contact visuel.

Je sais que mes lèvres et mes caresses peuvent lui paraître trop intenses. Mais elle s'y habituera bien assez tôt.

***

Charlotte

Quelques jours plus tard

— Restez tranquille. Ça ne vous fera mal que quelques secondes, me dit l'homme en s'asseyant sur un tabouret à côté de moi.

Mes mains se crispent alors que je retiens mes larmes de toutes mes forces. Easton est juste en face de moi, et il regarde l'inconnu placer le coton humide contre mon oreille, puis approcher un outil tranchant. Je ne peux pas détourner le regard, mais je ne veux pas non plus voir le visage d'Easton. Au lieu de quoi, je ferme les paupières alors que l'outil tranchant perce le lobe de mon oreille, provoquant une douleur aiguë.

— Et voilà. Trois fois rien, n'est-ce pas ? me dit l'homme comme si de rien n'était. Maintenant, l'autre côté.

J'ignore son nom et pourquoi il me fait cela. Il ne sait pas que je suis ici contre mon gré ? Qu'il est en train de commettre un acte illégal ?

Me percer les oreilles sans me demander mon consentement… cela ne m'étonne pas du tout de la part d'un homme comme Easton. Ce type est mauvais. Il me regarde fixement comme un psychopathe, comme s'il marquait sa propriété. Je suis une vache marquée au fer rouge et ça me donne envie d'exploser de rage.

Mais l'œil vigilant d'Easton me retient. Il n'est là que pour surveiller, au cas où je tenterais de dire quelque chose à cet homme venu pour me percer les oreilles.

Pourtant, je déteste être assise ici sans dire un mot pendant que l'on s'attelle à mon second lobe. Ça brûle atrocement et mon corps tout entier tremble de rage une fois que c'est terminé. Avec un sourire discret, l'homme prend un petit miroir et le tend pour que je puisse voir mon reflet. Deux diamants étincelants mettent en valeur mes oreilles. Je n'ai jamais eu de boucles auparavant, et à l'exception de la piqûre, c'est plutôt pas mal. Si ce n'est que personne ne m'a demandé mon avis.

— Parfait, dit Easton à l'homme.

— Nettoyez-les tous les jours avec cette solution, précise ce dernier en lui tendant une petite bouteille. Et assurez-vous qu'elle ne les touche pas trop.

Easton hoche la tête et répond :

— Mon assistante s'occupera du paiement. Elle est en bas.

— Très bien, dit-il. Merci. Madame, j'espère que vous apprécierez vos nouvelles boucles.

Il sourit à nouveau avant de remballer ses affaires et de quitter la pièce.

Pendant que je reste assise sur la chaise, Easton va refermer la porte. Je triture les boucles d'oreilles, mes yeux rivés sur le petit miroir. Je ne suis qu'un objet, un élément dans la collection d'Easton, ornée de diamants et de robes. Une jolie petite poupée qu'il peut habiller et avec laquelle jouer.

Une main se pose sur mon épaule et il apparaît dans le miroir, avec un sourire en biais. Tel le diable en personne, il approche ses lèvres de mes oreilles et murmure :

— Magnifique.

Le son de sa voix me donne des frissons et les cheveux se dressent derrière ma tête.

Soudain, il dépose un tendre baiser dans mon cou. Je me fige, tous les muscles tendus. Ses lèvres remontent jusqu'au lobe de mon oreille, où sa langue vient lécher une goutte de sang.

Putain.

Pourquoi mon corps m'envoie-t-il des signaux si contradictoires ? J'ai horreur de ça.

— Ces bijoux sont fascinants sur toi, murmure-t-il à nouveau. Tu ne trouves pas ?

Je suis incapable de me concentrer sur ce qu'il dit. Mon esprit est encore sous le choc de ce baiser. Mais c'est mal, terriblement mal... Je ne peux pas céder à ses exigences, même si ces lèvres étaient un péché sur ma peau.

Je ravale la boule dans ma gorge.

— C'est pas mal.

— Tu n'aimes pas ? demande-t-il en écartant mes cheveux, tout en me regardant dans le miroir. Tu pourras choisir un tas d'autres boucles une fois qu'elles auront guéri. Je peux demander à Jill de les apporter pour que tu puisses choisir. Tu aurais préféré des perles ?

— Non. Elles sont très bien.

C'est un mensonge, mais je ne veux pas passer plus de temps sur ce sujet. Je ne veux pas être heureuse et je ne veux pas non plus le rendre heureux.

— Bien, dit-il en me serrant l'épaule. Je ne veux que ton bonheur.

Ce n'est pas vrai, et il le sait, même s'il s'en fiche. Il a envie de se persuader que je suis heureuse pour pouvoir supporter ce qu'il m'inflige. Mais je ne lui pardonnerai jamais.

Il se penche en avant et m'embrasse à nouveau sur les joues en ajoutant :

— Bientôt, tu seras à moi seul, comme c'était écrit depuis le début. Et alors, tu me supplieras de prendre ta vertu, princesse.

J'écarquille les yeux lorsqu'il me quitte et referme la porte derrière lui, ses derniers mots se répétant dans ma tête.

Ma vertu... ma virginité.

J'avais complètement oublié, parce que je ne suis sortie que rarement avec des garçons. J'étais trop occupée à travailler pour gagner ma vie et je redoutais que mon père l'apprenne et leur fasse du mal, alors je n'ai jamais vraiment essayé.

Et maintenant, mon premier rapport sera avec mon ravisseur.

Putain.

DOUZE

Charlotte

J'ai du mal à respirer.

Pas uniquement parce que mon corset est trop serré – c'était nécessaire si je voulais entrer dans la robe de mariée qu'il a choisie à ma place... mais aussi parce que je suis terrorisée. J'ai peur des bijoux étincelants sur ma poitrine, des escarpins à talons hauts à mes pieds, du petit diadème en argent sur ma tête et du voile qui pend au ras de mes cheveux bouclés.

Ces derniers jours se sont écoulés dans un flou. Je tremble en me regardant dans le miroir, en découvrant la femme que l'on m'a forcée à devenir. Une femme sur le point d'épouser son pire ennemi. L'homme qui l'a prise comme un trophée.

Princesse... il utilise ce surnom comme une insulte, mais c'est pourtant cette princesse qui me regarde dans le miroir. Une princesse qui n'a aucune raison de porter ces chaussures ou ces vêtements, mais qui n'a pas le moindre choix. Elle va épouser le diable pour effacer la dette de son père.

C'est difficile de soupirer quand vous manquez de place pour respirer et que quelqu'un s'acharne sur votre corsage, essayant de vous faire rentrer dans une tenue ajustée à la hâte. Je ne reproche pas à Jill d'avoir essayé. La pauvre n'a eu que quelques jours pour se débrouiller. C'est tout le temps qu'il lui a laissé... tout le temps qu'il *m'a* laissé.

Je devrais me débattre, crier à tue-tête et me ruer vers la porte pour m'échapper. Au lieu de quoi, je reste là, devant mon reflet, pendant que l'on m'habille une fois de plus comme une poupée. Si je me battais contre Jill, il la punirait peut-être à ma place et me forcerait à regarder pour que je me sente coupable.

Je ne veux pas revivre ça. Je me suis déjà excusée une fois, ce n'est pas pour me laisser humilier une seconde fois. Pour l'instant, je me laisse manipuler sans rien dire, tout comme je ne cherche pas à réprimer les larmes qui menacent de couler.

— Regardez-vous, dit-elle, rayonnante, quand elle a terminé. Seigneur, comme vous êtes belle.

Je lui réponds avec un faux sourire :

— Merci.

— Bon, maintenant tournez-vous pour me montrer, dit-elle en tapant dans ses mains comme une fillette.

Je fais ce qu'elle me demande sans rechigner, les yeux rivés sur le miroir, sur le reflet de cette femme que je ne reconnais même plus.

— Parfait ! Qu'en pensez-vous ? demande-t-elle. Vous trouvez que c'est trop ?

— Non... j'aime beaucoup.

Je ne peux pas supporter de la blesser à nouveau comme la dernière fois. Je suis peut-être une princesse, mais j'ai aussi une morale. Blesser quelqu'un deux fois de suite, ce n'est pas dans mes valeurs, même si elle sait que ce qu'elle fait n'est pas bien.

Elle sourit, les larmes aux yeux, puis elle prend mon bouquet en me disant :

— Tenez. Prenez-le.

Avant que je puisse répondre, elle l'a mis dans mes mains et prend une photo avec un Polaroïd, puis elle agite la photo devant moi.

— Regardez-vous. Quelle beauté, murmure-t-elle alors que nous regardons tous les deux la photo.

Tout ce que je vois, c'est une jolie fille qui essaie de cacher son chagrin.

— Oh, mais regardez l'heure ! s'exclame-t-elle en jetant un coup d'œil à l'horloge avant de m'arracher la photo des mains pour la glisser dans sa poche. Nous devons vous préparer à y aller.

Elle parle de remonter l'allée jusqu'à l'autel.

D'accepter une alliance à mon doigt.

De me marier.

Cette pensée me comprime le cœur et j'ai l'impression que mon estomac forme une spirale compacte.

— Venez, tout le monde doit déjà vous attendre, dit Jill en m'invitant à sortir de la pièce.

Avant même de m'en rendre compte, je me trouve dans le vaste hall de l'église, juste devant la porte qui s'ouvrira dans quelques secondes et me conduira tout droit à l'autel. J'ai envie de hurler, mais je dois me retenir pour ma fierté. Pour mon père, assis au premier rang avec mon frère et qui attend avec impatience mon arrivée, mon mariage avec cet homme cruel. Il n'a même pas voulu me conduire à l'autel lui-même, mais cela n'a aucune importance.

Personne ne se soucie de ce que je pense ou de ce que je veux, et de toute manière, je n'ai pas le choix. Soit j'obéis, soit mon père meurt, et sans doute plusieurs autres personnes aussi, si Easton n'arrive pas à ses fins.

Alors, je prends une grande inspiration, je redresse la tête et je me dirige vers la porte dans ma luxueuse robe de sirène à manches longues et à lacets, bien décidée à ne pas pleurer.

***

EASTON

En apparaissant devant les portes de l'église, elle me coupe le souffle. Je ne l'ai pas vue avant pour respecter la tradition, mais elle est sublime. Jill a fait des merveilles avec la robe de mariée sirène de Charlotte.

Elle descend l'allée avec une grande élégance et la tête haute. Ses pas sont aussi légers et assurés que ceux d'une lionne féroce. Elle ne regarde personne dans les yeux... personne, sauf moi. Elle ne sourit pas, mais son regard est aussi intense que l'éclat du soleil.

Je ne peux m'empêcher de sourire en sachant que cette femme va devenir mienne, que dans quelques minutes, je vais lui passer la bague au doigt et l'embrasser sur les lèvres pour la toute première fois.

Ma Charlotte... Elle cessera d'être une Davis pour être enfin une Van Buren.

Jusqu'à ce que la mort nous sépare.

***

Charlotte

J'ai la tête qui tourne sous tous les regards braqués sur moi. Je suis comme une bombe sur le point d'exploser. Mais mes jambes me poussent à continuer et me conduisent inexorablement vers l'autel et l'homme qui prendra ma vie sans jamais me la rendre.

Je vais me perdre pour toujours... et voilà que je me laisse faire sans même me défendre. Je devrais fuir, me cacher, n'importe quoi.

Au lieu de quoi, je suis debout devant mon ravisseur et je le laisse prendre ma main.

Tout ce qui suit m'échappe un peu.

Quelqu'un parle de notre histoire, de notre passé et de notre avenir, mais je ne perçois rien de tout cela. Les gens applaudissent et tout le monde a l'air heureux. Mais alors, pourquoi ai-je l'impression d'être morte à l'intérieur ? Pourquoi est-ce que je m'enfonce dans ce puits de désespoir un peu plus à chaque instant ?

Mon frère est assis au premier rang, mais il ne me regarde jamais dans les yeux. Mon père apporte les alliances. En voyant son visage, j'ai envie de fondre en larmes, mais je me retiens pour ma propre dignité. Pour mon honneur, mon amour-propre. Mon père a vendu mon âme pour se sauver la vie... Puis-je vraiment lui en vouloir ? N'aurais-je pas fait la même chose ?

La fierté dans son regard et le baiser qu'il dépose sur mon front me font trembler. J'en viens à remettre en question tout ce que je pensais savoir à mon sujet. Sa présence me force à me concentrer sur la raison pour laquelle je fais tout cela. Pas seulement parce que je n'ai pas le choix, mais parce que c'est la meilleure option possible.

Easton a beau essayer d'attirer mon regard depuis que j'ai remonté l'allée, je refuse. Je ne cède pas lorsqu'il me prend la main et m'avoue son amour, pas plus que lorsqu'il prend les alliances que lui tend mon père.

J'ai envie de fuir, de hurler, de quitter cette église et de ne jamais y revenir.

Je devrais peut-être le faire.

Il est encore temps.

Seraient-ils capables de m'attraper ? De me traquer comme une proie avant que je disparaisse ?

Il y a des gardes partout autour de nous. Un. Deux. Non, cinq. Et même plus que cela, peut-être une dizaine... une vingtaine. Serais-je en mesure de leur échapper ? Et si je leur disais la vérité, me laisseraient-ils partir ?

Moi, Charlotte Davis, je m'apprête à épouser un homme contre ma volonté.

Qui se battrait pour moi ? Qui défendrait mon honneur ?

Quelques secondes s'écoulent encore et Easton prend mon annulaire tremblant pour y glisser l'alliance.

Le public nous acclame et nous sourit, et l'instant d'après, Easton pose ses lèvres sur les miennes.

Pendant une fraction de seconde, j'oublie tout ce qui se passe. La foule et le décor disparaissent dans le lointain. Il ne reste que lui et moi, et sa bouche sur la mienne qui noie tous mes regrets, tous mes chagrins, tous mes soucis.

Enfin, il retire ses lèvres et un bourdonnement me tire de la brume, me rappelant ce qui vient de se passer.

À présent, les larmes dévalent mes joues.

— Ne pleure pas, princesse. Tu es à moi maintenant, chuchote Easton.

Il les efface sous son pouce. Dans la chaleur du moment, il brandit ma main devant la salle.

— Charlotte Van Buren, ma femme, déclare fièrement Easton.

Une fois de plus, un tonnerre d'applaudissements retentit.

Sa femme.

Charlotte Van Buren.

Ces deux phrases me font prendre conscience qu'il est trop tard, désormais.

Il est trop tard pour fuir, trop tard pour me cacher, pour prétendre que ce n'est jamais arrivé.

Parce que ça y est.

Je suis mariée, maintenant, et ma vie telle que je la connaissais... est terminée.

TREIZE

EASTON

La réception s'est terminée rapidement, à mon grand soulagement, après quelques cadeaux offerts par nos invités. Je ne veux pas perdre de temps alors que je peux enfin être seul avec elle... ma princesse... ma femme.

Charlotte Van Buren est enfin à moi et j'ai hâte de la toucher. Pas besoin de partir en lune de miel. Mon manoir fera l'affaire et je trouverai mille et une façons de la gâter.

Nous sommes dans la limousine, sur le chemin du retour, et ma main ne peut s'empêcher de dériver vers elle. Je caresse ses bras doux et sa robe, puis sa cuisse que je presse délicatement.

Mais elle se dérobe en serrant les jambes et se tourne vers la vitre comme si je n'étais pas là. Pourtant, nous savons tous les deux qu'elle ne fait qu'éviter l'inévitable. Maintenant qu'elle est ma femme, j'ai tous les droits de la faire mienne et elle le sait pertinemment.

Elle se retient parce qu'elle a peur, mais ce n'est pas grave. Je lui apprendrai tout ce qu'elle doit savoir... Je n'ai peut-être que quelques années de plus qu'elle, mais j'ai suffisamment d'expérience pour savoir comment la faire grimper aux rideaux.

D'abord, je dois l'ouvrir à cette idée. Planter une graine d'hésitation pour qu'elle commence à douter de sa propre résistance devant mon pouvoir de séduction... et ensuite, je passerai à l'attaque.

Mon doigt effleure ses joues de velours et le lobe de son oreille, tandis que j'admire les diamants à ses oreilles. Ils sont magnifiques, comme tout ce qu'elle porte.

— Tu étais très belle aujourd'hui. Je n'ai pas pu m'empêcher de te regarder.

— Tu crois me remonter le moral avec un compliment ? Parce que ça ne marche pas du tout, répond-elle en essayant de s'écarter de moi.

En même temps, je me rapproche un peu plus et lui caresse le cou.

— Tu devrais être reconnaissante que ton père soit toujours en vie, dis-je.

— Oh, je le suis, mais pas envers toi, répond-elle en se léchant les lèvres.

Si elle pense avoir son mot à dire, elle ferait bien de savoir que c'est moi qui ai le contrôle. Je saisis son menton et la force à me regarder.

— S'il est en vie, c'est uniquement parce que *je* l'ai laissé vivre. C'est ma clémence uniquement, ne la confonds pas avec ton pouvoir.

Elle se dégage lorsque nous arrivons chez moi. Je sors et elle détale dès que j'ouvre sa portière. Je la suis à l'intérieur et nous montons les escaliers. Là, j'essaie de lui prendre la main, mais elle s'écarte et se précipite dans sa chambre.

Elle croit peut-être que ça ne me dérange pas, mais cette conversation est loin d'être terminée, tout comme mon envie pour elle.

***

Charlotte

— Laisse-moi tranquille, dis-je en essayant de m'éloigner de lui.

Où que j'aille, il me suit. J'aimerais m'échapper, mais j'en suis incapable. *Fait chier.*

— Tu es ma femme maintenant, Charlotte. Il est temps de changer ton comportement, répond-il en me suivant dans ma chambre.

Avec lui, rien n'est privé, rien n'est sacré, et cela me

terrorise... en même temps, mon cœur remonte dans ma gorge à la perspective de me retrouver dans la même pièce que lui.

Je ne peux pas céder. Ma fierté vaut plus qu'une alliance à mon doigt.

Je tourne les talons, les bras croisés, et le regarde fixement.

— Oui, je *suis* ta femme.

Ces mots à haute voix me semblent obscènes.

— Tu as eu ce que tu voulais. Qu'y a-t-il d'autre à donner ? Je n'ai plus rien.

— Si, et tu le sais... murmure-t-il en envahissant mon espace personnel.

Aussitôt, je me crispe, vaincue par la domination qu'il dégage.

— J'attends de toi beaucoup de choses.

Il incline mon menton avant de chuchoter :

— Maintenant, embrasse-moi comme une vraie épouse.

Il penche légèrement la tête, attendant sans doute que je réagisse, mais je déglutis en réfléchissant. Si je ne fais pas ce qu'il veut, nous savons tous les deux ce qui va se passer. Mais jusqu'où suis-je prête à aller ? Jusqu'où pourrais-je aller avant de me perdre ?

À en juger par son sourire, il sait qu'il m'a emmenée exactement là où il le voulait. Et merde.

— Tu es anxieuse, petite princesse ? murmure-t-il, de ses lèvres dangereusement séduisantes.

— Pas du tout.

C'est un mensonge, bien sûr, et je ferme les yeux avant de déposer une bise légère sur sa joue.

— Et voilà.

— Non, non... sur la bouche, princesse, reprend-il en se mordant la lèvre. Attends, je vais te montrer comment on fait.

Ni une ni deux, il se penche et pose ses lèvres sur les miennes. Son baiser est possessif, comme s'il voulait prendre mon corps, et je n'imagine pas ce qu'il ferait avec ses lèvres ailleurs. Oh non, je ne devrais certainement pas penser à cela.

Il m'a prise au dépourvu et je suis agacée de m'être laissée embrasser. Mon instinct prend aussitôt le dessus et je lui mords la lèvre.

— Aïe !

Il recule légèrement et pose l'index sur sa bouche. Une goutte de sang y perle, mais il la lèche et un petit gémissement lui échappe, enflammant tout mon corps. J'ai horreur de la réaction de mon corps à ce baiser et à ses bruits de gorge. C'est mal. Il ne faut pas que ça se reproduise.

Mais aussitôt, il m'empoigne les cheveux, me tire la tête en arrière et pose passionnément ses lèvres sur les miennes. Cette fois, il est bien plus fougueux, plus autoritaire, comme s'il avait brusquement changé de personnalité et qu'un côté endiablé avait succédé à son côté calme. C'est lui, l'homme que je crains, l'homme que je déteste... l'homme capable de me consumer. À chaque seconde où ses lèvres se posent sur les miennes, je perds mon sens de la réalité et du temps. Je ne pense qu'à cette passion écrasante et mon esprit se transforme en bouillie.

Lorsque ses lèvres se détachent enfin des miennes, je suis étourdie et totalement déboussolée. Je tremble tant qu'il doit me soutenir. Son bras autour de ma taille me fait presque du bien. *Presque*.

— C'est ce que tu préfères ? murmure-t-il, toujours à quelques centimètres de mon visage.

Son pouce glisse sur ma pommette, mon menton, et il plonge dans ma bouche, m'attirant toujours plus près et me forçant à me pencher à mon tour vers lui. Je n'ose pas le mordre, car cela ne le repousserait pas, au contraire, il ne ferait que revenir à la charge encore plus vivement. C'est ce que j'ai appris de notre échange de ce soir.

— Tu aimes les hommes affirmés... qui te retirent ton contrôle pour t'éviter de penser à la culpabilité, murmure-t-il en passant son pouce sur mes lèvres, étalant ma salive sur mon menton. Tu as envie d'être le jouet de quelqu'un pour pouvoir tout oublier.

Je fais la moue en suçotant ma lèvre inférieure. Je ne vais pas lui donner la satisfaction d'avoir raison.

— Va te faire voir.

Il ébauche un sourire malveillant.

— C'est classique... mais ne t'inquiète pas, princesse. Je vais très clairement te prendre.

— C'est ce qu'on verra !

— Oh, tu dis ça maintenant, mais tu vas changer d'avis. Tôt ou tard, tu céderas. Comme tu l'as fait quand je t'ai embrassée.

J'aimerais lui faire ravaler son arrogance.

— Mais j'attendrai parce que je veux te savourer, reprend-il à mi-voix en jouant avec mes cheveux. Jusqu'à ce que tu me supplies de te prendre ta virginité.

— Jamais, dis-je résolument, la voix chevrotante.

— Très convaincant, princesse, répond-il avec un clin d'œil.

Qu'il aille au diable.

— Mais nous verrons bien assez tôt à quel point tu as envie de te soumettre.

Avant que je puisse lui cracher au visage, il se retourne et s'éloigne vers la porte.

— Va prendre un bon bain. Je crois que tu en as besoin.

Sur ce, il quitte la chambre et m'y enferme, seule avec mes pensées... et mon cœur battant à tout rompre.

***

EASTON

Je me détends dans mon fauteuil confortable. Je me demande si l'eau est chaude, si elle préfère les bulles ou l'huile de bain. Si elle aime la baignoire que j'ai fait installer pour elle. À quoi elle ressemble sous tous ces vêtements. Sa peau douce entièrement nue.

J'ai été surpris par les nombreuses couches de tissu sous sa robe. J'aurais peut-être dû demander à Jill de l'aider à se déshabiller. Je me demande si elle accepterait son aide ou si elle lui crierait de partir. Charlotte ne semble pas être du genre à aimer être observée.

Dommage pour elle.

En fin de compte, elle se débrouille très bien toute seule. Il ne lui reste plus qu'à enlever le corset dans lequel sa taille est engoncée. La jolie dentelle est délicate et j'aimerais la rejoindre pour la lui enlever. Mais je dois y aller doucement, lui laisser le temps de s'adapter à son nouveau statut... et à moi.

Je peux très bien la contempler d'ici, dans mon bureau privé. Mon ordinateur portable a une connexion directe avec toutes les caméras de cette maison – sécurisée par un mot de passe, bien sûr, je ne voudrais pas qu'une certaine jeune femme vienne fouiner sur le réseau.

Non, je suis le seul dans ce manoir à savoir ce qui se passe et je serai le seul à la regarder se déshabiller.

Ses vêtements tombent un à un sur le sol, découvrant un corps splendide. Encore plus beau que je ne l'aurais imaginé, avec ses courbes pécheresses et ses fesses délicieusement rondes. Je me demande si ses replis sont moites et à quoi ressembleraient ses gémissements si je laissais mes mains vagabonder vers ses tétons déjà tendus.

Putain. Cette seule pensée me fait bander.

Sur la pointe des pieds comme une petite fée, elle touche l'eau du bout des doigts et elle s'avance, glissant son pied à l'intérieur. Puis elle prend une bouteille et en verse le contenu dans l'eau. C'est de l'huile. Je lui ferai peut-être découvrir la mousse la prochaine fois... quand nous serons ensemble.

Tel un cygne élégant, elle s'assoit dans la baignoire et s'y prélasse, exposant son ventre, sa poitrine généreuse, ses jambes séduisantes et ce sexe qui m'attire tant.

Ma main se dirige immédiatement vers le piquet de tente dans mon pantalon et je me frotte tout en la regardant se baigner. Elle se lave avec un gant humide qu'elle tamponne sur tout son corps, les yeux fermés. On dirait presque qu'elle prend du plaisir et je ne me lasse pas de la regarder. Je suis excité comme jamais et j'enfouis la main dans mon pantalon pour me masturber devant ce spectacle.

Elle ignore que je la regarde et c'est malsain, je le sais, mais je m'en fiche. J'ai besoin de libérer ce désir refoulé, sinon je ne résisterai pas à l'envie de la rejoindre et nous savons tous les deux que ce n'est pas ce qu'elle veut... pas encore.

En plus, ma porte est fermée. Personne ne peut me surprendre et je compte bien profiter de la splendeur de son corps nu. Après tout, c'est ma femme et je peux la savourer à ma guise. Elle est toute à moi et je vais prendre un grand plaisir à la regarder.

Mes bourses se contractent lorsqu'elle écarte les jambes. Je jette un coup d'œil à son joli sexe et je l'imagine aisément recouvert de mon sperme. Je me demande comment elle réagirait et si elle me giflerait... ou si ça la ferait mouiller, au contraire.

Je sais qu'elle aime ça. Elle peut prétendre que ce n'est pas le cas tant qu'elle veut, mais nous savons tous les deux que c'est un mensonge. Je l'ai vu dans son propre appartement, à l'époque où elle ignorait encore tout ce que j'avais prévu pour elle. Quand je suis entré en douce chez elle, un soir, et que j'ai consulté son ordinateur portable. J'ai parcouru son historique et j'ai découvert des heures et des heures de porno... y compris des gang bangs et des fellations forcées avec pleurs et haut-le-cœur.

C'est l'un des fantasmes secrets qu'elle est impatiente de concrétiser. Quand je lui ferai comprendre que tout cela est à sa portée... je lui donnerai ce dont elle a besoin et je la posséderai. Corps et âme.

Je suis à deux doigts de basculer lorsque, tout à coup, elle lève les yeux... tout droit vers la caméra.

QUATORZE

EASTON

Je cesse de me caresser lorsqu'elle plisse les yeux comme si elle venait tout juste de s'apercevoir qu'elle était observée. Puis elle secoue la tête, brandit son majeur et continue à se laver comme si de rien n'était.

Putain.

Mon sexe devient flasque dans ma main. Dépité, je remonte la fermeture éclair en gémissant. Apparemment, ce n'est pas maintenant que je vais m'amuser. Elle sait que je la regarde et elle s'en fiche.

Peut-être que cette fille est plus forte que je le pensais.

Après un dernier clic, je ferme mon ordinateur portable, puis je mets un cigare dans ma bouche et l'allume.

Je vais attendre le bon moment. Elle va bientôt finir son bain et grimper dans son lit pour une bonne nuit de sommeil...

Ou pas.

***

Charlotte

C'est la même marque d'huile de bain que celle que j'ai à la maison, et ce détail me rappelle une fois de plus la liberté que j'ai perdue. Dans l'eau chaude, je me détends un peu.

Au début, je n'avais aucune envie de prendre un bain parce que c'était son idée, mais dès que j'ai mis les pieds dans l'eau, je me suis laissé convaincre. Et puis, ce n'est pas comme si je pouvais refuser. Il l'aurait forcément su, avec toutes ces caméras dans la maison.

Bien sûr, je savais qu'il me regardait. Depuis que j'ai découvert la caméra dans la cuisine, j'ai fouiné un peu dans ma propre chambre et j'en ai découvert plusieurs autres. Il doit y en avoir absolument partout.

Au début, j'ai voulu toutes les arracher et les piétiner, mais j'ai vite compris que cela ne ferait que l'énerver davantage et je n'ai aucune envie d'être punie.

Alors, j'ai joué le jeu et j'ai fait comme si je ne savais pas.

Jusqu'à maintenant.

Je me demande quelle tête il a faite quand je me suis déshabillée et que je suis entrée dans la baignoire. Je l'imagine fébrile et excité, impatient de se caresser. Il veut sans doute être ici, avec moi, pour m'aider à me laver.

Ce connard a obtenu ce qu'il voulait. J'espère qu'il a aimé le spectacle. C'est tout ce qu'il aura, parce qu'il est hors de question que je me rende. Si je dois être prisonnière dans cette maison, autant m'amuser à le rendre dingue. Après tout, ce n'est pas drôle d'être la seule à perdre la raison.

Les larmes n'ont pas leur place sur mon visage ce soir. Aujourd'hui, j'ai perdu mon innocence et mon cœur, mais je refuse de me laisser abattre. Au lieu de quoi, je souris contre mon oreiller, sachant que j'ai survécu un jour de plus. Et avec cette pensée, je m'endors profondément pour la première fois depuis longtemps.

***

Au milieu de la nuit, je me réveille dans le brouillard, sans savoir où je suis. J'ai la tête en vrac et je me sens désorientée. J'ai dû boire beaucoup d'alcool à la réception, pour supporter ce mariage, mais à présent, je regrette cette décision.

La chair de poule me saisit lorsque j'essaie de changer de position dans le lit, mais j'ai beau essayer, je suis incapable de me retourner. Quelque chose me retient. Une main au bas de mon dos... et une autre autour de ma taille. Non seulement cela, mais des doigts bougent, glissant peu à peu vers mon entrejambe.

Merde !

Dès que j'ouvre les lèvres pour parler, il passe la main dans mon cou.

— Hmm... détends-toi.

Easton est juste à côté de moi et il me chuchote à l'oreille, léchant mon lobe tout en se frottant contre moi. J'ai l'impression de rêver, pourtant il me caresse bel et bien. Je suis à moitié endormie et j'ai du mal à réaliser qu'il est là, allongé dans mon lit... et qu'il me touche.

Ses mains glissent le long de mes épaules et de ma clavicule, puis jusque sur ma poitrine. Il plonge dans ma chemise de nuit et s'approche de mon sein, le contournant délibérément comme pour me rendre folle. C'est sans doute le cas, car je ne résiste même pas.

L'assaut de ses caresses est trop fort. Tous mes sens s'enflamment tandis qu'il continue de me toucher en m'embrassant. Ma détermination flanche peu à peu.

— Qu'est-ce que tu fais ? murmuré-je péniblement.

— Je t'embrasse... je te donne de l'amour, murmure-t-il en déposant des baisers dans mon cou.

Je suis impuissante face à cette agression des sens, comme si mon corps refusait de bouger en dépit des incitations de mon cerveau. Je devrais l'envoyer se faire foutre et m'enfuir en courant.

Mais je reste immobile.

Je pourrais parler et resserrer la couverture pendant qu'il embrasse mon épaule en me caressant... pourtant, je reste figée et je commence même à mouiller.

Putain, mais pourquoi est-ce que je le laisse faire ? Je déteste ce type.

En même temps, je ne suis pas certaine de vouloir qu'il s'arrête. Mon corps vibre de tout ce qu'il me fait, sa façon de me toucher. Je suis pétrifiée par sa domination.

Je lui appartiens. J'ai donné ma vie pour que mon père puisse garder la sienne.

Mon corps appartient à Easton, qui peut en faire ce que bon lui semble. Et ce qu'il veut, apparemment, c'est maintenant qu'il va le prendre.

Est-ce à cause de ce que j'ai fait dans la baignoire ? Je l'ai attiré et je l'ai fait venir jusque dans ma chambre. Pourquoi me suis-je comportée comme ça ? Charlotte, quelle idiote !

— Oui, c'est ça. Donne-toi à moi, Charlotte, murmure-t-il à mon oreille.

Il saisit mes poignets et les retient au-dessus de ma tête tout en jouant avec moi. Je suis déboussolée, abasourdie sous le coup de toutes les émotions et sensations qui courent dans mes veines.

Je n'avais encore jamais rien ressenti de tel – certainement pas avec un autre garçon – et cela me terrifie au point de m'ôter toute envie de résistance.

— Tu en as envie, Charlotte. Avoue-le, grogne-t-il en roulant sur mon corps. Tu n'aurais pas dû te moquer de moi dans cette baignoire. Mais tu savais ce que tu faisais. Eh bien, maintenant, je suis là.

Son sourire espiègle fait battre mon cœur encore plus fort. Avant que je puisse formuler une réponse cohérente, il a déjà plaqué ses lèvres sur les miennes. Ses baisers sont dévorants et m'engourdissent comme si je plongeais dans une mer profonde sans jamais avoir besoin de remonter à la surface pour reprendre mon souffle. C'est excitant et nouveau. Il prend possession de ma bouche comme si elle lui avait toujours appartenu.

Quand il détache enfin ses lèvres des miennes, j'aspire de grandes goulées d'air. Mes lèvres picotent, en redemandent. Mais je refuse de quémander. Je refuse de céder à cette ordure à la langue pourtant la plus douce que j'aie jamais connue.

Avant que je m'en rende compte, il s'écarte et quitte le lit pour disparaître de ma chambre comme s'il n'y était jamais venu. Désorientée, je regarde fixement le vide qu'il a laissé comme si cela pouvait le faire revenir. J'ai beau me dire que je ne veux pas qu'il revienne, mon esprit est troublé par l'audace avec laquelle il m'a touchée et mon corps brûle encore de la chaleur qu'il a laissée dans son sillage.

Ma détermination aussi part en fumée.

QUINZE

Charlotte

Au petit matin, je me sens toujours fatiguée. J'ai compté les heures sur le réveil. Je n'ai jamais été aussi nerveuse et je ne pouvais pas m'empêcher de fixer le plafond alors que mon corps continuait à fredonner sa mélodie.

Qu'il aille au diable.

J'en veux tellement à Easton pour ce qu'il a fait... Il a joué avec moi et m'a abandonnée contre toute attente. Pourquoi ? Quel était son but ? A-t-il soudain regretté ce qu'il faisait ou voulait-il me déboussoler ?

Je grogne intérieurement, agacée de ne pas connaître

la réponse et de ne pas avoir accès à ses pensées pour la trouver. Quand l'odeur du pain fraîchement sorti du four parvient à mes narines depuis la cuisine, je saute du lit et enfile un peignoir.

Sans y réfléchir, je quitte la chambre d'un pas vif. À présent, j'ai la tête claire et je ne me sens plus engourdie. Au contraire, je suis prête à me battre. C'est peut-être ridicule de l'affronter, mais que va-t-il faire ? Il me possède déjà, et il pense pouvoir faire tout ce qu'il veut, alors ça ne peut pas être pire.

Je descends l'escalier en peignoir et j'attache le nœud autour de ma taille pour l'empêcher de glisser ses doigts à l'intérieur pendant notre conversation. D'un côté, j'ai presque envie de faire demi-tour et de revenir sur mes pas, de m'arrêter avant d'aller trop loin, mais de l'autre, je ne peux pas laisser passer une telle offense.

Quand je fais irruption dans la salle à manger, Easton est déjà assis en bout de table. Il lit un journal tout en sirotant une tasse de café, comme si tout allait bien. Il ne fait même pas mine de me regarder lorsque je m'approche et pose ma main sur la table, la faisant glisser sur le bord alors que je me dirige vers l'autre bout pour m'y asseoir sans le quitter des yeux. Il ne bouge pas.

Je suis momentanément distraite en découvrant mon magazine préféré, *QT*, juste devant moi. Je m'apprête à le prendre, mais je suspends mon geste. Je ne peux pas céder aux tentations, aussi infimes soient-elles. C'est troublant qu'il m'offre mon magazine habituel. Connaît-il mes goûts ? Ou compte-t-il déposer un nouveau magazine au hasard devant moi tous les jours jusqu'à ce que je craque, lui apprenant ainsi ce que j'aime ?

Quand le serveur arrive avec nos assiettes, Easton lève les yeux de son journal et dit :

— Formidable. Ça sent très bon.

Il s'éclaircit la voix et referme son journal, le pliant soigneusement avant d'ajouter :

— Pourriez-vous servir une autre tasse ? Il semblerait que nous ayons une invitée ce matin.

— Avec joie, dit le serveur avant de s'éloigner en vitesse.

J'incline la tête, essayant toujours d'attirer son attention, mais il boit son café en consultant régulièrement sa montre. Il m'évite discrètement, mais sûrement. Après ce qu'il a fait hier soir, c'est bien compréhensible.

Quoi qu'il en soit, et qu'il le veuille ou non... nous allons parler.

***

EASTON

Elle n'est là que depuis quelques minutes, et déjà, j'ai l'impression que tout s'enflamme. Comme si sa seule présence pouvait dessécher les plantes alentour, comme si son regard pouvait mettre le feu à la nappe. Elle me dévisage, mais je l'ignore. Bien sûr, c'est intentionnel.

J'aime la fougue qui me parvient depuis l'autre côté de la table. Je n'ai pas besoin de la regarder pour savoir qu'elle est furieuse. Elle est obsédée par ce qui s'est passé hier soir. Qui ne le serait pas quand un milliardaire arrogant et séduisant vient se coller à vous et vous touche à des endroits dont vous ne soupçonniez même pas la sensibilité ?

Je crois qu'elle n'était pas prête à ce qu'elle a ressenti lorsque je me suis approché, et maintenant, elle ne sait pas comment assumer et elle me renvoie la faute. Mais je ne le permettrai pas.

Non, je vais la laisser se débattre et fulminer un peu plus longtemps. Je sens bien qu'elle perd les pédales à force de se taire. Si elle prend la parole maintenant, ce sera une façon d'admettre que je suis toujours présent dans ses pensées, et bien sûr, ce n'est pas ce qu'elle souhaite.

J'imagine qu'elle ne veut pas me donner la satisfaction de gagner, mais il y a une chose qu'elle ignore à mon sujet... Je gagne toujours, et très franchement, j'ai déjà remporté le meilleur prix du monde au moment où elle est devenue ma femme.

— Bonjour, toi, dis-je avec un sourire pour me montrer aimable.

Elle croise les bras et tourne la tête vers moi en signe de provocation.

— Oh, maintenant tu parles ?

— Je n'avais pas remarqué que tu étais là.

C'est un mensonge, mais j'aime la fureur qui sort de

sa bouche dès que je l'asticote. Ça m'excite.

— Arrête, lâche-t-elle.

Je savais qu'elle ne pourrait pas s'en empêcher. Elle a horreur que les gens l'ignorent. C'est ce que tout le monde, y compris sa propre famille, lui a fait subir toute sa vie. La seule différence, c'est qu'ils n'en ont jamais eu conscience... alors que moi, si. Mais elle doit apprendre à accorder une certaine valeur à mon attention avant que je sois prêt à le lui accorder.

Je commence à découper mon pain grillé, mon bacon et mes œufs, puis je prends une première bouchée que je savoure lentement.

— Alors, tu vas continuer à m'ignorer ? demande-t-elle en passant la langue sur ses lèvres alors que j'avale.

— Je ne fais que manger. Tu devrais, toi aussi, si tu ne veux pas que ça refroidisse.

— Tu es venu dans mon lit et tu m'as embrassée.

Ah, enfin. Elle avait ces quelques mots sur la langue depuis son arrivée dans la salle à manger.

— Oui, et alors ?

Après tout, elle énonce l'évidence.

Elle pince les lèvres avant de poursuivre :

— Tu ne veux même pas en parler ?

— Que veux-tu que je dise ? demandé-je en arquant un sourcil.

— Tu vas faire comme si de rien n'était ?

— Je n'ai jamais dit ça. Je ne nie rien du tout et je ne veux même pas essayer.

— Alors, ça ne te dérange pas de t'être allongé à côté de moi et de m'avoir touchée ?

— En général, c'est ce que font les maris et les femmes.

Ses narines palpitent, mais elle ne dit pas un mot et je continue mon petit-déjeuner.

— Est-ce que tu t'intéresses seulement à ce que je pense et ce que je ressens ? demande-t-elle abruptement.

Elle n'a toujours pas touché à son assiette.

Je pose ma fourchette.

— Oui, bien sûr. Mais tu dois comprendre que tu m'appartiens. Et je prends ce que je veux, quand je veux.

— Même les femmes à ce que je vois, fait-elle en levant les yeux au ciel.

— Non, dis-je avec un petit sourire en coin. Seulement toi.

— J'ai de la chance, dit-elle avec ironie et un regard mielleux.

— Oui. Beaucoup de chance. Maintenant, mange ton petit-déjeuner avant qu'il refroidisse.

Elle prend sa fourchette et son couteau et entreprend de découper violemment son bacon comme si elle dépeçait un animal vivant, dardant sur moi son beau regard qui semble exprimer, en cet instant, qu'elle aimerait avoir ma tête dans son assiette. Ça ne fait rien. Je peux supporter sa fougue.

— De la chance ? murmure-t-elle encore. De la chance ?

— Tu as de la chance que je ne sois pas allé plus loin.

Elle fronce le nez, comme chaque fois quand elle est sur le point de s'emporter. Mais elle garde son calme, parce qu'elle sait qu'elle ne peut pas me manipuler et cela ne fait que l'exaspérer. Au fond, ça ne me dérange pas... J'adore la voir s'énerver pour quelque chose qu'elle ne contrôle pas.

En réalité, que je l'aie touchée ou embrassée n'a aucune importance. Ce qui compte, c'est que je prends ce que je veux quand je le veux, et elle doit accepter cette vérité inéluctable.

Quoi qu'il en soit, je suis prêt à me montrer patient avec elle. Après tout, je suis son premier et son corps doit encore s'habituer à la sensation d'être possédé par un homme et au plaisir qui en découle. Je vais continuer à la choyer, à la préparer lentement comme une fleur en train d'éclore.

Je mâche tranquillement mon bacon, amusé par son regard. Les souvenirs d'hier soir refont surface.

— La nuit dernière, il m'a semblé que tu en profitais pleinement...

— Quoi ? balbutie-t-elle, manquant avaler de travers. Pas du tout.

— Bon, si tu le dis, marmonné-je.

Elle croit vraiment que je vais gober ce mensonge ?

— Tu ne m'as pas demandé mon avis.

— Je n'ai pas besoin de le faire, et d'ailleurs, tu étais d'accord... sinon, tu m'aurais repoussé, mais tu ne l'as pas fait, dis-je avec un sourire.

Elle a l'air sur les nerfs, comme si je l'avais surprise en plein mensonge.

— J'aurais pu aller plus loin, tu sais. J'aurais pu jouer avec ta chatte jusqu'à te faire jouir, dis-je en remuant mon café sous son regard attentif. Ça t'aurait plu ?

Ses épaules se soulèvent lorsqu'elle prend une grande inspiration et elle écarquille les yeux au moment où j'emploie ce mot... chatte. Elle sait que j'ai décrété ma possession sur elle. Une fois de plus, à l'évidence, elle est à la fois brûlante et à bout de nerfs.

Elle se racle la gorge et attrape sa serviette, qu'elle tamponne contre ses lèvres comme pour cacher le rouge qui lui monte soudain aux joues.

— J'aurais pu aller plus loin, mais j'ai choisi de ne pas le faire.

Je sais que je l'ai laissée pantelante hier soir et elle me déteste sans doute pour ça. Elle déteste les signaux contradictoires de son corps, qui est exactement dans l'état où je le souhaite.

— Pourquoi ? demande-t-elle. Pourquoi ne pas en finir ?

Cette question ne m'étonne pas... parce qu'elle le voudrait secrètement. Son corps souhaitait éperdument être touché et mon retrait brutal lui a paru cruel.

Mais j'avais besoin de la pousser dans ce moment charnière, au bord du désespoir, là où le bien et le mal se confondent, quand elle ne sait plus que choisir, cet instant où elle pourrait crier pour que j'arrête ou, au contraire, pour que je la prenne.

Je me suis alors éloigné parce que je veux qu'elle savoure ce sentiment, qu'elle se souvienne de ce moment... et qu'à l'avenir, elle fasse un choix clair et net, et non sur un coup de tête.

Sa soumission doit être une décision consciente, dans son cœur et son esprit.

Et j'attendrai le temps qu'il faudra pour qu'elle comprenne.

— Parce que tu es encore vierge. Je vais t'attiser et préparer ton corps jusqu'à ce que tu me supplies de prendre ta chatte... comme une vraie princesse le ferait.

Je ne sais pas si c'est mon sourire assuré ou mes paroles qui lui font jeter sa serviette sur la table et reculer sa chaise. Je m'attends à un déluge de jurons, peut-être même à un coup de couteau dans la table pour faire bonne mesure.

Au lieu de quoi, la fille devant moi garde la tête haute. Elle se retourne et franchit la porte sans un mot.

SEIZE

Charlotte

Je ne peux pas rester là. Pas une minute de plus.

Je pensais en être capable, mais c'est impossible.

Il me nargue comme ça tous les jours, me poussant sans relâche dans la direction qu'il veut, rien que pour le plaisir. Il ne dit pas cela parce qu'il le pense. Ce n'est pas vraiment moi qu'il veut, il aime seulement me mettre en colère, me torturer et me pousser dans mes retranchements.

Et moi, je le laisse faire. Je laisse ce milliardaire puissant et arrogant prendre le contrôle de mes pensées pour la simple raison que ses doigts étaient partout sur mon corps la nuit dernière. Je n'ai pas protesté.

J'ai réalisé ce qui s'était passé après-coup, quand il était trop tard, alors qu'il était déjà parti. J'aurais dû l'arrêter, mais je ne l'ai pas fait. Il sait que je le regrette, mais maintenant, il s'en sert contre moi.

Qu'il aille se faire voir.

J'entends des bruits de pas derrière moi. Aussitôt, il m'empoigne le bras et m'attire à lui.

— Où vas-tu ? demande Daston en claquant des doigts.

— Je m'en vais.

— Hors de question, répond-il en ricanant comme si je plaisantais.

— Va te faire foutre ! crié-je.

Il lève un sourcil goguenard.

— C'est tout ce que tu peux trouver ?

J'ouvre la bouche pour répondre, mais je ne sais pas quoi dire, et ça ne fait que m'énerver davantage.

— Mais pourquoi faut-il que tu te comportes comme un connard ? rétorqué-je pour l'ébranler. Ça t'amuse de me torturer ? De me pousser au bord de la folie ? C'est ça que tu veux ? Une femme qui devient folle ?

— Non.

Il s'avance, les mains dans les poches.

— Je veux une femme qui obéisse à tous mes désirs, et je veux que ce soit toi.

— Alors, tu veux quelque chose qui n'existe pas, dis-je en secouant la tête.

— Tu te sous-estimes, princesse.

Je m'éloigne, mais il me suit.

— Je ne suis pas une princesse, lancé-je avant de baisser les yeux sur mon peignoir. Tu as beau choisir mes vêtements, me faire dormir dans ce lit ou m'habiller et me déshabiller, je ne suis pas une poupée et je ne le serai jamais. Tu aurais dû investir ailleurs.

Je me retourne et passe de pièce en pièce, m'acharnant sur toutes les fenêtres que je rencontre. Je dois bien pouvoir trouver un moyen de les ouvrir, non ? Ils doivent bien aérer ce manoir.

— Tu perds ton temps, dit-il en s'appuyant contre l'encadrement de la porte. Elles sont toutes verrouillées. Il y a des grilles d'aération.

— Je m'en fiche.

Je n'arrêterai pas de chercher jusqu'à trouver une issue. Jamais. Il peut mettre des verrous à toutes les portes et fenêtres ou m'enchaîner à mon putain de lit. Je ne m'arrêterai jamais. Si je capitule, ça voudra dire qu'il avait raison en affirmant que je suis incapable de lui résister.

Il me suit toujours, même lorsque j'entre dans son bureau privé où il garde tous ses livres et ses objets de collection.

— Pourquoi cherches-tu à t'évader ?

Je fais volte-face et lui hurle :

— Parce que j'ai besoin d'être libre !

Ce seul mot, « libre », me fait monter les larmes aux yeux. C'est le mot qui définit tout ce que j'ai perdu dès l'instant où mon père a décidé de vendre mon corps au diable en personne, dès que je suis arrivée ici.

Parce que cette liberté que m'offrirait un accès à l'extérieur est la seule chose qui me sauvera de sa présence, de ce... monstre. Easton Van Buren ne s'intéresse qu'à sa propre liberté. Pourtant, son regard ne me semble pas être celui d'un monstre. C'est même la première fois depuis notre rencontre qu'il a vraiment l'air déçu, le visage marqué par l'inquiétude. L'atmosphère entre nous est chargée de mots et de désirs non exprimés.

— Je peux te l'accorder selon mes conditions, dit-il au bout d'un moment, sa voix plus douce qu'avant.

C'est justement là le problème. Je ne veux pas être libérée selon ses conditions. Ses conditions me lient à ses souhaits et à ses règles. La liberté, au contraire, c'est la possibilité de faire un choix, et dans cette maison, je n'en ai aucune.

— Tu es mon ravisseur. Tu me gardes prisonnière. Je ne suis qu'un jouet avec lequel tu t'amuses. Tu ne pourras jamais me rendre ma liberté si tu ne me laisses pas partir.

— Tu sais que je ne peux pas faire ça, dit-il avec une profonde inspiration. Alors, ne me le demande pas.

— Dans ce cas, tu ne pourras jamais me donner ce que je veux. Et je ne serai jamais heureuse ici, décrété-je.

Son regard s'assombrit comme s'il prenait enfin conscience que je ne suis pas la seule à devoir payer le prix fort. Lui aussi doit sacrifier quelque chose s'il compte obtenir ce qu'il veut : mon bonheur.

— Je veux vraiment te rendre heureuse, dit-il en

serrant les poings.

— Non, tu veux me posséder. Il y a une grande différence.

— Je te possède déjà, et ce n'est pas suffisant, dit-il en se rapprochant tandis que je recule vers les longs rideaux rouges au fond de la pièce. J'attends bien plus de ta part.

— Dommage, tu ne l'auras jamais.

Je m'agite, fébrile, triturant tous les tiroirs pour essayer de trouver quelque chose que je puisse utiliser à mon avantage. Une arme, un mécanisme, une clé... tout ce qui me permettra de sortir d'ici.

— Je ne suis pas une machine à sous dans laquelle tu peux insérer des pièces et en tirer ce que tu veux, dis-je en continuant à fouiller son bureau.

Je cherche quelque chose d'utile, mais bien sûr, il a verrouillé tous les tiroirs importants. Quel connard !

— Tu ne trouveras pas ce que tu cherches, ni rien du tout, d'ailleurs, me dit-il.

— Tais-toi !

— Non. Tu te rappelles quand je t'ai embrassée, Charlotte ? Tu te rappelles ce que tu as ressenti ?

Je m'y refuse. Je ne veux pas y penser, parce qu'alors, il me faudrait admettre qu'en effet, j'en ai eu le souffle coupé. Je claque un tiroir rempli de papiers en demandant :

— Ça t'amuse de me voir souffrir ?

Il y réfléchit pendant quelques secondes.

— Je ne nierai pas que ça m'excite, répond-il enfin

en ajustant sa cravate. Mais je veux aussi t'aimer et te serrer dans mes bras. Seulement, tu ne me laisses pas faire.

Lui ? Il veut m'aimer ? C'est un peu gros. Tout ce qu'il a fait jusqu'à présent, c'est me blesser et m'utiliser à sa guise. Comment ose-t-il me mettre ça sur le dos et essayer de se faire passer pour une victime dans cette histoire ?

— Personne ne m'a demandé ce que je voulais. Tu n'es pas une victime. C'est moi qui n'ai jamais demandé à t'épouser.

Je prends une pile de papiers au hasard sur le bureau et les consulte en essayant de trouver quelque chose pour le faire chanter, mais ce ne sont que des invitations à une fête et un dîner, et une offre commerciale pour l'un de ses clubs. Je ne découvre rien d'extraordinaire. Sans aucun moyen de pression à exercer contre lui, j'entre dans une colère noire et jette les feuilles éparses sur le bureau en m'égosillant.

— Qui aurais-tu épousé, alors ? demande-t-il sans réagir à mon emportement. As-tu déjà trouvé quelqu'un d'assez bien pour toi ?

— Personne ! hurlé-je. Je voulais être *libre*.

— Libre... toute seule, sans personne qui t'aime ?

— Ça m'est égal !

Sous le coup de la fureur, je suis presque certaine que mon visage a viré au rouge maintenant, mais je ne me soucie plus de mon apparence. Pas avec lui. Il a déjà tout vu dans la baignoire, tout touché dans le lit de sa chambre d'amis... Je n'ai plus rien à lui cacher. Plus rien qui soit encore à moi et à moi seule.

— Je n'ai pas besoin qu'on m'aime.

— Tu n'es pas sérieuse, dit-il avec un soupir.

J'ai horreur qu'il puisse balayer mes convictions en une seule phrase.

— Tout le monde a besoin d'amour, ajoute-t-il.

— Pas ce genre d'amour, dis-je alors qu'il s'approche encore plus.

Dans ma colère aveugle, je me suis retrouvée dans un coin du bureau, et maintenant, je suis coincée. Je n'ai nulle part où aller... sous peine d'atterrir directement dans ses bras.

— Alors, quel genre d'amour ? murmure-t-il en baissant la tête, prenant mon menton entre ses doigts pour me forcer à le regarder. Un amour qui te fait trembler, qui interrompt les battements de ton cœur et rend ton corps sensible à l'extrême ?

Tout doucement, il pose ses lèvres sur les miennes comme pour me montrer qu'il peut aussi être capable de tendresse. C'est le premier baiser qu'il me donne qui me fait douter de ma propre détermination.

Lorsque sa bouche se détache de la mienne, j'ai l'impression que mon monde tout entier s'est désaxé. Ses baisers ne devraient pas m'affecter à ce point, pourtant je ne peux pas empêcher mon corps de regretter qu'il se soit arrêté.

Ses doigts glissent le long de mon menton et de ma gorge, jusqu'à mes épaules et mes bras, laissant la chair de poule dans leur sillage.

— Tu cherches le genre d'amour qui électrise ton corps par une simple caresse ?

À présent, il me pousse contre le mur et se penche pour un autre baiser. Cette fois, ses lèvres sont dans mon cou, juste sous mon oreille. Lorsque sa main passe à l'intérieur de mon peignoir, effleurant mon ventre et caressant ma poitrine, mon souffle reste suspendu. Je prends une vive inspiration en essayant de ne pas être affectée, mais j'échoue lamentablement.

Il chuchote à mon oreille :

— Le genre d'amour qui te coupe le souffle.

Son visage n'est qu'à quelques centimètres du mien. Il me dévisage intensément, me paralysant sous son regard.

— Ce genre d'amour ? Parce que je tiens à t'offrir ce genre d'amour.

Il se mord la lèvre, si proche que je sens son souffle chaud sur ma peau. L'arôme du café fraîchement torréfié et du pain grillé croustillant me monte aux narines et j'ai envie de me pencher pour y goûter.

Mais je ne devrais pas... Jamais, pas tant que je serai en pleine possession de mes moyens.

— L'amour doit être un choix. Moi, je n'ai pas fait ce choix, dis-je en retenant mon souffle.

J'essaie de ne pas me laisser bouleverser, mais c'est si difficile que je n'arrive même pas à le repousser, à l'empêcher de déposer un baiser sur ma clavicule. Il passe un bras autour de ma taille, m'attirant plus près. Le gémissement qui monte de son corps me fait vibrer jusqu'à l'entrejambe.

Non, je ne devrais pas. Ce n'est pas bien.

Une infime bribe de raison revient dans mon cerveau et je m'écarte en le repoussant.

— Ne fais pas ça.

— Quoi donc ? Te donner de l'affection ? Faire battre ton cœur plus vite ? Aimer ma femme comme je le devrais ?

— Ne m'appelle pas comme ça, m'écrié-je. J'ai horreur de ce mot, de ce qu'il signifie et de tout ce qui l'accompagne.

— C'est la vérité, Charlotte. Que tu le veuilles ou non, tu es ma femme, maintenant. Et il est temps que tu comprennes ce que ça signifie.

Sa main sur le mur au-dessus de moi, il essaie à nouveau de m'embrasser, mais cette fois, je lui décoche un coup de pied dans le tibia. La douleur le fait bondir et il s'agrippe à sa jambe tandis que je m'éloigne.

— Attends, grogne-t-il.

— Non ! Je n'ai rien choisi de tout ça. Je ne t'ai pas choisi. Ce n'est pas moi qui *nous* ai choisis. C'est mon père.

Des larmes coulent de mes yeux.

— Les hommes, vous êtes les mêmes. Je ne suis qu'une marionnette pour votre plaisir.

Il s'avance en titubant, mais je lève la main. Il s'arrête dans son élan comme s'il avait soudain vu la lumière et compris qu'il ne devait pas aller plus loin.

Je lui assène alors le coup de grâce :

— Tu ne vaux pas mieux que mon père.

Il grince des dents et ferme les yeux, les veines de son visage saillantes. À l'évidence, il est bouleversé. Rien dans ce monde n'est pire que l'homme qui me tient lieu de père, et il le sait. Il sait que c'est la pire insulte qu'il puisse recevoir. Une insulte que je suis toute disposée à lui lancer pour lui faire comprendre la gravité de la situation dans laquelle il m'a placée et à quel point il est abject.

Avec fierté, je quitte la pièce d'une démarche hautaine en resserrant encore une fois le nœud de mon peignoir.

***

EASTON

Je devrais me lancer à sa poursuite, la forcer à rester et à écouter, mais je n'en fais rien. Je suis cloué au sol, figé par ses mots. Le temps que je reprenne mes esprits, elle a disparu depuis longtemps. J'imagine qu'elle est retournée dans sa chambre, toute seule, et qu'elle pleure à nouveau. Et merde.

Saisissant la lampe la plus proche, je la jette contre la porte où elle vole en éclats.

— Putain !

Je hurle si fort que j'ai l'impression que les veines de mon cou vont exploser.

Je ne suis pas son père et je ne le serai jamais. Elle ne s'en rend pas compte ? J'essaie d'être gentil, d'être l'homme qu'elle désire, le seul dont elle puisse avoir besoin. Mais tout ce qu'elle voit, c'est cet affreux démon qui l'a arrachée à sa vie douillette.

Que puis-je faire de plus pour qu'elle m'accepte comme son mari ? Il est évident que l'inonder de cadeaux ne marchera pas, et manifestement, elle refuse d'admettre que mes baisers et mes caresses produisent un effet concret sur son corps.

Pourtant, elle ne cesse de résister et c'est exaspérant. On dirait qu'elle ne connaît rien d'autre que la lutte, comme si elle vivait pour cela, comme si ça l'excitait. C'est peut-être le cas... à moins que ce soit son unique moyen de retrouver le contrôle qu'elle a perdu.

Quoi qu'il en soit, je dois gérer la situation comme toujours. Je dois la soumettre, mettre fin à cette lutte une bonne fois pour toutes. Mais comment ?

Je passe les doigts dans mes cheveux lorsque Jill entre dans mon bureau en demandant :

— Tout va bien, monsieur ?

— Oui, ça va.

— Voulez-vous que je nettoie ? ajoute-t-elle en désignant la lampe cassée que j'ai déjà oubliée.

— Oui, bien sûr. Jetez tous les morceaux.

Je n'ai pas le temps de réfléchir à tout ce qu'elle risque encore de briser sous mon toit.

Jill commence à ramasser les éclats en prenant soin

de ne pas faire de bruit. Quant à moi, je reste tourné vers mes étagères, le regard dans le vague, en me demandant à quel moment je me suis trompé avec Charlotte.

— Vous êtes sûr que... vous n'avez pas envie de parler ? demande Jill avec hésitation, marquant une pause entre ses mots.

Je penche la tête et soupire avant de la regarder.

— Ce n'est pas moi qui ai besoin de parler.

Elle fronce les sourcils.

— Excusez-moi, je n'ai pas...

— Charlotte, précisé-je avec un sourire timide. Allez voir si elle va bien.

Elle acquiesce et s'empresse d'aller jeter les morceaux cassés, comme si elle cherchait à me les cacher. Quand elle revient, je lui dis :

— Jill, attention à ce qu'elle ne quitte pas cette maison.

— C'est promis, dit-elle en hochant la tête, les lèvres pincées.

Je sais que Jill n'est pas d'accord avec ma décision ni avec ce que je fais, mais elle se garde bien d'exprimer son opinion. Elle me doit bien ça.

Avec un sourire troublé, elle sort du bureau, me laissant seul dans mon malheur. Je prends un verre et le remplis de gin, puis je regarde l'étiquette au dos de la bouteille en l'avalant d'un trait. Je vais certainement la vider tout entière avant la fin de la journée.

***

Charlotte

Je mets ma chambre sens dessus dessous, jetant le contenu du placard, des tiroirs et de la salle de bain sans rien épargner. Je dois absolument trouver quelque chose, une clé, un couteau, un outil pour m'évader de cette horrible prison. N'importe quoi fera l'affaire. Je dois m'éloigner de cet homme avant... avant de faire quelque chose que je regretterai à tout jamais.

Il ne cesse d'insister, de se rapprocher de moi, et je ne peux plus le supporter. Mon corps veut céder alors que mon esprit s'obstine. C'est insoutenable, impensable, cet homme est mon ravisseur, quelqu'un qui me garde comme un trophée qu'il a dérobé à son ennemi. Je ne suis rien d'autre qu'un jouet pour lui.

Quoi qu'il en soit, je ne peux pas le laisser me consumer. Il ne se soucie pas de moi ni de mon cœur, même s'il prétend le contraire. Ce ne sont que des mensonges pour me soumettre. Parce qu'il n'est question que de cela, ma soumission, ma défaite.

Il veut me voir à genoux pour témoigner de sa victoire.

Je m'y refuse.

Après avoir fouillé toutes mes affaires, laissant la chambre jonchée de vêtements, de brosses à cheveux, de maquillage et de chaussures, je n'ai trouvé que les quelques épingles mises de côté en rentrant du mariage et en défaisant ma coiffure. Elles pourraient toujours m'être utiles.

Je rejoins la fenêtre et m'attelle au verrou, insérant l'épingle à cheveux dans le trou. Elle se déforme, mais je n'abandonne pas. Je vais continuer toute la nuit si la liberté m'attend de l'autre côté.

Après avoir fait levier pendant une dizaine de minutes, j'entends un déclic et le verrou tourne. J'ouvre grand les yeux et affiche un sourire plus éclatant que le soleil.

— Oui ! murmuré-je, victorieuse.

À deux mains, je pousse le vantail et passe la tête à l'extérieur pour vérifier qu'il n'y a personne. Je ferme les yeux une seconde et prends une grande bouffée d'air frais qui me donne envie de sauter tout de suite.

Je devrais peut-être essayer. Y a-t-il une corniche ?

Je ne trouve rien d'autre que quelques branches entrelacées dans un treillis en bois contre le mur. Cela pourrait me servir d'échelle, mais je n'en saurai rien tant que je n'aurai pas essayé. Après tout, ai-je quelque chose à perdre ? Ma vie ne m'appartient déjà plus. Il est temps de faire un saut dans l'inconnu.

Je passe une jambe par-dessus le rebord et pose le pied sur la structure en bois, appuyant pour m'assurer qu'elle ne bouge pas trop. Le treillis me paraît assez solide et j'ajoute un autre pied tout en me retenant au cadre de la fenêtre. J'entends grincer, mais rien ne cède sous mon poids. Je peux essayer de descendre en toute sécurité et tenter de m'échapper de la propriété.

Alors que je relâche la fenêtre pour mieux me concentrer sur mes pieds, la porte de ma chambre s'ouvre et quelqu'un fait irruption à l'intérieur.

— Bonjour, je voulais savoir si vous alliez bien. Easton m'a dit que vous aviez...

C'est Jill. Et elle vient de me surprendre en pleine tentative d'évasion.

DIX-SEPT

Charlotte

En une fraction de seconde, nos regards se croisent et le sien exprime un désespoir que je n'avais jamais vu auparavant. Jill pousse un hurlement. Sous le choc, je manque lâcher le treillis, mais je parviens à me ressaisir en resserrant les doigts. C'est à ce moment-là que je réagis. Avec la rapidité d'un rat échappé de sa cage, je me laisse glisser le long des croisillons et des vignes épineuses qui poussent contre les murs du manoir. Les épines me lacèrent et mon peignoir se déchire en s'y accrochant. Bien sûr, c'est le dernier de mes soucis, surtout maintenant que Jill a penché la tête par la fenêtre.

— Charlotte ! Non ! Revenez, s'époumone-t-elle. Vous allez tomber !

Mais je suis subjuguée par la liberté à portée de main. Au diable les conséquences ! En m'évadant, je mets en danger la vie de mon père et la mienne, mais je le retrouverai et je le protégerai. C'est une promesse que je me fais, ici et maintenant, alors que je fuis pour sauver ma vie.

Dès que mes pieds touchent le sol, ils m'entraînent loin du manoir de leur propre initiative. En chaussons, je cours à en perdre haleine dans le jardin, traversant le gazon et les parterres de fleurs, longeant les arbres et les buissons épais qui parsèment la propriété jusqu'à atteindre une muraille imposante. Impossible de l'escalader. Et maintenant ?

Je tourne sur moi-même à la recherche d'une sortie. Il y a un portail non loin de moi, mais les environs me paraissent trop calmes, sans le moindre garde. Ils doivent bien être quelque part, à me surveiller, n'est-ce pas ? À moins qu'ils soient en pause. Si tel est le cas, c'est le seul moment où je peux m'échapper.

Jill doit déjà donner l'alerte. Je n'ai pas le temps d'y réfléchir plus longtemps. Je m'élance vers le portail à la vitesse de l'éclair. Mon peignoir tient à peine, mais je m'en fiche complètement, le portail en ligne de mire. Cinq. Quatre. Trois. Deux. Un.

Dès que je l'atteins, je l'empoigne à deux mains et commence à grimper. Après quelques tentatives, mes pieds trouvent des interstices dans la grille qui me permettent d'avancer, mais je refuse d'abandonner. Je ne suis pas prête à renoncer à l'espoir ou à la liberté qui m'attendent au-delà de ce portail. Si seulement je pouvais me hisser encore. Je suis si proche que je peux presque y goûter.

Soudain, des mains se referment autour de ma jambe et me tirent le long de la grille. Je me cramponne désespérément au portail comme à ma dernière planche de salut.

— Non !

Je hurle mon désespoir tandis que l'on me tire vers le bas, loin de mon unique échappatoire. La liberté me glisse entre les doigts et mes pieds touchent à nouveau le sol.

— Lâchez-moi !

Ce sont deux gardes d'Easton.

— Je dois absolument partir ! Je suis détenue en captivité, leur dis-je. Vous ne voyez pas ? Aidez-moi, je vous en supplie.

Au lieu de répondre à mes supplications, l'un d'eux me soulève du sol et me jette sur son épaule. Aucun ne parle et je tambourine du poing dans son dos pour essayer d'attirer son attention.

— Laissez-moi partir, espèce de fumier !

Le portail s'éloigne douloureusement.

Les larmes me montent aux yeux lorsque je comprends que ma tentative a échoué. Je ne verrai jamais le monde extérieur, même si, dans mon esprit, je commençais à y croire. Je m'étais déjà préparée à affronter les gens du dehors, à leur parler, leur demander de l'aide et les implorer de m'emmener en sécurité. J'avais tout prévu dans ma tête. Chaque moment était planifié, à partir de l'instant où j'aurais franchi ce portail.

J'étais toute proche... avec le goût de la liberté au bout de la langue.

Et puis, tout m'a été arraché.

— S'il vous plaît... murmuré-je en voyant défiler le mur d'enceinte tandis qu'ils me ramènent vers la maison.

Qui peut accepter de faire leur métier ? Quel salaire est assez élevé pour que ces hommes consentent à ignorer ce qu'il fait subir à une innocente ? Ils sont payés au prix du sang, et aucun d'eux ne s'en soucie.

— Vous devriez avoir honte, m'écrié-je en frappant l'homme à nouveau. Je me fiche complètement de savoir qui vous êtes. Vous êtes complice d'un criminel, vous m'entendez ?

— Boucle-la et arrête de me frapper, sinon je ferai usage de la force, rétorque-t-il. Compris ?

— Allez vous faire foutre, rétorqué-je en le mordant à l'épaule.

Il grogne et me frappe violemment les fesses. La douleur est si intense que je pousse un gémissement.

— Il est grand temps que quelqu'un te donne une putain de leçon, dit-il en me déposant avant même que nous atteignions l'entrée.

Il me pousse contre la façade du manoir, près d'une porte de service à l'abri des arbustes. J'essaie de m'enfuir, mais il me retient entre ses bras épais tandis que son acolyte s'éloigne de quelques pas pour jeter un œil aux environs.

— Easton a été beaucoup trop indulgent avec toi, me dit le type.

Son ami hoche la tête pour lui donner le feu vert.

Levant les yeux, je découvre une caméra en hauteur, mais elle n'est pas orientée sur nous. Cet homme utilise l'unique angle mort du jardin à son avantage, pour m'agresser.

Il plaque les deux mains sur le mur, me prenant au piège de ses bras. Je dois bien pouvoir réagir... Il faut que je trouve quelque chose, n'importe quoi. *Le bipeur !* Je pourrais appeler Jill à l'aide.

Quel était son numéro, déjà ? Putain !

Je fouille dans la poche de mon peignoir, mais au moment où je le sors, l'homme me l'arrache des mains.

— Non, non, non, ma belle.

Il le jette comme si de rien n'était.

Le vent s'engouffre sous mon peignoir, le soulevant et exposant mes cuisses. Immédiatement, ses yeux suivent le mouvement. Il se mord la lèvre et grogne :

— Il est temps qu'un homme, un vrai, te soumette.

Sur ce, il m'empoigne les cheveux et me pousse violemment contre le mur, m'arrachant un gémissement de douleur. Mes yeux sortent de leurs orbites lorsque sa main vient se poser contre ma gorge et serre, bloquant l'air dans mes poumons. Pendant ce temps, son autre main déchire mon peignoir, exposant mon corps nu.

— Putain, ne fais pas de bruit... souffle-t-il à mon

oreille.

Quand sa langue glisse sur ma peau, j'ai envie de hurler. Mon estomac se noue lorsqu'il baisse la main pour ouvrir sa fermeture éclair. Je me sens totalement impuissante, interloquée, incapable de bouger ni de me débattre contre lui alors qu'il me retourne et me pousse contre le mur.

Les larmes me montent aux yeux quand cette ordure se presse contre moi en murmurant :

— Écarte les jambes pour moi, ma jolie...

Soudain, une forte détonation me fait fermer les yeux et j'enfouis mon visage dans mes mains. Un silence s'ensuit, puis un autre coup de feu et des cris hystériques. Je rouvre les paupières pour découvrir une scène sanglante que je dois regarder à deux fois pour bien comprendre.

Easton est en face de moi, le bras tendu et la main fermée autour de mon bras, me protégeant de son corps. Dans l'autre main, il tient une arme. L'homme qui s'apprêtait à me faire du mal est affalé sur le sol à mes pieds, une balle dans le crâne. Sur l'herbe, à quelques mètres de là, l'autre garde se tord de douleur, le ventre en sang.

— Putain ! crie-t-il, les mains sur sa blessure.

— Tu as de la chance que je t'aie seulement touché à l'abdomen au lieu de te coller une balle dans la tête comme ton complice, lâche Easton en regardant le cadavre à nos pieds.

— Je n'ai rien fait ! proteste-t-il.

— Quiconque essaie de toucher à ma propriété

trouve la mort.

Sa voix est rocailleuse, plus sombre que jamais auparavant. J'en ai la chair de poule. Sa poigne sur mon bras est à la fois douce et ferme, mais je n'ai pas peur de lui comme de ces deux hommes.

Easton jette un coup d'œil à mon peignoir par-dessus son épaule et ordonne :

— Couvre-toi.

Immédiatement, je resserre les deux pans de tissu autour de moi en tremblant de tous mes membres.

Easton s'approche de l'homme par derrière et lui tire dans le pied. Je sursaute devant une telle violence. L'homme pleurniche, à présent. Il supplie :

— Je vous en prie... ne me tuez pas.

— Te tuer ? s'esclaffe Easton. Non, je veux que tu souffres. Comme elle quand tu as décidé d'aider ton pote à prendre ce qui ne vous appartenait pas.

Il referme les bras autour de sa tête comme si ce geste pouvait le protéger.

— Elle essayait de s'échapper ! Je vous jure, on voulait juste vous la ramener...

— Non, vous cherchiez un coin tranquille pour assouvir vos désirs méprisables. Comment avez-vous osé toucher *ma* princesse, tous les deux ?

Ma princesse. Il s'est approprié ces mots, les savourant comme une réalité implacable. Un frisson glacial dévale le long de ma colonne vertébrale.

— Je suis désolé, je suis désolé, balbutie le garde.

Pitié, je veux vivre.

Je ravale la boule dans ma gorge tandis qu'Easton nettoie son arme d'une main assurée. Il leur a tiré dessus sans même sourciller.

Le ciel s'ouvre tout à coup et la pluie tombe à verse. D'autres membres du personnel sortent du manoir, consternés par la scène qu'ils découvrent.

— Nick. Appelle les mecs de la Société, lance Easton à l'un de ses employés.

Nick acquiesce et sort son téléphone de sa poche avant de retourner à l'intérieur.

— Tout va bien ? murmure soudain Jill à mon oreille, les mains sur mes épaules. J'étais tellement inquiète en vous voyant disparaître par la fenêtre.

— Ça va, dis-je à mi-voix pour ne pas alerter Easton, qui s'occupe toujours de l'homme au sol... et du cadavre à quelques mètres de moi.

— Quelle idée ! Pourquoi avez-vous fait ça ? reprend-elle alors que je commence à frissonner à cause de la pluie glaciale qui détrempe mon peignoir. Vous auriez pu mourir.

— Parce que...

Je hausse les épaules. Quelle réponse pourrait les satisfaire, Easton et elle ? Je ne voulais que la liberté, mais pas comme ça. Pas en courant le risque que ses propres hommes m'attaquent... et que l'un d'eux soit abattu juste sous mes yeux.

Jill récupère le bipeur par terre et l'inspecte

soigneusement avant de le remettre dans ma poche.

Après avoir échangé avec quelques membres de son personnel, Easton se tourne enfin vers moi et me regarde droit dans les yeux.

— Tu es blessée ?

La franchise de sa question me fait monter le rouge aux joues. Je secoue la tête, toujours déconcertée par sa capacité à changer de sujet aussi rapidement alors qu'il vient de tuer quelqu'un de sang-froid.

— Un peu... secouée. C'est tout.

C'est un euphémisme, mais je ne voudrais pas le mettre encore plus à cran en lui disant la vérité.

Il passe la langue sur ses lèvres humides de pluie et ses yeux intenses s'illuminent avec une ferveur que je n'ai encore jamais vue. Il est trempé, mais il ne semble même pas se soucier de la pluie.

— Ils ont tenté quelque chose ?

— Je...

Son regard profond me déstabilise. Autour de nous, tout le monde me dévisage et ma gorge se noue complètement.

— Je... bredouillé-je, les lèvres tremblantes, tandis que mon esprit se contorsionne en essayant de transformer ces affreux souvenirs en quelque chose d'acceptable.

— Jill, m'interrompt Easton. Emmenez-la à l'intérieur et faites-lui prendre un bain. Habillez-la et donnez-lui à manger.

— Oui, monsieur, répond Jill en refermant sa main

chaude sur la mienne. Venez.

Avec un sourire prévenant, elle m'attire à nouveau à l'intérieur, dans ce manoir qui n'est autre que ma prison. Pourtant, cette maison m'apaise et je m'autorise à nouveau à respirer. Easton est toujours dehors tandis que Jill m'entraîne dans les couloirs. Il vient de tuer un homme et cette seule pensée me donne le frisson. Je ne sais pas ce qui le rend aussi violent, mais il m'a sauvée d'un destin pire que la mort.

Son regard mélancolique est la dernière chose que je vois lorsque la porte se referme derrière moi, peut-être pour de bon... À présent, toutefois, je n'ai plus peur.

DIX-HUIT

Charlotte

C'est curieux que je me sente en sécurité dans cet endroit où je ne serai jamais vraiment chez moi.

Le garde qui a essayé de me prendre est mort, et l'autre va sûrement connaître le même sort. La Société, comme l'a mentionnée Easton, va certainement se débarrasser des corps et arranger les conséquences pendant qu'il vaquera à ses affaires comme si rien ne s'était passé.

Son personnel doit avoir l'habitude, mais pas moi. Personne n'a jamais tué pour moi, et pourtant Easton Van Buren n'a pas hésité deux fois avant de prendre cette décision. Il m'a sauvée d'une menace encore plus grande, bouleversant tout ce que je pensais savoir sur lui. Il a déformé mes sentiments à son égard à tel point que je ne les reconnais même plus.

Suis-je vraiment reconnaissante envers cet homme qui m'a sauvée d'un destin encore pire ? Ou est-ce le syndrome de Stockholm qui s'exprime ? Je laisse Jill me déshabiller.

Vous êtes glacée, commente-t-elle en retirant mon peignoir avant de m'aider à entrer dans la baignoire. Ça devrait vous réchauffer.

Je m'assois dans l'eau chaude et serre les jambes tandis qu'elle jette mon peignoir dans le panier à linge. J'espère qu'elle y mettra le feu.

— S'il vous plaît... ne me rapportez pas ce peignoir. Plus jamais.

Elle me regarde comme si j'avais perdu la tête.

— Je ne veux plus jamais le porter, insisté-je.

— Oh... bien sûr, répond-elle avec un sourire attentionné. Je peux vous en trouver un nouveau. Pas de problème.

— Merci, murmuré-je avant de fermer les yeux pour prendre une profonde inspiration.

J'essaie de ne pas craquer. Je suis encore sous le choc de ce que je viens de voir et de vivre. Même si Jill me laisse seule une seconde pour aller jeter le peignoir et chercher de nouveaux vêtements propres, je n'arrive pas à me détendre. Je ne peux pas me permettre de m'effondrer, pas ici, dans cette maison. Je m'efforce de me ressaisir et je ravale mes larmes en regardant avec nostalgie le mur devant moi.

Jill revient et m'aide à me laver. Il me semble que je n'ai pas besoin d'elle, mais mon corps ne réagit à aucun de mes ordres. On dirait que je suis collée à la baignoire, engourdie par la chaleur qui circule dans mon corps, essayant de me ramener d'entre les morts.

J'ai failli m'échapper. *Failli*. Et j'ai échoué. Lamentablement.

Quand je pense que la liberté m'a glissé entre les doigts, je me sens brisée à la fois physiquement, émotionnellement et mentalement. Et pour couronner le tout, l'un de ses gardes a essayé de profiter de moi de la manière la plus abjecte qui soit. Maintenant, il est mort. *Pan*. Il a suffi d'un seul coup de feu pour mettre fin à la vie d'un homme et Easton l'a fait comme si cela ne signifiait rien pour lui. Pour moi.

Un étrange mélange de tristesse, de dégoût et de sérénité m'envahit. Une forme de tristesse pour la mort de cet homme qui m'a pourtant agressée... et la sérénité qui a suivi lorsqu'Easton a volé à mon secours.

Savait-il que j'étais là ou a-t-il entendu mes cris ? Est-il possible qu'il m'ait vue m'échapper ? S'est-il fâché à ce moment-là ?

Mon cerveau met une seconde à redémarrer et je m'en veux d'avoir laissé Jill m'entraîner à l'intérieur. J'aurais dû la repousser, me battre bec et ongles pour ma liberté, mais je suis rentrée docilement comme un agneau conduit à l'abattoir. Tout cela à cause de ce que m'a dit Easton, de son intonation. Avec sa voix douce et autoritaire, il peut me faire faire absolument tout ce qu'il veut.

Je secoue la tête en détournant le regard. Je ne veux voir personne en ce moment, pas même Jill. Tout ce que je veux, c'est qu'on me fiche la paix, mais elle ne me quitte pas. Évidemment, maintenant que je me suis enfuie par la fenêtre, ils vont y réfléchir à deux fois avant de me quitter des yeux. Merde. J'aurais dû y penser plus tôt et trouver un meilleur plan.

— Vous détestez tant que ça cette maison ? demande soudain Jill en passant un gant sur mes bras.

Quand elle atteint ma main, je me retire.

— Je suis prisonnière ici. Personne ne veut perdre sa liberté.

Elle se mord la lèvre et continue à me laver malgré mes réticences à m'ouvrir à elle. Après tout, elle est son assistante. Elle l'apprécie, lui obéit... Puis-je seulement lui faire confiance ? J'ai tant de questions et cette femme est la seule à qui je puisse les poser.

— Vous pensez qu'il va me punir pour avoir essayé de m'échapper ?

Elle y réfléchit pendant quelques secondes en plissant les yeux.

— Non, je ne pense pas, répond-elle avant de marquer une pause. Mais il est en colère contre vous, je n'en doute pas.

Je soupire tout haut.

— Ne vous inquiétez pas. Il n'est pas aussi cruel que vous le croyez.

— C'est ça...

Elle n'arrête pas de le porter aux nues comme s'il était formidable, mais enfin, elle a bien vu ce qu'il est capable de faire. Comment peut-elle trouver ça bien ? Elle ne voit donc pas la noirceur qui l'habite ?

— Et vous ! Pourquoi l'aidez-vous à faire tout ça ? Qu'avez-vous à y gagner ?

Elle soupire, mais sourit malgré tout.

— Monsieur Van Buren m'a aidée alors que j'étais dans une situation difficile. Je n'avais nulle part où aller, personne à qui demander de l'aide, et il... il m'a accueillie, m'a donné un travail et un toit. Je lui dois la vie.

Elle se racle la gorge, les joues rouges.

— Pour être honnête, je suis un peu jalouse de vous.

Je fronce les sourcils alors qu'elle commence à me nettoyer les ongles.

— Pourquoi ? Qui pourrait bien vouloir être forcée à épouser un homme ?

— Excusez-moi, c'était impoli de ma part, murmure-t-elle en glissant une mèche de cheveux derrière son oreille. Je veux simplement dire que j'ai beaucoup de chance qu'il m'ait donné un travail. Monsieur Van Buren peut être gentil, si on lui ouvre la porte.

Elle semble sur un petit nuage, gonflée de bonheur comme une montgolfière flottant dans le ciel.

Je ferme les yeux. Serait-elle... amoureuse de lui ?

— Enfin, ne faites pas attention à moi, dit-elle avec un geste évasif avant de prendre une serviette. Je ne suis qu'une assistante qui fait de son mieux. Et si vous me laissez faire, je peux vous être d'une aide très utile.

— Eh bien... murmuré-je en me levant.

— N'essayez plus jamais de vous échapper, ajoute-t-elle sur le ton de l'humour, même si la situation n'a rien de drôle.

— Et tout cela ne vous dérange pas ? demandé-je alors qu'elle m'enveloppe dans la serviette.

— J'essaie toujours de voir le bon côté des choses. Et Monsieur Van Buren en a beaucoup. Il lui faut juste un peu de temps pour les montrer, répond-elle en hochant la tête. Si vous lui laissez le temps, il vous dévoilera son vrai visage. Croyez-moi, vous vous attacherez à lui en un rien de temps, je vous le promets.

J'ai du mal à le croire. C'est même du délire.

— Il vous garde en captivité, vous aussi ? demandé-je en sortant de la baignoire pour terminer de me sécher.

Elle éclate de rire.

— Non, bien sûr que non, quelle idée !

— Mais vous ne sortez jamais de la propriété ?

— Je travaille pour lui vingt-quatre heures sur vingt-quatre et sept jours sur sept. Je peux sortir, mais je le fais rarement.

— Alors, vous êtes tout aussi prisonnière que moi.

— Oh, non. Monsieur Van Buren me considère

comme son assistante la plus digne de confiance. Voilà pourquoi je lui ai dit que vous vous étiez échappée.

Elle essaie de ravaler ces derniers mots, mais il est trop tard. Le regard gêné que nous partageons en silence me semble durer une éternité et l'air se charge soudain d'électricité statique.

— Je... murmure-t-elle.

— Non, la coupe-je en lui arrachant la deuxième serviette des mains pour l'enrouler autour de ma tête. Ne dites rien.

— Je suis désolée.

Elle baisse les yeux à ses pieds comme si elle était incapable de me regarder en face.

— S'il vous plaît, ne me forcez pas à choisir. Ce n'est pas juste.

En passant devant elle, je lui chuchote à l'oreille :

— La vie n'est pas juste.

Je m'écroule sur mon lit et me blottis sous la couverture, me dissimulant en dessous pour rester seule un moment. Je l'entends s'agiter dans la chambre. Sans doute fait-elle le ménage ou cherche-t-elle à effacer les preuves de ma fouille intensive... Je m'en fiche. Si elle n'était pas entrée dans ma chambre en hurlant à pleins poumons, j'aurais peut-être pu atteindre ce portail avant que ces monstres ne m'attrapent. Je serais libre, à présent.

Au lieu de quoi, je suis coincée ici parce qu'elle a fait ce qu'elle estimait être son devoir... elle l'a choisi, lui.

Toujours lui.

Où que j'aille, quoi que je fasse... tout tourne autour de lui et il le sait. Il s'en délecte probablement, lui aussi. Je me demande s'il va me punir pour ce que j'ai fait. S'il va la punir aussi parce qu'elle ne m'a pas arrêtée à temps.

Le déclic soudain de la porte m'avertit qu'elle a quitté la chambre et je baisse ma couverture pour en avoir la confirmation. Enfin, je suis seule. La première chose que je fais, c'est vérifier les fenêtres. Bien sûr, elles sont à nouveau toutes verrouillées et l'épingle à cheveux a disparu. Elle a dû la trouver et l'emporter. Et merde.

Je me retourne sur le lit et regarde le plafond en me demandant si j'aurai un jour une autre chance ou si c'était la dernière... si je me sentirai toujours aussi seule.

Jill est la seule à qui je puisse parler, pourtant ce n'est pas une amie. J'aimerais bien, mais avec un regard noir et du jugement plein la voix, je l'ai chassée. J'ai peut-être été trop dure avec elle. Après tout, elle essayait seulement de m'aider.

Mais elle a aussi détruit ma seule et unique chance de m'échapper.

J'attrape l'oreiller et le serre fort dans mes bras alors que les larmes commencent à ruisseler sur mes joues. Putain. Je n'ai jamais autant pleuré avant, mais là, je n'arrive plus à m'arrêter. Pas même lorsque Jill revient avec une tasse de thé fumant qu'elle dépose sur ma table de chevet.

— Tenez, buvez. Ça va vous réchauffer, dit-elle avec un doux sourire.

Elle a l'air sincèrement inquiète pour moi, et la

façon dont elle se mord la lèvre en regardant dans ma direction me laisse entendre qu'elle est tiraillée. Tout comme moi.

— Merci, murmuré-je en souriant à mon tour.

Je ne sais pas pourquoi je souris.

En tout cas, je ne suis pas la seule à douter de mes propres décisions.

Et de temps en temps, le pardon, ça fait du bien.

***

EASTON

Je passe toute la journée à faire les cent pas dans mon bureau. Je dois me débarrasser d'un cadavre et d'un homme encore en vie et le temps presse. Je ne m'attendais pas à devoir abattre l'un de mes employés et punir l'autre, mais je n'aurais jamais cru qu'ils fassent une chose pareille.

J'aurais dû mieux me renseigner sur leurs antécédents et empêcher ce qui est arrivé à Charlotte. Ils l'ont touchée, je le sais. Elle a eu beau m'affirmer le contraire, je l'ai vu dans ses yeux, la douleur qu'ils exprimaient. J'ai eu mal au cœur en la voyant comme ça, incapable de lui remonter le moral.

Je ne peux rien faire. Ce qui est fait est fait, il n'y a rien à ajouter.

Fou de rage, je saisis un verre de rhum et le jette

dans le feu en poussant un grognement de fureur.

— Monsieur, vous devriez peut-être vous reposer un peu, dit Jill en entrant dans la pièce pour nettoyer le désordre.

Je ferme les yeux et me masse le front avec les doigts.

— Je sais. Merci, Jill.

— Vous n'avez pas à faire semblant d'être gentil avec moi, répond-elle en ramassant les tessons qu'elle vide dans la poubelle. Vous êtes en colère et c'est bien normal.

— Elle a failli s'échapper, dis-je en serrant les dents. Non seulement ça, mais un de mes propres employés a aussi essayé de...

Ma gorge se bloque. Je n'arrive même pas à formuler cette pensée, encore moins à la prononcer, sans que la bile ne remonte dans ma gorge. Je frappe du poing sur la table.

— Putain !

Jill pose la main sur mon bras, mais je la repousse.

— Ne me touchez pas !

Elle se retire et continue à nettoyer mon bureau et le sol jonché d'éclats de verre. Son silence injecte du poison dans mes veines, m'emplissant de cette culpabilité que je pensais pouvoir maîtriser après avoir enlevé Charlotte.

Plus je passe du temps avec elle, plus ma carapace se ramollit. On dirait que la barrière glacée que j'ai dressée autour de mon cœur fond avec le temps. Mais pourquoi ? Rien de tout cela ne devrait m'affecter, et pourtant, chaque fois que je regarde Charlotte dans les yeux, je n'ai qu'une envie, la protéger éternellement. L'embrasser, la serrer dans mes bras et ne jamais la laisser partir.

Mais cette fille n'est qu'un trophée pour moi. Son corps en échange d'une somme d'argent. Une arme à utiliser contre mon ennemi numéro un pour le contraindre à implorer ma pitié. Ces sentiments contradictoires me poussent à faire des choses irrationnelles, comme jeter des verres sur les murs et crier sur mon assistante. En même temps, c'est elle qui a laissé Charlotte s'enfuir.

— Auriez-vous pu l'arrêter ? demandé-je à Jill.

Elle se redresse en répondant :

— Non. Elle était déjà passée par la fenêtre quand je l'ai aperçue.

— Comment a-t-elle réussi à l'ouvrir ?

Jill se mord la lèvre et fourre les mains dans ses poches, puis elle murmure :

— Je... je ne sais pas.

Je la regarde, les sourcils froncés. Elle a sorti les mains de ses poches et continue à ranger, même si elle a déjà ramassé tous les éclats de verre.

Il se passe quelque chose.

— Vous en êtes sûre ?

— Elle a dû trouver un moyen d'ouvrir, répond enfin Jill.

Elle se racle la gorge et empile mes papiers, puis époussette le fauteuil.

— Bon... dis-je en fermant les yeux. Retirez de sa

chambre tout ce qui ne devrait pas y être, en particulier ce dont elle risquerait de se servir pour filer.

— D'accord, monsieur.

Elle acquiesce tout en frottant les surfaces de mon bureau avec un chiffon humide, y compris mes vitrines, comme si elle ne l'avait pas déjà fait la veille. Mais je n'ai ni le temps ni la patience d'affronter son cas de conscience. Je me fais trop de souci pour Charlotte en ce moment. Je devrais peut-être la rejoindre.

Je prends une grande inspiration.

— Vous croyez que je devrais aller la voir ?

Le chiffon toujours à la main, elle se retourne.

— Tout dépend...

— De quoi ?

Elle marque une pause pour frotter ses lèvres l'une contre l'autre.

— Eh bien, elle avait peur de recevoir une punition.

Je termine de boutonner ma chemise et ajuste ma cravate.

— Quelle idée.

Au début, quand j'ai appris son évasion, c'est ce que j'ai voulu faire. Terriblement. Je voulais la gronder, la forcer à se mettre à genoux et la prendre par derrière sans la moindre pitié. Je voulais qu'elle me supplie de lui pardonner.

Jusqu'à ce que je voie son visage et le désespoir sur ses traits... J'ai alors pris conscience que je voulais seulement faire disparaître sa douleur.

— Apparemment, elle en est persuadée, reprend Jill.

Je ne peux m'empêcher de remarquer la condescendance dans sa voix.

— Attention, Jill, répliqué-je.

C'est peut-être ma plus proche assistante, mais elle n'est rien de plus... une assistante. Elle a été engagée pour faire ce que je lui demande. Rien de plus, rien de moins.

Elle rougit et détourne immédiatement le regard.

— Bien sûr, monsieur. Seulement... Après ce qui lui est arrivé, elle a peut-être déjà appris la leçon, vous ne pensez pas ?

Elle a la langue bien pendue en ce moment. Je suis sûre qu'elle cherche à bien faire et j'apprécie son honnêteté, mais Charlotte commence à l'influencer.

Je jette un œil à l'horloge pour constater qu'il est déjà neuf heures du soir. Nick m'a dit que Charlotte avait refusé de dîner, alors que j'aurais apprécié qu'elle mange en bas avec moi. Elle doit être encore sous le choc de cette épreuve. Et maintenant, elle est toute seule dans sa chambre...

— Je vais la voir, annoncé-je.

Je quitte la pièce avant que Jill puisse protester.

Lorsque ma main se pose sur la poignée de sa porte, je ferme les yeux et prends une grande inspiration. Je peux l'entendre renifler de l'autre côté. Elle est en train de pleurer.

Sans hésiter, j'ouvre la porte. Il fait déjà nuit dehors et sa chambre est plongée dans la pénombre. Elle est dans son lit, les couvertures remontées jusqu'au nez. Mais elle a les yeux fermés.

Je m'approche et la regarde. Elle dort... sans cesser de pleurer. Sans personne pour la consoler.

A-t-elle seulement conscience qu'elle pleure ?
Ça la dérangerait si je venais la réconforter ?

Je me glisse dans le lit avec elle et la prends dans mes bras, ma tête au creux de son cou. Elle est toute douce et dégage un parfum de rose et de gouttes de pluie fraîches qui me rappelle ma jeunesse, une époque où ni elle ni moi n'étions souillés par la douleur d'un passé. Une époque où peut-être – seulement peut-être – nous aurions pu vivre autre chose qu'un mariage sans amour.

DIX-NEUF

Charlotte

Au milieu de la nuit, je me réveille en sentant quelque chose autour de ma taille. J'ai les yeux collés à force d'avoir pleuré et je peine à les ouvrir. Je suis tout engourdie. Je réussis néanmoins à tourner la tête... pour découvrir Easton juste à côté de moi dans mon lit.

Pendant une seconde, je reste pétrifiée. Mon cœur cogne à tout rompre dans ma gorge. Il dort à poings fermés et ronfle un peu, sa main glissée sous mon ventre. J'ai le souffle court et je suis encore à moitié assoupie... J'ai seulement envie de dormir, et si je parle, je risque de le réveiller.

Est-ce vraiment ce que je souhaite, en sachant qu'il est là, à me serrer dans ses bras au lieu de me punir pour avoir essayé de fuir ?

Son corps est chaud et confortable contre le mien. Je ne résiste pas à l'envie de me blottir dans son étreinte, aussi décalé que cela puisse paraître. En cet instant, j'ai trop besoin d'une présence. Même si cet homme est mon ennemi, mon ravisseur... c'est aussi mon mari et rien ne pourra jamais changer cela.

Avec cette pensée en tête, je sombre une fois de plus dans un sommeil sans rêves.

***

Le soleil qui filtre au travers des rideaux me réveille. Un bâillement m'échappe lorsque j'ouvre les yeux, mais mon hébétude est de courte durée. Il n'y a plus de bras autour de moi et personne n'est allongé à mes côtés. Easton a disparu comme s'il n'était jamais venu.

Enfin, je n'ai tout de même pas pu l'imaginer. Je me souviens parfaitement de sa présence. Pourquoi est-il parti ? Peut-être qu'il n'avait pas l'intention de rester et qu'il s'est mis en colère en prenant conscience qu'il s'était endormi juste à côté de moi ? À moins que je me perde en conjectures ridicules.

Soudain, je remarque un petit mot sur ma table de nuit. Je le prends et lis :

J'ai mis un nouveau peignoir et une paire de pantoufles dans votre placard, avec de nouvelles robes et d'autres vêtements. Le petit-déjeuner est prêt pour vous en bas.

Jill

Un sourire me vient aux lèvres. Je ne peux pas lui en vouloir éternellement si elle continue à me couvrir de cadeaux en permanence. Pas étonnant qu'Easton apprécie tant de l'avoir à ses côtés.

Je quitte le lit et enfile l'une des nouvelles tenues que Jill m'a achetées. Mais dans le miroir, je retrouve la même prisonnière et mon sourire s'efface. Chaque fois que j'essaie d'affronter mon reflet, j'y découvre invariablement la même expression morne. Aucun sourire factice ne pourra effacer ce qu'il y a en dessous.

Je soupire et me maquille avant de descendre. Des arômes de petits pains à la cannelle et de pancakes chauds montent à ma rencontre et j'en ai l'eau à la bouche. Ce sont mes plats préférés. Attirée comme un aimant, je me rends directement dans la salle à manger. Easton doit déjà m'y attendre.

Il est assis sur sa chaise, mais il ne lit pas le journal et ne boit pas de café. Ses yeux sont braqués sur moi. D'habitude, il désigne une place ou me regarde de travers en attendant que je m'assoie. Cette fois, il se lève et s'approche.

Je reste figée sur place tandis qu'il m'embrasse sur les joues.

— Bonjour, Charlotte.

— Bonjour, dis-je un peu maladroitement.

Je ne sais pas quoi répondre. Il n'a jamais été aussi gentil avec moi. En temps normal, il est grincheux le matin avant d'avoir bu son premier café. Est-ce un piège qu'il me tend ? Cherche-t-il uniquement à obtenir autre chose de ma part ? Je devrais me méfier de lui. En dépit de sa courtoisie, je ne dois jamais oublier qui il est.

Il me prend la main et me dirige vers une chaise près de la sienne. La table est déjà dressée et le temps que je m'assoie, le repas arrive. Je n'ai pas le temps de poser la moindre question que déjà, une assiette est servie. Je ne suis pas d'accord. On dirait qu'il essaie de me soudoyer, d'acheter ma bonne humeur.

— Je voulais te présenter mes excuses, me dit soudain Easton.

Oh, là. Des excuses ? De sa part ? Ce serait une première.

— Ce qui t'est arrivé hier n'aurait jamais dû arriver.

Je repense instantanément aux deux hommes qui m'ont rattrapée et qui ont essayé de me rudoyer... pour se faire tirer dessus en représailles. Par instinct, je serre les poings. J'aurais aimé pouvoir frapper ce connard entre les jambes avant qu'il meure.

— Je te promets que tu seras en sécurité à partir de maintenant. Je n'engagerai plus jamais de tels incompétents.

C'est une promesse audacieuse.

— Comment peux-tu savoir que ça ne se reproduira pas ?

— Eh bien... fait-il en se raclant la gorge. Pour

commencer, je vais remplacer la plupart de mon personnel par des femmes. À l'exception de quelques hommes, comme Nick qui m'a été d'une aide précieuse pendant toutes ces années. Mais il ne te fera jamais aucun mal, je te le garantis.

Je plisse les yeux et demande, intriguée :

— Qu'est-ce que tu as fait à l'autre type ?

— Ne t'inquiète plus pour lui.

Son sourire fait déferler un frisson glacial dans mon dos. À son regard, je suis presque certaine qu'il l'a tué, lui aussi... après l'avoir torturé pendant des heures.

Je déglutis.

— Tu vas bien ? demande-t-il.

Il n'a témoigné aucun intérêt pour mon bien-être depuis mon arrivée, alors pourquoi maintenant ? Il me tourmente depuis le début, mais de temps à autre, comme maintenant, il me regarde avec un œil neuf, comme s'il n'arrivait pas à se décider sur ce qu'il doit faire ni même ce qu'il doit penser à mon sujet.

— Ça va, dis-je en haussant les épaules. Enfin, dans la mesure où ça peut aller étant donné que je suis captive, mais bon...

— Je vois, dit-il sans relever la seconde partie de ma déclaration. Je tiens à ce que tu te sentes en sécurité dans cette maison.

Je ne devrais pas me sentir en sécurité avec lui... et pourtant, curieusement, je le suis. Il a tué ce type pour moi. Toute menace à mon encontre est aussi une menace pour lui, ce qui en fait la personne la moins dangereuse du monde.

Quand même, la violence me fait toujours frémir.

— Tu l'as tué, dis-je.

— Oui, et alors ? Je l'ai fait pour te sauver.

On dirait qu'il essaie d'utiliser la situation pour me flatter.

— Non, tu l'as fait pour sauver ta propriété, rétorqué-je.

Il penche la tête.

— Ça fait mal, mais j'imagine que je le mérite, dit-il avant de s'éclaircir la voix. Au moins, tu es en sécurité et en vie. C'est tout ce qui compte.

Je me renfrogne.

— Quand as-tu... ?

— Quoi ? Appris à tirer ? complète-t-il.

— On dirait que tu l'as déjà fait avant.

— Je mentirais en disant le contraire.

Au moins, pour une fois, c'est la vérité. Son regard perçant en dit long.

— J'ai pris quelques cours de tir quand j'étais jeune, explique-t-il.

Je ferme les yeux. Il n'y a pas que ça, c'est évident. On n'abat pas quelqu'un de sang-froid, aussi facilement, après quelques cours seulement.

— Mais tu as déjà tué des gens.

Il tapote des doigts et soupire tout haut.

— Peut-être.

— Dis-moi.

Il s'humecte la lèvre supérieure avant de répondre :

— Ce n'est pas si facile.

— Bien sûr que si.

Je veux savoir ce qui le motive dans la vie. Une fois de plus, il soupire.

— J'ai... j'ai fondé mes clubs à partir de rien. Il m'a fallu quelques sacrifices.

— Sacrifier des gens, tu veux dire.

Il se mord la lèvre. Je teste ses limites et nous le savons tous les deux.

— On peut le dire comme ça.

— Tu as tué des gens par intérêt financier ? dis-je avec une grimace.

— Je les ai tués parce qu'ils méritaient de mourir. La plupart d'entre eux étaient des connards cupides qui ne cherchaient qu'à investir du fric dans leurs chiottes dorées et leurs voitures de sport. Ils ont investi dans mes clubs, mais quand je leur ai dit que je voulais donner quarante pour cent des bénéfices à des œuvres de charité, ils m'ont méprisé et ils se sont moqués de moi. Ils m'ont même traité d'abruti.

Quarante pour cent ? Waouh, il vient vraiment de dire ça ? Je suis impressionnée... et troublée par ma propre réaction. Il vient d'avouer qu'il a tué des gens pour faire avancer son business, mais je ne suis même pas en colère.

— La plupart d'entre eux étaient des accros à la coke qui se tapaient des putes et dont le seul but dans la vie était d'aspirer l'âme des autres. Je ne regrette pas de les avoir tués.

J'ouvre grand les yeux.

— Tous ? Tous tes investisseurs ?

— Non, seulement les plus cupides, répond-il en s'adossant dans sa chaise. Mais c'était pratique. J'ai pu utiliser leur argent sans avoir à leur donner quoi que ce soit en retour.

Avec un sourire malveillant, il ajoute :

— Sauf la mort...

À ces mots, mon estomac se noue.

— Pourquoi est-ce que ça paraît si facile quand tu le dis ? Tu parles de la mort comme si c'était une banalité.

— C'est le cas, quand on en a été témoin aussi souvent que moi, dit-il en penchant la tête. De près, on dirait que leurs yeux vitreux sont grands ouverts, comme si leurs âmes étaient suspendues entre ici et l'au-delà.

— Tu es un grand malade.

— Je n'ai pas choisi d'être comme ça, Charlotte.

— Bien sûr que si. Tu aurais pu leur laisser la vie sauve.

— Quand on est une mauvaise personne, on subit de mauvaises choses. Tu aurais préféré que je laisse aussi la vie sauve à cet homme qui a essayé de se servir de toi ? demande-t-il en arquant un sourcil.

Je ravale la boule dans ma gorge. Je mentirais en prétendant que je n'ai pas souhaité la mort de cet homme. Mais je ne supportais pas l'idée, et bien sûr, je ne l'aurais pas fait moi-même.

— Avoue-le, reprend-il. Secrètement, tu es contente

que je lui aie réglé son compte. Ça te rassure, n'est-ce pas ?

Comment peut-il lire en moi avec une telle facilité ?

— Je fais le sale boulot que les autres ne veulent pas faire. Seul le travail acharné te mène là où tu veux être. Et s'il faut tuer quelques personnes pour y arriver, alors soit.

— Mais est-ce que ça en vaut la peine ? demandé-je.

Après un silence, il finit par me répondre :

— Aucun de ces connards qui sont morts n'aurait jamais donné autant que moi aux œuvres de charité. Alors, j'ai pris leur argent, je l'ai fait fructifier et je l'ai transformé en fortune, puis je l'ai redistribué à ceux qui la méritent. Alors oui, je dirais que je fais de bonnes choses.

C'est ce qu'il pense... mais je sens bien que son âme se consume comme une bougie qui perd lentement sa cire. Sans combustible, sa flamme va s'éteindre.

Je secoue la tête.

— Tu es en train de te perdre, Easton.

Aussitôt, il fronce le nez et déclare :

— Cette conversation est terminée.

Évidemment, ça ne m'étonne pas. Chaque fois que la situation devient trop brûlante, il esquive les questions gênantes. On dirait qu'il ne veut même pas assumer celui qu'il est devenu.

— Tu as bien dormi ? demande-t-il en prenant un petit pain à la cannelle avec son café, changeant abruptement de sujet.

Inutile d'essayer de le faire parler de qui il est. S'il s'y refuse, ça ne me mènera nulle part, et plus je l'interroge, plus il s'énerve. Je n'ai pas d'autre choix que de suivre le mouvement et de le laisser continuer.

Je soupire tout haut.

— Oui... et toi ?

Je penche la tête et je tire vers moi l'assiette chargée de pancakes, que je commence à découper.

— À merveille, répond-il sur un ton songeur avec un sourire en coin.

Forcément, il me faisait un câlin. C'est ce qu'il voulait depuis le début, faire comme si nous étions un couple marié classique et heureux. Mais je ne vais pas tomber dans le panneau.

— Tu n'étais plus dans mon lit ce matin.

Ma franchise manque lui faire recracher son café.

— Tu veux m'expliquer pourquoi ?

— Je n'ai pas de comptes à te rendre, répond-il en posant sa tasse. Mais je vais te répondre quand même. J'avais des affaires importantes à régler. C'est tout.

— D'accord.

Je prends une bouchée de pancake. C'est si délicieux que je gémis presque avant d'avaler avec gourmandise.

— Ça n'explique toujours pas pourquoi je t'ai découvert dans mon lit pendant la nuit.

Il mord dans son petit pain à la cannelle, puis il prend le temps de mâcher et d'avaler avant de répondre.

— Tu pleurais dans ton sommeil.

Je hausse un sourcil.

— Alors, tu es venu me consoler ?

C'est curieux de la part d'un homme comme lui. Je l'ai peut-être mal jugé... à moins qu'il ait eu des arrière-pensées. Quoi qu'il en soit, il a bien dû ressentir *quelque chose* pour venir s'allonger à côté de moi en pleine nuit et s'endormir.

Pourtant, il refuse de me regarder tout en dévorant son petit-déjeuner, sirotant son café entre deux bouchées comme si de rien n'était. Il se cache derrière son repas et cela ne me plaît pas.

— Dis-moi, exigé-je en posant ma fourchette.

Voilà qui attire son attention.

— Je ne savais pas que tu te souciais autant de mes sentiments pour toi.

Son regard perçant me déstabilise. Si je n'étais pas assise en cet instant, mes jambes se déroberaient sous mes pieds. Et je déteste ça. Je déteste ce qu'il me fait ressentir par un seul regard.

— Je veux seulement savoir s'il y a quelque chose d'humain en toi, tout compte fait, dis-je sur le ton de la plaisanterie.

— Bien sûr. Mais tu ne veux pas le voir, rétorque-t-il.

Nous nous dévisageons pendant un moment.

— Je ne crois pas. Et je ne crois pas une seconde que les *affaires* soient la raison de ton départ.

Il prend une pomme qu'il découpe en petits morceaux.

— Tu veux savoir ce que, moi, je crois ? Je crois que

tu es en colère parce que je t'ai laissée seule dans ton lit.

— N'importe quoi, sifflé-je en engloutissant un morceau de pancake.

Il sourit tout en mâchant sa pomme.

— Alors, pourquoi ça t'intéresse autant ?

— Parce que tu n'as jamais dormi une seule nuit dans mon lit. Et je pense que c'était un accident.

Il commence à réagir, mais je continue :

— Je pense que tu n'as jamais eu l'intention de rester et que tu as été surpris de te retrouver allongé dans mon lit quand tu t'es réveillé ce matin. Alors, tu as déguerpi.

J'attrape une banane et m'adosse dans ma chaise tout en la pelant. Ses yeux suivent le fruit lorsqu'il entre dans ma bouche et je m'amuse à l'enfoncer. Son visage se crispe, pour mon plus grand plaisir.

Oui, je cherche à l'allumer, et je ne le regrette pas du tout. Au moins, maintenant, il est sur la défensive. Tant mieux.

— Alors... quelles *affaires* si urgentes devais-tu régler ? demandé-je, moqueuse, tout en continuant à faire comme si cette banane était un sexe masculin. Tu essayais de piéger quelqu'un d'autre à qui refourguer un prêt en échange d'un membre de sa famille ?

Il déglutit, visiblement troublé par la sensualité avec laquelle je déguste ma banane. À moins qu'il soit seulement furieux contre la pertinence avec laquelle j'ai cerné son problème.

— Comme je l'ai déjà dit, ça ne te regarde pas.

Avec un profond soupir, il ajoute :

— Mais si tu veux tout savoir, je ne fais pas que donner de l'argent à des connards qui ne le méritent pas. Je donne aussi à des gens qui en ont vraiment besoin. J'adore les associations caritatives.

Il l'a déjà dit, mais je n'y crois pas une seule seconde.

— Et tu n'aurais pas pu prêter l'argent à mon père sans exiger un remboursement aussi abject ? demandé-je. Tu aurais pu te contenter de récupérer l'argent et les intérêts.

Il prend une pêche et se penche en arrière, imitant ma posture.

— Parce que toi et ton père, vous aviez besoin d'une bonne leçon.

Il porte le fruit à sa bouche et en suce le jus. Sans la moindre discrétion.

Contre toute attente, mon entrejambe réagit.

Oh, merde.

— Je te déteste, dis-je en serrant les dents.

— Non, c'est faux. En réalité, tu commences à m'apprécier, dit-il en léchant la pêche d'une manière obscène.

Puis il prend une bouchée et l'avale.

— Tu dis seulement que tu me détestes parce que tu es coincée dans cette maison.

Après une autre bouchée, il ajoute :

— Mais peut-être que je te laisserai sortir.

Ces mots sont aussi doux que de la musique à mes

oreilles. Il a clairement attiré mon attention, pour le coup.

— À quelles conditions ? demandé-je, curieuse.

Je ne peux pas me leurrer, il y a forcément des conditions. Un sourire machiavélique apparaît sur son visage.

— Soulève ta robe.

Aussitôt, je fronce les sourcils.

— C'est quoi, ça... une sorte de test ?

— Peut-être, répond-il en penchant la tête.

Putain, il m'exaspère avec ces petits jeux. Mais je vais m'y plier, pour le moment. Si cela me permet de sortir de la maison, je peux bien soulever ma robe. Entre mon index et mon pouce, je soulève le tissu jusqu'à dévoiler mes genoux.

— Plus haut, dit-il.

Je m'exécute.

— Plus haut... insiste-t-il.

Je n'arrête pas avant qu'il me le demande, et pour cela, il attend que j'aie exposé ma culotte.

— C'est bon.

Son regard étincelle.

— Tu as ta dose ? demandé-je.

— Pas tout à fait, répond-il en se léchant les lèvres, bien installé sur sa chaise. Touche-toi.

VINGT

Charlotte

Mes pupilles se dilatent.

Un instant. Il ne peut pas vouloir dire... maintenant ? Ici ?

— Quoi ? Non ! m'écrié-je en reniflant.

Mais il ne semble pas du tout amusé.

— Poule mouillée, me nargue-t-il.

— On est dans la salle à manger. N'importe qui pourrait entrer.

— Personne n'entrera à moins que je les convoque, répond-il.

Oh, merde. Évidemment, ce n'est pas la seule chose qui m'empêche de lui obéir. Je n'ai aucune envie de me livrer à quelque chose d'aussi obscène devant quelqu'un, et encore moins devant lui. Je savais qu'il n'était pas sérieux quand il m'a demandé si j'allais bien. Voilà ce qu'il avait en tête depuis le début.

— Tu veux sortir de cette maison ou pas ? demande-t-il en clignant des yeux à plusieurs reprises, comme pour me mettre au défi.

D'accord. Je peux bien m'y plier si cela me permet de franchir cet affreux mur d'enceinte. Je pourrai peut-être échapper à son emprise.

Mes doigts dérivent jusqu'à ma culotte et je me frotte à travers le tissu. Son intérêt est immédiatement piqué au vif et il se mord la lèvre avec jubilation. Je me sens presque encouragée, mais je ne dois jamais oublier qui commande ici... qui me force à faire cela et pourquoi.

Chassant tout soupçon de désir sexuel, je me concentre sur ma tâche. Je ne dois absolument rien ressentir, même pas lorsqu'il commence à se toucher dans son pantalon. Il se penche en arrière et me regarde droit dans les yeux, comme pour me faire savoir qu'il sait que je l'ai remarqué... et qu'il s'en moque.

Il tient à me montrer qui est le patron et il veut que je connaisse le prix de ma liberté. Si je veux quelque chose, alors je vais devoir l'acheter en lui procurant un plaisir malsain. C'est immoral et diabolique, mais j'imagine que c'est exactement ce qui l'excite.

D'ailleurs, je la vois de mes propres yeux... la trique dans son pantalon. Je mentirais en disant que ça ne me fait pas mouiller encore plus alors que je me livre à ce jeu indécent. Bien sûr, je ne l'admettrais jamais devant lui.

— On dirait que tu t'amuses, commenté-je en haussant un sourcil pour le narguer.

— Très, rétorque-t-il avec un sourire, tout en se frottant encore plus vigoureusement. Mais tu sais ce qui serait encore mieux ? Passe la main dans ta culotte.

Je plisse les yeux.

— Pourquoi est-ce que je ferais ça ?

— Attention, Charlotte... dit-il avec un sourire cruel.

— Tu ajoutes encore de nouvelles conditions à ce marché ? demandé-je avec humeur.

— Oh, princesse, répond-il en riant. Mais ce n'est pas un marché. Il faut bien que tu mérites ta place ici.

Putain, j'aimerais prendre ce verre sur la table en face de moi et le frapper à la tête, mais cela ne me vaudrait qu'un enfermement encore plus strict. Il a des assistants et des employés à chaque coin de rue qui n'attendent que de lui venir en aide.

Non, je dois me la jouer avec intelligence et finesse, comme lui, me placer à son niveau de perversité.

— Maintenant, tu dois gagner mes faveurs, ajoute-t-il en écartant les jambes pour mieux se toucher.

Je plonge à contrecœur dans ma culotte et commence à caresser mon clitoris. Je me sens mal de faire ça ici, sous ses yeux, mais je n'ai pas le choix si je n'ai pas envie de rester entre quatre murs pour toujours – et c'est bien la dernière chose que je veux.

Il ouvre le bouton de son pantalon et descend la fermeture éclair, fourrant la main dans son boxer. Dès que son membre m'apparaît, je retiens mon souffle un instant et ma mâchoire se décroche lorsqu'il la sort dans toute la puissance de son érection. Je crois bien que je n'en ai jamais vu d'aussi énorme.

Cela dit, je n'en ai pas vu beaucoup. Ma seule expérience se résume au porno... et à mes rares petits amis, mais je ne suis jamais allée plus loin que les baisers et les caresses avec eux, parce que mon père ne les supportait pas très longtemps. Je ne suis jamais allée jusqu'à regarder quelqu'un se masturber devant moi. Je dois admettre que ça me fait quelque chose.

— Est-ce que tu mouilles pour moi, princesse ? murmure-t-il.

Je ne l'admettrai pas à voix haute – au grand jamais – même si mon intimité se contracte devant son gabarit. Son membre est luisant et il étale sa moiteur sur toute sa longueur en guise de lubrifiant tout en s'astiquant. La possibilité de se faire surprendre par son personnel l'excite certainement.

— Baisse ta culotte.

Putain, il ajoute sans cesse de nouvelles règles. Combien de temps est-ce que ça va durer, et jusqu'où va-t-il me pousser ? Dois-je me soumettre ou abandonner ?

D'après son regard, je sens bien qu'il teste mes limites. Comme s'il savait que je finirais par renoncer. J'ai horreur de ça, mais je tiens à lui prouver qu'il a tort.

Ravalant la boule qui m'obstrue la gorge, je baisse entièrement ma culotte et la retire d'un coup de pied.

— Hmm...

Le gémissement approbateur qu'il émet en me regardant entre les cuisses m'embrase les joues. Je me dégoûte de devoir me résoudre à cela pour gagner ma liberté. Et mon propre corps me dégoûte, parce qu'il me trahit.

***

EASTON

Elle joue avec un doigté expert. J'ai presque l'impression qu'elle a déjà fait ça avant, mais c'est impossible. Son père m'a assuré qu'elle était encore vierge, et vu le regard qu'elle a posé sur ma queue, je ne peux pas douter de sa parole.

Je n'en reviens pas qu'elle ait accepté, qu'elle se touche devant moi et qu'elle semble y prendre du plaisir. Ses pommettes sont écarlates et elle détourne pudiquement les yeux, comme si elle se sentait prise en flagrant délit.

J'aime bien ce petit numéro. J'aime la façon dont elle se donne en spectacle pour moi avec ses gestes habiles. Ça m'excite comme jamais et ma queue est dure comme la pierre. Je me caresse jusqu'à ce que mes veines commencent à palpiter et que mes bourses se contractent. Je suis prêt à exploser.

Soudain, je m'arrête. Ma queue tressaute sous l'effet de l'excitation et je surprends son coup d'œil furtif avant qu'elle referme les yeux. Je ne veux pas aller trop loin, trop tôt. Je veux en profiter un peu plus longtemps, et surtout, qu'elle me regarde.

— Ouvre les yeux, princesse, murmuré-je.

Ses paupières s'ouvrent, mais elle a toujours peur de me regarder comme si elle craignait que je morde. Je le ferai peut-être... un de ces jours. Mais d'abord, elle doit s'habituer à la sensation d'être regardée et possédée.

Ses cuisses frémissent et son corps commence à trembler. Elle me semble toute proche de la limite. J'adore la voir se toucher pour moi. Osera-t-elle aller plus loin ? Va-t-elle jouir devant moi ? C'est l'un de mes fantasmes absolus depuis que j'ai posé les yeux sur elle pour la première fois, à l'époque. Et maintenant, ces fantasmes s'apprêtent à devenir réalité.

— Allez, va jusqu'au bout, Charlotte.

Son souffle devient plus alangui et régulier, tout son corps frémissant alors que ses doigts redoublent de vigueur sur son clitoris. Ses beaux yeux brillants se fixent sur les miens et, enfin, elle se liquéfie lentement.

Le gémissement qui monte de sa gorge m'attise plus que je ne l'aurais cru possible. Putain. J'aimerais pouvoir l'entendre tous les jours.

— C'est très bien, lui dis-je.

Elle suçote sa lèvre inférieure comme si elle était

surprise en plein mensonge.

Un mensonge dont elle essaie de se convaincre... que tout ce que nous faisons n'a aucun effet sur elle. Mais nous connaissons tous les deux la vérité.

Sa peau est luisante et des perles de sueur coulent dans son cou et sur sa poitrine. Ses tétons tendus transparaissent sous le tissu de sa robe. J'aimerais pouvoir les sucer, mais pour l'instant, je veux l'utiliser d'une manière différente.

Je quitte mon siège et viens me placer devant elle avec mon sexe en érection, qu'elle regarde comme si c'était une pomme rouge. Ma langue s'avance en réaction à son désir. Elle lève alors les yeux vers moi, me regardant par en dessous, et me demande :

— Qu'est-ce que tu fais ?

— Je veux que tu me suces, déclaré-je, la voix rocailleuse et vibrante de toute cette excitation larvée.

— Je croyais que le marché, c'était que je me fasse... jouir ? murmure-t-elle, en proie à la stupeur.

Je souris et prends son menton entre mes doigts avant de me pencher vers elle.

— Ça vient de changer.

Son visage s'assombrit et ses sourcils se rapprochent sur son front.

— Espèce de connard, dit-elle en serrant les dents.

— Attention, princesse. Tu voulais sortir, tu t'en souviens ?

Je relâche son menton et me rapproche jusqu'à ce

que mon membre touche presque ses lèvres.

— C'est le prix à payer.

— Tu avais dit que tu ne voulais pas prendre ma vertu avant que je te supplie, rétorque-t-elle.

— Exactement... ta vertu... mais ce n'est pas ta bouche, princesse, susurré-je avec un sourire en coin qui attise sa colère.

Elle sait que j'ai raison. Je savoure la perspective de sa vertu pour le moment où elle me l'offrira de son plein gré. Mais en attendant, j'ai très envie d'utiliser ses autres orifices.

Elle me regarde pendant une seconde et je comprends ce qu'elle a en tête. Jusqu'où vais-je aller ? Combien de fois vais-je continuer à modifier les règles du jeu ? La réponse est : autant de fois que j'en aurai envie. C'est ce qu'elle doit apprendre. J'obtiens toujours ce que je veux, quoi qu'il en coûte.

Ses narines palpitent à nouveau et elle prend une inspiration avant d'ouvrir les lèvres. Comme je m'y attendais, elle cède. Elle ne désire rien de plus éperdument au monde que sa liberté. Je peux l'utiliser à mon avantage, mais c'est aussi une question très coûteuse et elle le sait. Chaque fois qu'elle quittera ma maison, je risquerai de la perdre. Si elle veut pouvoir passer du temps hors de ce manoir, elle doit en mériter chaque seconde.

Ma queue se presse contre sa bouche, l'incitant à l'ouvrir davantage pour me laisser entrer. Je glisse mon membre sur sa langue, savourant la sensation de sa douceur humide. Elle referme les lèvres.

— Ne mords pas, l'avertis-je.

Elle me regarde avec des yeux vifs, presque félins, mais elle ne dit pas un mot.

Au lieu de quoi, elle commence à me sucer... vigoureusement.

Putain, si j'avais su qu'elle en était capable, j'aurais baisé sa bouche bien plus tôt. Alors qu'elle enroule sa langue autour de ma queue, ma tête bascule en arrière. La satisfaction est instantanée. Je gémis avec plaisir, tous mes muscles bandés. Je ne vais pas pouvoir continuer comme ça très longtemps.

Je crois que je vais avoir recours au plan B.

***

Charlotte

Je n'arrive pas à croire que je suis vraiment en train de le sucer, que je participe délibérément à cette débauche après avoir raté mon évasion. Ça ne me ressemble pas du tout, et pourtant je suis là, assise sur cette chaise, à le laisser prendre le contrôle de ma bouche. Je suis humiliée, et au sourire jubilatoire sur son visage, je me rends compte qu'il adore ça. Il vit pour des moments comme celui-là, des moments où il me montre qui est le patron.

Il s'enfonce lentement au début, puis il accélère le rythme. Mon propre corps m'a abandonnée, car chaque fois qu'il me pénètre, mon entrejambe palpite d'une envie que je n'ai jamais ressentie auparavant.

Je suis tellement envahie de sensations que mon cerveau s'éteint. Je me laisse aller. Je ne me débats même pas lorsqu'il commence à prendre ma bouche comme il pourrait prendre le reste de mon corps. Je me demande s'il l'a déjà fait à d'autres femmes ou si je suis aussi sa première.

Ce n'est absolument pas comme ça que j'imaginais ma première fois, et pourtant je suis là, à me faire baiser par un milliardaire qui veut me posséder corps et âme. Je suis un peu plus déshonorée à chaque coup de reins, mais je ne peux pas l'arrêter même si je le voulais. Son corps se plaque contre mon visage. Je pourrais au moins essayer de bouger les mains...

Sauf qu'il vient de me saisir les poignets. Il se retire de ma bouche et lance :

— Non, princesse... on ne touche pas.

Il enlève sa ceinture et l'attache autour de mes poignets, les maintenant fermement en place. Putain.

— Allez, ouvre ta jolie bouche, grogne-t-il avant de s'enfoncer à nouveau sans me laisser dire un mot.

Il m'utilise comme une poupée gonflable, et rien de ce que je peux faire ne l'empêchera de me prendre dans cette position exacte. La soumission. Parce que c'est de cela qu'il s'agit. Le désir de dominer. Je le vois dans ses yeux, sa frénésie en me voyant en train de le sucer avidement, soumise devant lui. C'est l'idée qui l'excite, pas l'acte. Et c'est moi qui la lui offre sur un plateau d'argent.

J'aurais dû y réfléchir avant d'accepter et laisser mon désir de liberté l'emporter sur ma raison. J'aurais dû me douter que c'était ce qu'il m'ordonnerait en échange d'une escapade dans la réalité.

Je lève les yeux vers son regard pur et autoritaire sans jamais me détourner. Je veux qu'il vole ce qu'il me fait, que ma honte se reflète dans ses yeux et le bouleverse de l'intérieur.

Mais cela ne fait que l'animer encore plus.

Il va et vient sans relâche et j'ai du mal à garder le contrôle. Il s'enfonce tellement au fond de ma gorge que j'ai du mal à respirer. Mon réflexe de déglutition me fait monter les larmes aux yeux. Chaque fois qu'il se retire, je respire, mais l'instant d'après, il repart de plus belle. Mon esprit est secoué par sa brutalité, une sauvagerie à laquelle je suis incapable d'échapper et qui me fait vibrer jusqu'à mon intimité la plus crue.

Un râle monte de sa poitrine, et soudain, une déferlante chaude emplit ma gorge. J'essaie de haleter, mais je suffoque. Je tousse et expire lorsqu'il se retire et se penche en avant. Son sperme ruisselle sur le sol et sur ma robe.

— Tu étais censée avaler... murmure-t-il en soulevant mon menton pour regarder mon visage qu'il a souillé, avec un sourire mauvais. Vilaine princesse.

Je peux le sentir sur ma langue, dans ma gorge.

Il a joui en moi, et maintenant, mon entrejambe

palpite et j'ai horreur de ça.

Easton prend un petit pain à la cannelle et l'essuie sur mes lèvres pour y étaler son sperme, puis il le fourre dans ma bouche et m'ordonne :

— Maintenant... mange.

Après l'avoir dévisagé pendant quelques secondes, je prends une petite bouchée rapide et l'avale. Son sperme n'est pas dégoûtant. D'ailleurs, il a presque le goût de la fraise. Comme s'il avait envie depuis le début de me faire manger ces viennoiseries revisitées.

— Bon, va te nettoyer, dit-il en refermant son pantalon.

— Et ensuite, je suis libre ?

Il plisse les yeux tout en détachant la ceinture de mes poignets.

— Peut-être.

Quoi ? Est-ce qu'il vient de... ?

Mon sang ne fait qu'un tour.

— Tu as promis que je pourrais sortir, rétorqué-je en serrant les dents.

Il prend un mouchoir et me le tend.

— Peut-être. Si tu continues à bien te comporter.

J'essaie de lui arracher la ceinture des mains, mais il recule.

Quand il se retourne, je m'écrie :

— Non, c'était le marché. Tu as obtenu ce que tu voulais, et maintenant, je suis libre de sortir !

— Seules les gentilles filles méritent des

récompenses, princesse.

Sur ce, il quitte la salle à manger sans même se retourner.

Putain, je déteste ce type !

VINGT ET UN

Charlotte

Le miroir en face de moi est mon pire ennemi en ce moment. Je me brosse les dents avec acharnement pour me débarrasser de son souvenir. Mais j'ai beau me rincer à d'innombrables reprises sous le robinet ou frotter mes gencives jusqu'au sang, je le sens encore dans ma bouche. Ce délicieux goût de fraise qui est pourtant tout le contraire.

J'aurais dû me douter que ce connard ne respecterait pas sa promesse. Je me suis dit qu'il pourrait être un gentleman et honorer notre marché comme il le fait dans la vie professionnelle, mais c'était bien naïf de ma part. Tout ce qu'il veut, c'est m'utiliser et me briser, et il a réussi.

Ce fumier a pris ma bouche sans ménagement et l'a possédée comme si elle lui avait toujours appartenu. Et moi, je l'ai laissé faire, lui donnant l'impression que ce n'était pas grave. Putain, j'ai même participé en me touchant sous ses yeux, sans même me soucier d'être surprise par quelqu'un. J'ai été aveuglée par mon désir de liberté et j'ai perdu la partie.

Cela ne m'arrivera plus. Il est hors de question que je le laisse gagner à nouveau.

J'aurais dû lui mordre la queue quand j'en avais l'occasion.

Je continue à me brosser les dents en essayant de trouver une solution à ma situation désespérée.

Soudain, on frappe à ma porte.

— Madame, vous êtes attendue en bas dans quelques instants. S'il vous plaît, préparez-vous.

C'est Nick, qui ressort juste après son annonce, avant même que je puisse répondre.

Easton veut sans doute me voir pour se réjouir ouvertement de sa victoire. Qu'il aille au diable. Je n'irai pas. Il peut me traîner dehors et aller moisir en enfer, pour ce que ça me fait !

Ou bien, je pourrais descendre... Cela me donnerait une seconde chance de trouver un objet pointu et de le poignarder.

Je ne sais pas pourquoi j'en arrive à ces pensées violentes, mais elles m'excitent. Ça me fait du bien de penser à le tuer plutôt que de me rappeler constamment qu'il m'a forcée à le sucer comme une actrice porno. Au fond de moi, une partie inavouable et diabolique de mon être a peut-être aimé ce qu'il m'a fait.

Je recrache le dentifrice et abandonne la brosse dans le verre avant de sortir de la salle de bain. Je m'arrête net en repérant mon parfum préféré sur la coiffeuse, le même flacon que j'ai à la maison.

— Qu'est-ce que... ? marmonné-je en m'approchant.

Il n'était pas là avant. Est-ce que Nick l'a laissé en partant ? Était-ce l'idée d'Easton ? Et comment fait-il pour en savoir autant à mon sujet ? Tout cela n'a aucun sens.

Repérant un mot attaché au flacon, je l'arrache et le lis :

Parfume-toi et enfile une jolie robe colorée. Je veux te montrer à mon bras.

Easton

Si j'étais gênée qu'il ait fait apporter ce parfum spécialement pour moi, j'oublie aussitôt ma confusion. Me *montrer* ? Allons-nous... sortir ?

La seule perspective de quitter ce manoir et l'immense domaine qui l'entoure fait battre mon cœur jusque dans ma gorge. Je ne suis pas sortie depuis le mariage et je meurs d'envie d'aller quelque part, n'importe où, partout sauf ici.

J'oublie aussitôt tout ce qui me préoccupait et j'asperge mon cou et l'intérieur de mes poignets de mon parfum préféré. Puis j'ouvre le placard et choisis une nouvelle tenue. Une longue robe rose clair qui se noue autour du cou. Après l'avoir enfilée, je me regarde dans le miroir. C'est parfait. Léger, pas trop tape-à-l'œil, mais suffisant pour l'impressionner... sans compter que je pourrai facilement courir pour m'enfuir si l'occasion se présente. Surtout avec les escarpins plats que je chausse. Si je trouve une ouverture, je n'hésiterai pas. Pas de questions, pas de regrets, pas la moindre réticence.

Avec cette idée en tête, je quitte la chambre et descends l'escalier.

***

EASTON

Quand elle arrive au bas des marches, j'ai l'impression qu'un ange descend tout droit du ciel. Avec ses cheveux roses et sa robe claire flottant derrière elle, cette femme est un rêve devenu réalité pour moi. Tout est beau chez elle, de son visage à son petit corps et ses jambes à tomber.

C'est pour ça que j'ai toutes les peines du monde à lui refuser ce qu'elle aime, tout ce qu'elle désire – dont cette liberté qu'elle souhaite si ardemment.

Je veux la lui accorder, mais selon mes conditions et quand je le décide.

En la quittant ce matin, je savais qu'elle m'en voudrait de ne pas lui avoir donné tout de suite ce qu'elle voulait. Mais je ne pouvais pas, de peur de lui donner l'impression d'avoir le contrôle. C'est moi qui décide comment et quand lui donner quelque chose de valeur, et ce moment, c'est maintenant.

Je lui offre mon bras et j'attends qu'elle y passe le sien avant de l'accompagner à la porte comme un vrai gentleman. Je peux être un connard, par moments, mais je suis aussi son mari et je la traiterai comme une princesse si c'est ce comportement qu'elle attend.

Nous rejoignons ma voiture et je l'aide à monter avant de fermer la portière. Elle me regarde fixement tandis que je contourne le capot pour aller m'asseoir à côté d'elle. Le temps que j'attache ma ceinture, mon chauffeur a déjà démarré et nous sommes partis.

Elle me dévisage comme si elle avait vu un extraterrestre, comme si je lui avais dit quelque chose de choquant.

J'appuie sur un bouton pour fermer le panneau de séparation, nous donnant un peu plus d'intimité sur la banquette arrière.

— Qu'est-ce qui ne va pas ? demandé-je.

— Rien, murmure-t-elle en détournant le regard.

Je fronce les sourcils.

— Tu me regardes...

— Je ne peux pas te regarder maintenant ? raille-t-elle.

— Bien sûr que si.

Je lui prends le menton et oriente son visage vers moi.

— Mais pas comme ça. On dirait que tu caches quelque chose ou que tu me prends pour le pire mec du monde.

— C'est exactement ce que tu es, répond-elle, souriant de son audace.

Je m'humecte les lèvres à son commentaire.

— Pire que ton père, qui t'a vendue au plus offrant ?

Ses narines se dilatent et elle détourne le regard, clignant visiblement des paupières. Je sais que j'ai touché la corde sensible, mais c'est la vérité, et elle le sait. Son père se fiche bien d'elle, ce qui explique pourquoi elle est devenue une princesse bien sage. Elle a toujours essayé d'attirer son attention, réparant ses erreurs chaque fois qu'il était mécontent. Toute sa vie, elle s'est évertuée à faire le bonheur de sa famille.

Mais plus maintenant. Elle est à moi, désormais, et elle ferait mieux de s'en souvenir.

— Je serai gentil avec toi si tu me laisses faire, murmuré-je à son oreille avant de déposer un baiser en dessous. Si tu me laissais seulement t'embrasser... te prendre... sans résister.

— Pas question, souffle-t-elle en se mordant la

lèvre, alors que je l'embrasse dans le cou.

— Tu dis ça seulement parce que tu crois que c'est ton devoir. Parce qu'on t'a appris à te comporter comme une dame et à te défendre contre toute immoralité. Mais ce n'est pas nécessaire avec moi. Je veux que tu sois immorale.

Ma main glisse sur son genou, puis entre ses jambes, vers son point faible. Elle serre les cuisses en réaction, le souffle court.

— J'aimerais que tu pèches avec moi. Ce serait tellement bon.

Mon pouce effleure son entrejambe sensible et elle a du mal à me repousser. Elle n'essaie même pas. Je vois bien dans ses yeux que d'un côté elle aimerait résister, mais que, de l'autre, elle a désespérément besoin de céder – besoin de se libérer de tous ces fardeaux qui lui ont été imposés lorsque son père me l'a remise.

Elle n'est pas obligée de vivre avec cette responsabilité. Il lui suffirait de se donner volontairement à moi et elle pourrait être aussi libre qu'un oiseau dans notre beau manoir, avec toutes les richesses du monde et ses moindres désirs comblés.

— Laisse-toi aller, Charlotte. Laisse-moi t'aimer, chuchoté-je tandis que mes paumes lui écartent les jambes.

Elle ferme les yeux et renverse la tête en arrière alors que je dépose des baisers sur sa poitrine. Son corps prend vie sous mes lèvres.

— Laisse-moi te donner ce dont tu as besoin.

Ma main remonte le long de son corps et glisse sous

sa robe pour se refermer sur son sein. Entre l'index et le pouce, je lui pince le téton jusqu'à ce qu'il soit tendu. Son visage se crispe sous l'effet de l'excitation. Je ne peux m'empêcher de la toucher, de la voir se trémousser de désir. C'est trop bon. Elle est si appétissante dans cette robe que j'ai presque envie d'en prendre une bouchée.

Mais pour le moment, je dois me montrer tendre avec elle. Elle vient à peine de s'ouvrir à l'idée d'être caressée et je ne voudrais pas trop insister de peur qu'elle se dérobe. Non, je dois y aller lentement, avec douceur, éveiller son corps à mon contact avant que son esprit ne capitule. Je veux qu'elle se laisse engourdir par les émotions et les sensations, n'entendre que de délicieux gémissements dans sa bouche.

Dès qu'elle pousse le premier, je tends l'oreille et, à mon tour, je soupire d'envie. Mon sexe se tend dans mon pantalon, mais je n'y prête pas attention. Ce soir, tout tourne autour d'elle. J'aurai tout le temps de me satisfaire plus tard. D'abord, je vais lui donner un avant-goût de ce qu'elle pourrait avoir.

Je la caresse à travers sa robe jusqu'à ce que sa culotte soit détrempée. Elle entrouvre les lèvres, mais seuls des gémissements montent de sa gorge. Elle n'ouvre toujours pas les yeux et je ne lui en veux pas. Si elle était témoin de son propre comportement, elle serait certainement mortifiée. Mais elle doit apprendre à faire taire cette voix dans sa tête qui lui répète que c'est mal. C'est peut-être vrai, mais c'est tellement bon qu'elle ne devrait pas s'en soucier. Parce que, j'en fais le serment, elle va adorer ça.

Elle est proche, toute proche, il suffirait de peu. Ses joues sont écarlates et des gouttes de sueur scintillent sur sa peau. Je les lèche et enfin, sous mes mains, elle se délite complètement.

— Jouis pour moi, princesse, lui murmuré-je à l'oreille.

Elle est incapable de résister, de lutter contre la tentation. L'explosion qui suit est absolument magique. Son corps est saisi de délicieux frémissements au moment où elle se laisse aller. Je sens que tout se contracte entre ses cuisses et que sa moiteur augmente. Le gémissement qui glisse sur sa langue me ravit.

Sans réfléchir, je presse mes lèvres contre les siennes, prenant possession de sa bouche.

Son goût est délicieusement sucré, savoureux. Je ne m'en lasse pas. J'aimerais embrasser ces lèvres pour toujours, du matin au soir, parce qu'elles sont à moi, tout comme le reste de son corps.

L'instant d'après, elle me repousse et me regarde avec une indignation absolue. Comme si elle n'était pas complice de ce qui vient de se passer.

Des larmes s'échappent de ses yeux, mais elle les contient. J'effleure ses joues de mes mains, les caressant doucement.

— Pourquoi ? murmure-t-elle d'une voix éthérée.

Je lui réponds en souriant :

— Pourquoi ? Parce que je le peux. Voilà pourquoi.

Au même moment, la voiture s'arrête et j'ouvre la portière.

— Nous sommes arrivés.

***

Charlotte

Easton sort de la voiture, me laissant seule dans la chaleur de l'habitacle, mon esprit en ébullition après ce qui vient de se passer – de ce que je l'ai laissé faire. Pourquoi ? Pourquoi me suis-je laissé manipuler ainsi ?

Dès qu'il a commencé à me toucher, j'aurais dû l'arrêter. Mais ma bouche a refusé de prononcer le moindre mot et mon corps s'est figé sur place tandis qu'il continuait à me caresser. J'avais l'impression d'être sous l'emprise d'un sortilège qui m'empêchait de résister.

La tentation était trop forte. Il sait exactement quoi faire pour provoquer mes réactions et il adore ça. Il aime le contrôle qu'il exerce sur mon corps. Je suis furieuse, mais j'ignore si c'est contre lui à cause de ce qu'il a fait ou plutôt contre moi pour l'avoir laissé faire, pour avoir cédé à l'instant... à ses ordres.

Je sens encore ses doigts sur mes cuisses, ma poitrine... mon intimité, qui palpite toujours sous ma robe.

Oh, merde.

Lorsqu'il ouvre la portière, il me faut quelques secondes pour reprendre mon souffle. À son sourire arrogant, je vois bien que mon trouble l'amuse. Je devrais me ressaisir et le gifler, mais dès que je pose le pied sur le trottoir, tous mes projets de punition passent à la trappe.

Soudain, le froid me saisit jusqu'aux os, et ce n'est pas à cause du vent qui s'engouffre sous ma robe.

Nous nous trouvons devant un immense bâtiment, à la fois hôtel et restaurant.

C'est l'un des restaurants de mon *père*. Ici, aux Pays-Bas.

VINGT-DEUX

Charlotte

— Qu'est-ce que... ? murmuré-je.

Ma voix se brise avant la fin de ma phrase. Des bannières annoncent en grande pompe une réouverture, et le nom de mon frère figure sur les enseignes et les plaques de la façade.

Ma gorge se dessèche instantanément.

Une main sur mon épaule, Easton m'attire à lui, me forçant à marcher à ses côtés.

— Viens, allons à l'intérieur. Je meurs d'envie de te montrer à tout le monde.

Me montrer... le restaurant de mon père,

entièrement rénové, désormais sous la direction de mon frère. Et il compte m'exhiber comme une épouse soumise, docile et heureuse.

Quel bobard !

Pendant tout ce temps, j'ai cru qu'il m'emmenait dîner ou visiter une exposition, alors qu'en réalité, il avait prévu son coup depuis le début. Je me sens trompée, utilisée, trahie. Comme s'il avait agité une carotte sous mon nez pour la croquer en me regardant.

Cet homme est cruel et impitoyable. En montant avec lui l'escalier de ce restaurant cinq étoiles, j'ai l'impression d'une vaste plaisanterie. Je songe un instant à lui écraser le pied avant de m'enfuir, mais j'aperçois alors deux gardes derrière nous et je me ravise. Apparemment, ils nous accompagnent.

Nous pénétrons dans ce qui est maintenant l'un des hôtels-restaurants de mon frère. Je ne reconnais même pas cet endroit. Un décor raffiné tout en noir et blanc, avec beaucoup de contrastes – tout le contraire des couleurs chaudes tant appréciées par mon père – remplace le clinquant rouge et or traditionnel.

Ce doit être le prix à payer pour tout remettre à flot. Non seulement il m'a sacrifiée sur l'autel de l'argent, mais il a dû transformer toute son entreprise au point qu'elle est devenue méconnaissable. Ça valait bien la peine de m'échanger pour tout cela ! J'espère que ses restaurants vont droit à la faillite.

Tout comme j'espère qu'Easton se vautrera en

sortant, quand on quittera cet endroit maudit. Je suis hors de moi, à court de mots. Nous entrons dans le hall, semblables aux couples qui nous entourent et sirotent des verres au bar tout en discutant. Une soirée banale pour un mari et une femme de la haute société. Un mari qui a *acheté* sa femme à l'homme qu'il aborde maintenant avec un grand sourire.

— Bonsoir, Monsieur Davis, dit Easton en ricanant.

Lorsque mon père se retourne, la honte s'abat sur moi. Nos regards se croisent, et en un instant, son visage se ferme, cédant la place à une grimace de dépit. Il se tourne enfin vers Easton et marmonne :

— Bonsoir.

Easton lui tend la main et mon père la saisit. À l'évidence, il aime se faire humilier. On dirait qu'ils rivalisent tous les deux pour savoir qui a la poigne la plus ferme, chacun refusant de céder devant l'autre.

— Je ne savais pas que vous seriez là, dit mon père une fois qu'ils cessent leur jeu malsain.

Easton esquisse un sourire machiavélique.

— C'est bien normal. Je ne voulais pas rater la grande réouverture de mon dernier investissement ici aux Pays-Bas... avec mon tout dernier trophée.

Il me plaque contre lui pour une étreinte forcée, me pinçant les fesses sous les yeux de mon père.

J'ai envie de lui cracher au visage.

— Oh, je vois que vous vous entendez bien, tous les deux, commente mon père.

C'est tout ce qu'il trouve à dire ? Aucune excuse

pour m'avoir vendue à cet homme comme une brebis en sacrifice pour ses péchés ? Aucun regret de ne pas m'avoir contactée et demandé comment j'allais pendant tout ce temps ?

C'est sur eux deux que j'aimerais cracher.

— Elle s'adapte bien à la vie au manoir. C'est une fille facile à vivre… et joueuse, je dirais, répond Easton.

Mes joues s'embrasent, aussi rouges que le bout d'une cigarette, devant les yeux écarquillés de mon père.

Son sang n'a fait qu'un tour, je le devine. À cause de ce sale menteur d'Easton. Il devrait avoir honte, mais dès que j'entrouvre les lèvres, ce dernier brandit un doigt devant mon visage.

— Non, non, Charlotte. Tu sais comment ton père pourrait l'interpréter, n'est-ce pas ?

Il me lance un coup d'œil en coin qui suffit à m'imposer le silence avant même que je commence à parler. La lueur dans son regard me promet des orages, comme s'il me mettait au défi de franchir les limites qu'il vient d'établir.

Sa mise en scène ne me concernait pas. Cette sortie n'a jamais eu pour but de me faire plaisir. Ce n'est pas pour moi qu'il a voulu venir. Il n'était question que de mon père et de son restaurant. Il voulait m'exhiber devant ma famille comme une foutue femme objet. Et moi, je l'ai suivi comme une idiote.

Avec un soupir, je tourne la tête et regarde les clients qui discutent. Ils ne se doutent pas de ce qui se joue ici, des raisons pour lesquelles ce restaurant a fait peau neuve et a changé de nom ni de la raison de ma présence... comme un joli petit chaton bien toiletté et tenu en laisse.

— Charlotte, et si tu allais au bar ? Prends un verre et amuse-toi, me dit Easton avant de se pencher vers moi pour m'embrasser sur les joues, avec tendresse, mais vigueur.

On dirait qu'il veut montrer à mon père combien je m'accommode de la situation, comme si j'étais vraiment devenue la femme dont Easton a toujours rêvé et que mon père ait toutes les raisons d'être jaloux de lui.

Qu'ils aillent au diable, lui et mon père qui a cru à ses mensonges.

Je ne vais pas bien et je refuse de faire semblant.

Ignorant royalement Easton, je m'éloigne sans même lui répondre. Je n'ai pas salué mon père, mais je m'en fiche, maintenant. Il pourrait tomber raide mort, ça me serait égal. Il ne m'a même pas demandé si j'allais bien. Tout ce qui l'intéresse, c'est ce qu'Easton a dit, comme s'il le déstabilisait terriblement – pas moi, sa *fille*, mais Easton.

Assise sur un tabouret, au bar, je commande au barman une tequila pure. Je vais avoir besoin d'un verre ou deux pour traverser cette épreuve. Reste à savoir si j'en ai envie...

Je regarde autour de moi pendant un moment, repérant trois sorties potentielles et seulement deux gardes qui me surveillent. Bien sûr, ils ne restent pas plantés à côté de moi, mais ils se promènent lentement dans la salle sans me quitter des yeux. Easton a dû les payer grassement, au cas où je tenterais de m'échapper.

Le barman me tend mon verre et je prends une longue gorgée. La brûlure est agréable au fond de ma gorge. Au moins, l'acidité atténue ma tension. Je me demande combien il m'en faudrait pour être ivre. Je n'en ai jamais bu assez pour en arriver là, mais ce soir, je pourrais bien commencer.

Alors que je sirote mon verre d'alcool, quelqu'un se glisse sur le tabouret à côté de moi et me regarde d'un drôle d'air. Son sourire familier me ramène à l'époque de ma jeunesse et me plonge dans la mélancolie.

— Salut, frangine.

— Elijah, murmuré-je en posant mon verre. Qu'est-ce que tu fais ici ?

— Tu n'as pas vu ? Mon nom est affiché en grand là-dehors.

Il part d'un petit rire, comme si c'était sans importance, alors que c'est tout le contraire.

— Non, je veux dire, qu'est-ce que tu fais ici... au bar ? Tu n'es pas censé accueillir tes invités ?

— Si, mais je me suis dit que j'allais faire une pause et venir discuter avec ma sœur, pour une fois.

Je hoche la tête avec un sourire crispé avant de prendre une autre gorgée.

— Tu tiens le coup ? demande-t-il après un silence gênant.

— Si je tiens le coup ?

Je le dévisage pendant une seconde pour savoir s'il

plaisante, mais il a l'air très sérieux.

— Alors, voyons... Je suis détenue contre ma volonté dans un manoir qui ressemble plus à une prison, j'ai été forcée d'épouser quelqu'un que je n'aime pas, et maintenant, je me retrouve dans un restaurant avec la liberté à portée de main, mais je n'ai pas le droit de la saisir.

Je penche la tête avec une grimace :

— Et toi, comment tu vas ?

Un sourire lui vient, mais il disparaît aussitôt.

— Ça... ça n'a pas l'air facile.

Je grommelle en buvant à nouveau.

— Tu es encore loin du compte.

— Écoute, dit-il alors en me prenant la main. Je voulais te dire que je suis désolé.

— Pourquoi ? demandé-je en arquant un sourcil. Tu n'as rien fait du tout.

C'est une question sincère. Il n'est pas directement responsable de ma situation, mais il n'a rien fait non plus pour l'empêcher. À mon mariage, il est resté assis en faisant comme si de rien n'était.

— Tu savais que papa m'avait échangé contre de l'argent ? L'argent qui t'a permis d'acheter ton précieux poste de PDG ? demandé-je en serrant les dents.

Il déglutit en pinçant les lèvres.

— Oui, mais...

Aussitôt, je lève la main juste devant son visage.

— Je ne veux rien savoir.

Maintenant, mon verre est vide. Et merde. Je vais

devoir en commander un autre. Je n'aurai jamais assez d'alcool pour tenir jusqu'au bout de la soirée.

— Je suis désolé, vraiment, me dit-il. Je ne savais pas quoi faire. Quoi que je dise, papa ne voulait rien entendre. Il n'arrêtait pas.

— Tu aurais toujours pu ne *pas* accepter ce poste.

— Pourquoi ? Ça ne t'aurait pas sauvée des mains de Van Buren, répond-il. Et puis, c'est prévu depuis des mois. Tu le sais bien.

— Tu aurais quand même pu refuser. Au moins, tu te serais comporté comme un vrai frère pour une fois, rétorqué-je sèchement avant de faire signe au barman. Une autre tequila, s'il vous plaît.

— Tu ne penses qu'à boire ?

— Je suis obligée d'être ici, alors autant boire jusqu'à oublier cette soirée.

Il fronce les sourcils.

— Obligée ?

— Je n'ai rien à dire en tant qu'épouse de ce monstre, expliqué-je en ravalant tous les autres mots que j'ai envie de lui hurler.

Il déglutit.

— Alors, ce n'est pas toi qui as tenu à venir ici ?

— Non, dis-je avec une grimace. Pourquoi j'aurais voulu venir ? Tu crois que ça me plaît de voir les gens se réjouir de mon malheur ?

— Mais alors, comment Van Buren était au courant de cet événement ? demande-t-il en plissant les yeux.

— Tu plaisantes, n'est-ce pas ? C'est toi qui as organisé cette fête avec papa. Vous l'avez invité.

— Pas du tout.

Je marque une pause et baisse mon verre un instant.

— Alors, comment a-t-il... ?

— Aucune idée, mais je te promets que ça ne vient pas de nous.

Si mon père et mon frère n'ont pas invité Easton, alors qui l'a fait ? Comment savait-il qu'ils organisaient cette fête dans ce restaurant ? Comment savait-il que mon frère serait nommé PDG aujourd'hui ?

— Ce n'était pas dans le journal ?

— Non. C'est très confidentiel. Sur invitation privée uniquement.

Je regarde fixement mon verre, bien serré dans ma main, mais à présent tout me paraît flou. Je suis étourdie, un peu nauséeuse, et ce n'est pas à cause de l'alcool...

D'une manière ou d'une autre, Easton a été informé de cet événement. Je ne comprends pas comment et ça me rend malade.

— Par contre, nous t'avons envoyé une invitation, ajoute Elijah.

Je le regarde, les mains toujours autour de mon verre.

— Où ça ?

— À ton adresse e-mail. Je pensais que tu y avais accès même en étant... *ici*. Enfin, tu sais.

Il ne parvient même pas à le dire à haute voix, parce

qu'au fond de lui, il sait que c'est terrible. Et pourtant, il n'a rien fait pour s'y opposer.

— Tu es un frère minable, tu le sais ? dis-je avant de porter mon nouveau verre à ma bouche.

Il suçote sa lèvre supérieure.

— Je fais de mon mieux, répond-il enfin.

Je grogne en secouant la tête.

— C'est classique. Tu as toujours été le préféré de papa.

— Il fallait bien que quelqu'un le soit. Écoute, je suis désolé, Charlotte, mais tu sais comment il est. Il faut faire les choses à sa manière, sinon on dégage.

— C'est exactement pour ça que je me trouve dans cette situation, fiancée par procuration.

Je regarde fixement le mur en face de moi, avec ses étagères chargées de bouteilles d'alcool, et je me demande laquelle je vais choisir ensuite.

— Franchement, tu aurais pu... le laisser couler, lui et son entreprise, tu sais, me lance Elijah.

— Et ensuite ? Tu n'aurais jamais pu devenir PDG et papa serait mort.

— Mort ?

Elijah me dévisage comme si j'avais perdu la tête.

— Oh, il ne te l'a pas dit ? demandé-je en sirotant mon verre. Papa ne pouvait pas rembourser la dette qu'il devait à Easton, alors en résumé, c'était moi ou sa vie. Et bien sûr, il m'a choisie.

Je pose mon verre et ajoute :

— Voilà, maintenant tu sais.

Elijah me regarde avec incrédulité, la bouche grande ouverte.

— Papa t'a donnée en échange de sa propre vie ?

Son visage devient écarlate et il ajuste sa cravate en se raclant la gorge.

— Pourquoi as-tu accepté ?

— Que voulais-tu que je fasse d'autre ? Que je le laisse mourir ?

Je sais que j'ai l'air d'une garce, mais il me donne envie de m'arracher les cheveux.

— Oui, carrément, répond-il en haussant les épaules, me faisant éclater de rire.

— Classique... Pas étonnant que tu sois devenu PDG. Tu es aussi cruel que lui.

Il hoche la tête, songeur, avant de soupirer.

— Il faut croire que je le mérite.

— Plutôt, oui, lancé-je avec cynisme.

— Écoute, reprend-il en posant une main sur mon bras. J'ai envie de t'aider. Dis-moi ce que je peux faire.

— Tu ne peux rien faire, Elijah. Si je ne reste pas avec Easton, il fera assassiner papa.

— Tu pourrais le laisser faire.

— C'est notre père, comment voudrais-tu que je fasse autrement ?

Il prend à nouveau sa lèvre entre ses dents, comme s'il n'arrivait pas à croire mes paroles. Je tiens peut-être plus de notre mère que je le pensais. Je n'ai pas beaucoup de souvenirs avec elle, mais je me rappelle qu'elle était toujours gentille avec les gens. Elle nous aimait sincèrement et s'occupait de nous, contrairement à notre père. Dommage que je n'aie pas passé beaucoup de temps avec elle. Le cancer, malheureusement.

— Bon, quoi qu'il en soit, si tu as besoin de mon aide, reprend Elijah en se penchant vers moi pour me faire un clin d'œil, tu sais que tu peux toujours venir me voir, hein ?

J'absorbe ses mots sans rien dire avant de répondre avec un ricanement désabusé.

— Tu crois que je peux sortir de cette maison ? Que j'ai accès à un téléphone, à Internet, aux choses les plus élémentaires ? Tu n'as vraiment pas idée de ce que j'endure.

Il a l'air perplexe.

— Je suis prisonnière, Elijah. Je ne suis pas libre de faire ce que je veux, de contacter qui que ce soit à l'extérieur, dis-je en serrant mon verre comme si c'était ma planche de salut. Figure-toi que c'est la première fois que je sors de l'enceinte de la propriété depuis que nous sommes mariés.

— Est-ce qu'il te maltraite ? demande-t-il, crispé.

— Non... pas physiquement.

Elijah me serre le bras.

— Dis-moi tout.

— C'est...

Que pourrais-je lui dire ? Comment expliquer à mon frère ma place de femme dans cette histoire ? Comment lui faire comprendre l'effet que ça fait d'être désirée pour son corps mais pas pour son esprit, d'être utilisée comme une poupée gonflable et jetée comme un vieux jouet ?

C'est impossible. Pas alors que la vie de mon père et le poste d'Elijah à la tête de l'entreprise sont en jeu. Même si mon père se fiche éperdument de mon sort, je ne peux pas le laisser mourir. Je ne suis pas comme ça.

— Rien, conclus-je tristement.

— Tu mens. Chaque fois que tu mens, je le sais, Charlotte. Tu le faisais tout le temps quand on était plus jeunes.

— Non, tu ne comprends rien, m'écrié-je. Je n'ai jamais eu personne avant lui. C'est mon premier. Mon tout premier... l'homme qui me détient comme un animal de compagnie.

Les larmes me montent aux yeux et je m'efforce de les retenir.

Dans un geste tendre, Elijah glisse quelques mèches de cheveux derrière mon oreille. Sa douceur fait rouler une larme sur ma joue, que j'essuie du revers de la main.

— Tu as raison, je ne comprends pas. Mais je sais que tu es forte et que tu peux réussir tout ce que tu veux.

On dirait un discours répété, comme je peux m'y attendre de la part de l'homme qui doit suivre les traces de mon père. C'est bien naturel qu'il soit de moins en moins authentique avec le temps. Après tout, les émotions ne font que vous freiner, vous éloigner du véritable pouvoir.

Je détourne la tête et ferme les yeux en poussant un profond soupir.

— C'était agréable de parler avec toi, Elijah. Allez, retourne auprès de tes invités.

Il acquiesce. Je suis sûre qu'il comprend que nous n'avons plus rien à nous dire. Easton est déterminé à me posséder, et personne ne pourra rien y faire, pas même mon frère. Tant qu'il restera leur principal investisseur, Elijah ne prendra jamais le risque de le blesser ou de le tuer. Ce serait trop lui demander que d'attendre qu'il sacrifie sa place de PDG pour me sauver de cette existence.

Il a beau être mon frère, et même si on dit toujours que la famille passe avant tout, la mienne accorde la première place à l'argent et rien ne changera jamais cela.

— Je vais mener l'enquête pour savoir comment Easton était au courant de cet événement. Il a peut-être fouillé dans les dossiers de notre entreprise, murmure Elijah.

Il se lève de son tabouret, mais avant de partir, il commande un autre verre et le dépose devant moi.

— Profites-en, me dit-il... aussi longtemps que ça durera.

Il ajoute un sourire timide avant de m'abandonner au bar. Son sourire s'agrandit lorsqu'il aperçoit des visages familiers, sans doute d'autres personnes haut placées que notre père lui a présentées pour le bien de l'entreprise. Tout est toujours question de cette boîte et de notre héritage familial, y compris son sourire factice aussi changeant que son cœur.

En me penchant sur le contenu de mon verre, je remarque la caméra au fond de la salle. Aussitôt, je me rappelle toutes les autres, chez Easton, qui lui permettent de savoir où je suis en permanence. Et je m'interroge... Y a-t-il d'autres personnes qu'il surveille ? Comment savoir que c'est uniquement chez lui ? Et si...

Mon verre se renverse et je regarde bêtement l'alcool qui coule sur le bar. Le barman accourt pour tout essuyer.

— Désolée, bredouillé-je, figée sur place.

— Ça ne fait rien, répond-il en nettoyant rapidement le bar, lui rendant son éclat en un tournemain.

Je n'en avais pas l'intention, pourtant quelque chose m'a ébranlée. Le souvenir d'une nuit, avant mon mariage, alors que j'étais encore dans mon propre lit, dans mon propre appartement...

J'ai trouvé la porte de chez moi déverrouillée, le matin après mon réveil, alors que j'étais pourtant convaincue à mille pour cent de m'être enfermée à clé.

La peur déferle le long de ma colonne vertébrale.

Et si c'était *lui* ?

VINGT-TROIS

EASTON

Sur le chemin du retour, Charlotte est plus silencieuse qu'à son habitude. Quand je l'ai trouvée au bar, elle avait le regard dans le vague, les yeux hagards et les doigts glacés. Elle est venue sans faire d'histoires, pas même une protestation. Je crois bien qu'elle ne m'a pas adressé la parole depuis notre arrivée au restaurant.

Elle a dû recevoir un choc en voyant son père et son frère vivants et heureux. C'est en partie pour ça que j'ai décidé d'assister à l'événement sans y être invité. Bien sûr, son père ne s'attendait pas à me voir, mais je tiens quand même à m'assurer que mes investissements sont solides. Je ne voudrais pas associer mon nom à une entreprise en faillite.

J'imagine que Charlotte avait envie de voir son frère, alors je lui ai lâché la bride au restaurant, la laissant faire ce qu'elle voulait. J'avais espéré que cette liberté l'apaiserait. Après tout, elle voulait passer du temps hors de chez moi. Je ne m'attendais pas à ce qu'elle se retrouve aussi... secouée. J'ai peut-être mal jugé ses facultés d'adaptation. À moins que son frère ne lui ait dit quelque chose de bouleversant.

Je l'attire à moi dans la voiture, mais elle reste pétrifiée.

— Tu as passé un bon moment ? demandé-je pour tenter d'améliorer son humeur.

— Non, répond-elle, essayant de se débarrasser de moi. Si c'est ce que tu appelles une soirée, je m'en passerais, merci bien.

— Ce n'est pas une soirée classique, je te rassure, dis-je en riant sans parvenir à susciter un sourire en retour. Mais je me suis dit que tu aimerais voir ta famille.

— Ce n'est *pas* ma famille, se fâche-t-elle. Plus maintenant.

— Tant mieux, je suis content que tu le considères comme ça.

Je lui souris, mais elle me lance un regard noir.

— Toi non plus, tu n'es pas ma famille. Je n'en ai pas besoin.

— Tout le monde a besoin d'une famille. Et moi, j'ai besoin de toi, dis-je en lui caressant la joue.

Aussitôt, elle se dérobe.

— Qu'est-ce qui te prend ? ajouté-je. Je t'ai sortie,

nous avons quitté la maison. Je t'ai donné ce que tu voulais.

— Non, tu t'es fait plaisir à toi, en voyant la fierté de mon père se dissoudre sur son visage dès qu'il m'a vue.

C'est vrai. Ça m'a plu d'exhiber mon trophée et de lui montrer combien ses affaires allaient mal. Cela dit, ce n'était pas pour cette raison que je l'ai emmenée au restaurant ce soir.

— Pas du tout, dis-je en secouant la tête. Il s'en fiche.

— De moi ? rétorque-t-elle, un sourcil arqué.

Je lui prends le menton et la force à me regarder.

— Il se fiche complètement que tu m'appartiennes, maintenant. C'est dire comme il tient à toi !

Elle se dégage de ma main.

— Comme si tu valais mieux.

— Au moins, moi, j'essaie.

— Tu m'as *achetée*, bordel ! s'exclame-t-elle sur un ton railleur.

— Et lui, il t'a vendue.

— Ce n'est qu'une question de sémantique, répond-elle avec un regard noir. Combien de temps est-ce qu'on va jouer à ce jeu ?

— Aussi longtemps que tu continueras.

Ou aussi longtemps que j'aurai la patience de m'occuper d'elle.

— Qu'est-ce que tu attends de moi, exactement ? Tu voudrais que je te sois reconnaissante de m'avoir laissée passer du temps avec toi dans l'établissement de mon père pendant que mon frère s'asseyait sur le trône en piétinant mon cadavre en décomposition ?

— C'est comme ça que tu vois les choses ? Tu compares ta vie avec moi à la mort et la putréfaction ?

Je dois avouer que sa remarque me blesse. Ma maison n'est pas un cimetière.

— Pourquoi pas ? Nous sommes tous les deux morts à l'intérieur, souffle-t-elle en croisant les bras.

— Tu dis ça uniquement parce que tu es bouleversée.

— Pour la simple raison que tu as agité une carotte sous mon nez... et ce n'était qu'un mensonge.

Elle détache chaque mot comme si c'était le dernier.

Je penche la tête vers elle.

— Tu pars du principe que c'était notre unique sortie ensemble, lui dis-je. Continue comme ça, et ça pourrait bien devenir une réalité.

Elle se hérisse et me lance :

— Alors quoi, c'était un test ?

— Peut-être, dis-je en me raclant la gorge.

Je voulais voir ce qu'elle ferait. J'ai même affecté quelques gardes à sa surveillance, non seulement pour m'assurer qu'elle ne s'enfuirait pas si elle tentait une évasion, mais aussi pour nous protéger, elle et moi, s'il devait arriver quelque chose. Je ne voudrais pas qu'on essaie de me la reprendre.

Pourtant, elle m'a étonné en restant seule au bar. Elle n'a même pas essayé de déguerpir, ce qui est tout à son honneur. Tout espoir n'est peut-être pas perdu.

— Je suis fier de toi, dis-je en me penchant vers elle. Tu as affronté ta famille avec dignité et tu n'as pas cédé à leurs demandes.

— Non... mais j'ai cédé aux tiennes, répond-elle avec un soupir.

— Il n'y a aucun mal à ça, murmuré-je, une main sur sa cuisse. Il n'y a pas de mal à se soumettre à l'instant présent, Charlotte. Tu as le droit d'apprécier chaque caresse, chaque baiser... chaque marque de propriété.

Elle prend une bouffée d'air lorsque j'approche la main de l'endroit si sensible où je l'ai touchée en venant.

— Je peux te l'accorder chaque fois que nous sortirons, tous les deux, comme une sorte de récompense pour ta patience.

Dès que j'entre en contact avec son entrejambe, elle chuchote :

— Arrête.

Je marque une pause, la laissant reprendre son souffle un moment.

Elle me regarde par en dessous, levant vers moi ses beaux yeux qui aspirent mon âme et pourraient faire tomber n'importe quel homme à genoux.

— On peut rentrer à la maison maintenant ? S'il te plaît ?

Le mot « maison » me transperce le cœur. Malgré tout, elle a l'impression d'être chez elle dans mon manoir.

Elle n'a pas apprécié de voir sa famille ce soir, mais

nous avons fait quelques progrès. Elle a peut-être pris conscience que je ne suis pas la pire personne à fréquenter et que je lui accorderai plus de liberté si son comportement m'y encourage.

Pourtant, je sais qu'elle est bouleversée et je n'aime pas la voir dans cet état. J'ai beau être une ordure, j'ai aussi un cœur qui bat quelque part au fond de moi. Et il se ramollit un peu plus à mesure que je passe du temps avec elle.

— Bien sûr, princesse.

Je souris et prends sa main dans la mienne, y déposant un baiser.

— Mais d'abord, je dois passer quelque part.

Elle fronce les sourcils.

— Où ça ?

— Tu verras, dis-je avec un sourire en coin.

***

Charlotte

Cet homme est insaisissable. Je n'arrive jamais à l'atteindre, en dépit de toutes mes questions. On dirait qu'il n'a pas envie que je me rapproche de lui, que je le comprenne, comme s'il me tenait délibérément à l'écart.

En tout cas, ce n'est pas efficace. Je vois clair en lui, tout comme j'ai su voir au-delà du clinquant de façade dans le restaurant de mon frère. J'ignore où nous allons, mais ce doit être un autre stratagème pour me mettre à genoux ou me faire pleurer. Je ne lui fais pas confiance.

La voiture traverse la ville et je regarde les passants depuis mon cocon, comme une poupée dans sa maison délicate qui voit, au delà, le monde qui lui échappe.

Je soupire.

— Ça va prendre combien de temps ?

— On y est presque, répond Easton.

Ce n'est pas un rictus vicieux que je découvre sur son visage, mais un petit sourire authentique. Il détourne rapidement les yeux, cependant, comme s'il ne voulait pas que je le voie.

Peu importe, j'en ai fini avec cette journée. Après le jeu qu'il vient de jouer, je me sens bête d'avoir cru qu'il pouvait se soucier de quelqu'un d'autre que lui-même.

Quand la voiture s'arrête, Easton descend et rejoint mon côté, ouvrant la portière comme un vrai gentleman. Ce n'est que pour l'esbroufe, bien sûr. Il l'a déjà fait à plusieurs reprises et cette fois ne fait pas exception.

Pourtant, il ne me prend pas le bras. Refermant sa main autour de la mienne, il m'entraîne avec douceur.

Nous nous trouvons devant une vieille bâtisse à la façade illuminée et ornée de fresques murales. Alors que j'essaie de regarder autour de moi, le chauffeur d'Easton nous dépasse d'un pas empressé avec deux lourdes caisses sur les bras.

— Pardon !

— Pas de souci, répond Easton. On se retrouve à l'intérieur.

— Oui, monsieur ! dit le chauffeur en s'engouffrant dans le bâtiment.

Je déglutis.

— Où sommes-nous ?

— Viens. Je vais te montrer.

Easton me tient toujours la main alors que nous entrons.

Devant nous s'ouvre un couloir avec des enfilades de portes et des enfants qui jaillissent de tous les coins. Tout au bout, nous débouchons dans une grande salle commune avec une télévision, plusieurs canapés, des consoles de jeux et des jouets éparpillés partout. Quelques bibliothèques sont adossées contre le mur, de l'autre côté de la pièce, mais elles ne contiennent que de rares livres.

— Qu'est-ce que c'est ? demandé-je à mi-voix alors qu'Easton me lâche la main.

Il s'avance dans la salle où certains enfants se rassemblent tandis que son chauffeur dépose les cartons sur une table. Lorsqu'il s'en va, ce dernier m'adresse un signe de tête en passant devant moi, par courtoisie. Au même moment, une femme sort de la cuisine et sourit à Easton.

— Oh, *je bent er* ! s'exclame-t-elle en s'approchant pour déposer trois baisers sur ses joues.

— On peut parler anglais ? demande Easton avec

un coup d'œil vers moi. Elle ne parle pas néerlandais.

— Bien sûr, répond la femme. Les enfants étaient impatients de vous voir. Ils en ont parlé toute la journée.

— Je n'en doute pas, commente-t-il alors que les enfants se rassemblent autour de lui.

— Meneer Van Buren !

L'un des gamins se rue vers lui et enroule les bras autour de sa jambe.

— Salut, David, répond Easton en lui donnant une tape affectueuse sur la tête. Parlons anglais, les amis. J'ai une invitée qui ne comprend pas le néerlandais.

Les enfants se tournent vers moi et mon visage s'empourpre. J'essaie de ne pas attirer l'attention en restant en retrait, m'attardant près de la porte alors qu'Easton se met à genoux.

— Bon, je vous apporte des cadeaux, mais vous devez me promettre d'en prendre soin et de les traiter avec respect.

— Qu'est-ce que c'est ? demande l'un des enfants.

Easton penche la tête et dit :

— Ouvrez la boîte. Allez voir.

Les enfants se regroupent autour de la table et ouvrent le carton. C'est plus fort qu'eux. Les livres sont déballés les uns après les autres et ils les brandissent au-dessus de leurs têtes comme des trésors précieux.

Le sourire d'Easton, lorsqu'il regarde les enfants crier, danser avec les livres et aller en garnir les étagères vides de la bibliothèque, est contagieux. Si bien que je ne peux m'empêcher de sourire quand son regard croise le mien.

Il surprend tout le monde ici, sur ce coup-là, pas seulement les enfants. Il faut croire qu'il y a du bon en lui, tout compte fait.

— Qu'est-ce qu'on dit, les enfants ? demande la femme.

— Merci, Monsieur Van Buren ! clament les petites voix.

— Il n'y a pas de quoi, je vous en apporterai d'autres très bientôt.

L'un des enfants s'agrippe de nouveau à ses jambes et il a du mal à s'en défaire. Je ne peux m'empêcher de pouffer quand il retire un autre gamin de ses épaules pour me rejoindre.

— Quoi ? fait-il en arquant un sourcil.

Je hausse les épaules.

— C'est gentil de ta part de faire ça.

— Merci.

Il me regarde discrètement, et moi aussi. Aucun de nous ne prononce les mots que nous avons pourtant envie de dire. Je serais trop gênée d'avouer que, pendant une seconde, je l'ai sincèrement apprécié, que j'ai entrevu l'homme humble et généreux derrière sa façade un peu bourrue, le gentleman qu'il peut être quand il n'essaie pas de jouer les connards dépravés.

Et je pense qu'il le sait, lui aussi.

Il m'a montré quelque chose de tendre et

d'altruiste... Son point faible.

Je pourrais m'en servir comme d'une arme, mais je ne veux pas utiliser cet aspect de sa personne. Je refuse de m'abaisser à son niveau. Je préfère admirer la réalité et la garder dans le secret de mon cœur pour m'en souvenir dans les moments difficiles.

***

EASTON

Après notre arrivée à la maison, elle a l'air impatiente de sortir de la voiture. Heureusement, la portière ne s'ouvre que de l'extérieur et elle doit attendre qu'on vienne la chercher. Je contourne le véhicule et je vais lui prendre la main pour l'aider à sortir, puis je la ramène à la maison. Pour la première fois, elle ne me lâche pas lorsque nous entrons. Elle se réchauffe peut-être à mon contact. Maintenant que je lui ai montré mes œuvres de charité, elle a dû déceler un peu d'humanité en moi.

À moins qu'elle ait compris qu'il était futile de s'opposer à moi. Quoi qu'il en soit, je suis certain qu'elle s'adapte parfaitement à son nouveau statut d'épouse.

Après un moment, elle se tourne vers moi.

— Je peux... faire un tour de la maison ?

Quelle étrange requête. Je reste un peu perplexe.

— Je n'en ai pas eu l'occasion, ajoute-t-elle. Et je

veux apprendre à connaître ma maison.

Comment le lui refuser ?

— Bien sûr. Tu peux explorer autant que tu veux, mais... ajouté-je en levant un doigt. Mon bureau est une zone interdite.

— Je veux juste voir...

Elle se mord la lèvre et jette un coup d'œil par-dessus mon épaule, vers la porte fermée de mon bureau.

— Quoi ?

— Les caméras.

Cette fois, elle me regarde droit dans les yeux et s'humecte la lèvre supérieure, provoquant une réaction immédiate entre mes jambes.

— Celles par lesquelles tu me regardes.

— Hmm... dis-je avec un sourire en coin.

— Je peux les voir ?

Elle baisse la tête sans cesser de se mordiller les lèvres de cette manière si séduisante qui me donne envie de la soulever et de la plaquer contre la porte.

— J'aimerais juste jeter un coup d'œil. C'est tout, ajoute-t-elle.

Je plisse les yeux. Quand a-t-elle appris à user de son charme comme d'une arme ? Décidément, elle est coriace en affaires. Ça me plaît.

— Tant que tu ne touches à rien.

Ses yeux étincellent.

— C'est promis.

Refermant la main autour de la sienne, je l'entraîne

vers la porte que je déverrouille avec la clé conservée dans ma poche. Dès qu'elle entre, elle s'émerveille devant tous mes livres. La dernière fois que nous étions ici tous les deux, nous nous disputions et elle cherchait à me fuir. Elle n'a pas eu le temps d'admirer ma collection et l'esthétique de cette pièce. C'est mon endroit préféré dans la maison... après sa salle de bain, bien sûr.

Elle inspecte mes objets de collection – la statue qui vient d'Égypte, le vieux globe terrestre artisanal des années 1800 –, puis elle s'approche de mon bureau et laisse glisser sa main sur le bois comme s'il recelait un million de secrets qu'elle avait hâte de percer.

— Alors, c'est ici que tu t'assois ? demande-t-elle.

— Pour voir les caméras ? Oui, dis-je en m'approchant d'elle par derrière.

— Mais il n'y a qu'un ordinateur portable.

Elle l'ouvre, mais il est verrouillé par un mot de passe pour qu'elle ne puisse pas voir ce que je veux lui cacher. De toute manière, il n'y a quasiment rien, sans aucune connexion à Internet – seulement au réseau intranet. Je ne veux pas qu'elle envoie des appels à l'aide et je doute qu'elle trouve un jour mon fidèle ordinateur portable bien caché dans un compartiment secret de ma chambre.

— On n'a pas besoin de beaucoup plus, lui dis-je, juste derrière elle, alors qu'elle referme l'ordinateur.

Elle se cambre lorsque je pose une main sur sa taille. Mon sexe vient se nicher contre ses fesses et je lui murmure à l'oreille :

— Mais où est le plaisir dans tout ça ?

Elle prend une vive inspiration alors que je me penche en avant, mais au lieu de l'embrasser sur la nuque, j'appuie sur un petit bouton sous mon bureau. Elle sursaute lorsqu'un écran géant apparaît devant nous, émergeant du rebord supérieur de la fenêtre.

— Afficher les caméras, ordonné-je.

Aussitôt, l'écran diffuse une dizaine de vidéos en simultané, issues de plusieurs caméras un peu partout dans la maison, dont sa chambre et sa salle de bain... ainsi que le bureau dans lequel nous sommes.

Inutile de la regarder pour savoir qu'elle est impressionnée. Je sens son souffle ralentir, à l'endroit où ma main est posée. Elle lève le doigt vers l'écran, désignant l'unique caméra qui nous filme en ce moment même, puis elle penche la tête et regarde autour de nous avant de repérer la caméra, au-dessus de la porte.

— La voilà, murmuré-je avec un sourire, alors qu'elle se retourne dans mes bras pour mieux la regarder.

Maintenant, j'ai les deux mains posées sur le bureau derrière elle. Prise au piège de mes bras, elle rougit en s'adossant contre le bureau. Je repère des gouttes de sueur sur son décolleté.

— Est-ce que les caméras te font peur ? demandé-je à mi-voix.

Elle déglutit, posant à son tour les mains sur le bureau.

— Non, seulement je suis surprise par le nombre.

— Parce que tu crois qu'elles y sont toutes ?
— Non.

Avec un immense sourire, j'enroule une mèche de ses cheveux autour de mon doigt.

Elle est intelligente, c'est bien.

— Tu es le seul à les regarder ? demande-t-elle.

— Personne n'a accès à cette pièce à part moi, dis-je en humant sa chevelure parfumée. Alors, oui.

La mèche de cheveux s'entortille entre mes doigts jusqu'à ce qu'il ne reste plus entre nous qu'une tension à couper au couteau. Putain, ce qu'il fait chaud tout à coup !

— Combien de fois par jour est-ce que tu me regardes ? reprend-elle.

— Aussi souvent que possible.

À ces mots, son visage vire à l'écarlate. Pour tout dire, c'est plutôt bien assorti avec sa robe.

Un soupçon de sourire se dessine sur ses lèvres.

— Ça t'excite de me regarder ?

— Oh, oui.

Rien que d'y penser, je suis fébrile.

Toujours cramponnée au bureau, ses doigts blêmes sur le bois, elle se mord la lèvre. Je sens qu'elle attend que je fasse quelque chose, peut-être même que je la prenne... mais est-ce une bonne idée ? Elle sent la tequila et je parie qu'elle a trop bu, à en juger par son teint rouge. Pourtant elle est là, les jambes écartées et les fesses sur mon bureau, la poitrine en avant et ses tétons en relief sous son corsage, comme si elle cherchait à m'attiser.

Je glisse l'index sous son menton et l'incline vers moi.

— Tu me crains ? Dis-moi la vérité.

Les dents serrées, elle répond :

— Non.

C'est un mot sonore, puissant, qu'elle a prononcé avec l'attitude d'une reine. Mais puis-je la prendre au sérieux ? Ou joue-t-elle avec mes émotions ?

Tout à l'heure, elle ne voulait pas entendre parler de moi, et maintenant, voilà qu'elle exhibe son corps. On dirait qu'elle n'arrive pas à se décider.

En fin de compte, c'est exactement ce que je cherchais. Je voulais la placer dans cette position où elle remettrait sa propre moralité, ses besoins et ses envies en question. Je voulais qu'elle me *désire*, et à l'évidence, c'est gagné.

Incapable de résister, je prends son visage dans ma main et l'embrasse avec force. Sa bouche se presse sur la mienne et nous nous débattons fougueusement, sa langue virevoltant autour de la mienne pour essayer de prendre le contrôle. Je sens l'alcool dans sa bouche, qui ajoute une petite note piquante à notre baiser. Putain, elle a un goût tellement délicieux.

J'ai envie de plus. Non, j'ai *besoin* de plus.

Mes mains se referment sur ses fesses et je la hisse sur le bureau sans cesser un instant de l'embrasser comme si ma vie en dépendait. Je n'ai pas l'intention de m'arrêter. Elle est bien trop savoureuse pour que je la laisse partir et elle le sait. Il était temps qu'elle cède.

Mais elle détache soudain sa bouche de la mienne pour murmurer :

— Attends.

— Non, insisté-je en reprenant le fil de notre baiser.

Mais elle me repousse.

— On ne peut pas.

— Pourquoi ? demandé-je, les sourcils froncés.

— Parce que c'est mal, et tu le sais très bien. Je suis bourrée.

Ses lèvres sont gonflées et moites lorsqu'elle prononce ces mots, pourtant je refuse de croire qu'elle n'en a pas envie. Son regard sensuel trahit le contraire.

— Tu crois que ça va m'arrêter ? grogné-je avant de planter à nouveau mes lèvres sur les siennes sans me soucier de ce qu'elle en pense.

Elle se laisse peut-être aller sous l'effet de l'alcool, mais ça m'est égal. Elle m'a aguiché, séduit comme la petite garce qu'elle est, et maintenant elle va en payer le prix.

— Tu en as envie, Charlotte... avoue-le, murmuré-je entre deux baisers.

Aussitôt, ma langue plonge jusqu'à son palais. Je ne peux pas me retenir de l'embrasser. Ses lèvres me rendent fou. Je n'ai jamais désiré qu'elle, jamais imaginé qu'elle, et il est hors de question qu'elle quitte ce bureau avant que j'en fasse ce qui me chante.

Mes lèvres sont partout – sur les siennes, son menton, son cou, ses clavicules et même son décolleté.

Après avoir repris son souffle une seconde, elle murmure :

— Je te déteste.

— Déteste-moi, aime-moi, je m'en fiche... mais je t'aurai, dis-je avec un grognement.

À ces mots, je déchire sa robe, arrachant le nœud derrière son cou. Elle pousse un cri, mais ma bouche retrouve la sienne avant qu'elle ne puisse alerter le personnel.

— Chut, murmuré-je en plissant les yeux. Tiens-toi tranquille ou sinon...

— Sinon quoi ? souffle-t-elle, les yeux écarquillés.

— Je vais t'attacher et te mettre un bâillon.

— Oh, mon Dieu.

Je la repousse sur le bureau en ordonnant :

— Maintenant, écarte les jambes comme tu l'as fait tout à l'heure.

Le visage de marbre, elle s'exécute, allant cette fois jusqu'à retirer ses chaussures.

Je lui souris :

— Tu attends quelque chose ?

— Nous savons tous les deux que je ne sortirai pas d'ici tant que tu n'auras pas réclamé ton dû.

Bien vu. Comment se fait-il qu'elle me connaisse si bien ? Je me suis à peine dévoilé, et pourtant elle parvient à lire en moi comme dans un livre. Décidément, cette fille est brillante. Je risquerais bien de le payer tôt ou tard.

Mais d'abord, c'est à elle de passer à la caisse.

VINGT-QUATRE

Charlotte

— Intelligent, commente Easton d'une voix sombre et enjôleuse. Maintenant, retourne-toi.

Je fronce les sourcils.

— Pourquoi ?

Il détache sa ceinture, la tirant lentement à travers les boucles avant de la faire claquer dans sa paume. Encore, et encore. Je suis incapable de détourner le regard. Devant ma terreur, ses yeux luisent avec excitation.

— Qu'est-ce que tu vas faire ? murmuré-je.

— Obéis, princesse.

Sa voix sèche me force à hocher la tête. Mieux vaut

éviter de le contrarier. Ses muscles sont tendus comme s'il était prêt à me prendre avec violence. Seulement voilà... je ne suis pas sûre d'être prête.

Je n'ai encore jamais fait ça. À l'exception de quelques sex-toys, on ne m'a jamais pénétrée. J'ai déjà accepté qu'il serait mon premier, bien sûr, mais j'ignorais *quand*. Maintenant que le moment est venu, je me demande si je suis prête et si j'en ai seulement envie.

Je ravale la boule dans ma gorge tandis que son membre devient de plus en plus rigide dans son pantalon. D'un côté, j'ai envie de fuir, mais de l'autre, je suis impatiente de profiter de la situation. C'est le seul moyen... le seul moyen de gagner sa confiance. Il n'y a qu'ainsi que je pourrai l'utiliser à mon tour.

Docile, je me retourne en direction de l'écran. La caméra est braquée sur nous et je vois mon propre corps entièrement exposé alors qu'il se place derrière moi et me saisit les poignets, qu'il ramène dans mon dos. Il les attache fermement jusqu'à ce que le cuir entame ma peau. Un gémissement franchit mes lèvres, mais il plaque une main sur ma bouche.

— Ne pleure pas, princesse. Je veux seulement t'entendre gémir.

Soudain, sa main s'abat sur mes fesses.

Je lâche un cri, mais ma voix est étouffée par sa main.

— Qu'est-ce que j'ai dit ?

Il me frappe à nouveau, plus fort cette fois. Je suis

incapable de contrôler le geignement qui monte de mes poumons. Le picotement sur ma peau réchauffe mon cœur et les larmes me piquent les yeux.

— Pas un bruit, grogne-t-il avant de m'assener une nouvelle claque, répétant l'opération jusqu'à me laisser pantelante.

Une envie indésirable s'accumule entre mes jambes. Je sens mes genoux faiblir et mes jambes sur le point de céder. Si je tiens encore debout, c'est uniquement grâce au bureau.

— C'est bien. Tu commences à apprendre.

Il soulève ma robe jusqu'à mes fesses et arrache ma culotte d'un seul coup. Je tourne la tête en sursaut, mais il me plaque aussitôt le visage sur le bureau.

— Qui a dit que tu pouvais regarder ?

Soudain, il enfonce un doigt en moi et je gémis tout haut.

Je ne voulais pas, c'est sorti tout seul.

Son doigt redouble de vigueur, chaque poussée un peu plus profonde jusqu'à ce qu'il soit enfoncé tout entier. Mon corps est vibrant d'énergie, et en même temps, je me sens aussi chétive qu'un agneau. Je le méprise, et pourtant je suis incapable de dire non, de parler. Je ne peux que rester allongée et accepter sa convoitise sans sourciller.

Quand il se retire, je pousse un soupir de soulagement. Mais il est loin d'en avoir terminé avec moi.

Il caresse toujours mon clitoris et je commence à me sentir en feu, presque fiévreuse.

— Tu vois que tu en meurs d'envie ? Tu es mouillée pour moi. Tu *m'appartiens*, Charlotte. Que tu le veuilles ou non, ton corps est à moi. Il chante pour moi, et bientôt, toi aussi tu chanteras.

Il a raison et la vérité de ce qu'il dit me prend aux tripes.

C'était pourtant prévisible. Après tous ces va-et-vient et notre corps-à-corps houleux, c'était inévitable. Maintenant que mon sexe tressaille autour de mon clitoris hypersensible, je ne suis même pas certaine que cela me dérange.

Il joue avec moi comme avec un violon, et il n'a pas son pareil pour me donner envie de plus.

Tout à coup, il retire ses doigts et mon désir inassouvi me fait tourner la tête.

Sans prévenir, il m'en enfonce un entre les fesses.

Je lâche un cri et il me fesse à nouveau, propageant des pulsations intenses dans tout mon corps.

Putain. C'est tellement mal, tellement immoral.

Et c'est exactement ce qu'il veut que je ressente. C'est ce qu'il aime.

Quand c'est sale, décadent et cruel.

Mais plus son doigt s'agite et tourne en moi, plus il s'échine dans mon dos, plus mon corps réagit. Je ne devrais pas le vouloir, je ne devrais même pas aimer ça... quoi qu'il s'apprête à me faire.

— Hmm, tu participes ce soir, ça me plaît. J'ai hâte d'utiliser tes jolis trous de baise, murmure-t-il avec un gémissement de désir.

À nouveau, il se retire et je me sens vide. Comme si mon cerveau avait dysfonctionné, comme si ses mains expertes m'avaient fait lâcher prise.

Je ne peux m'empêcher de jeter un coup d'œil par-dessus mon épaule, mais je le regrette immédiatement. Il vient de sortir quelque chose d'un tiroir jusqu'à présent fermé à clé... du lubrifiant et un objet conique en silicone noir avec un diamant au bout. J'écarquille les yeux.

— Est-ce que c'est... ?

Clac !

Une autre gifle sur mes fesses m'arrache un gémissement et je me cogne contre la table.

— Je n'ai pas dit que tu pouvais regarder et je ne t'ai jamais donné l'autorisation de parler.

Je peux l'entendre extraire du lubrifiant.

— Tu dois apprendre à être sage, princesse. Ça va te calmer.

Avant que je puisse réagir, il m'a écarté les fesses et commence à y enfoncer l'objet.

— Ne résiste pas. Ça te ferait plus mal, grogne-t-il.

— Qu'est-ce que c'est ?

— Un plug anal.

Oh, mon Dieu. Un plug anal ? Merde, mais on utilise ça dans les pornos. Pas... pas dans la vraie vie. Si ?

Il l'insère. Tout s'étire sur son passage, ça me brûle douloureusement, comme si le plug ne rentrait pas. Contre toute attente, mon sexe se contracte à chaque nouvelle intrusion. Après la dernière poussée, je suis entièrement envahie par-derrière.

Je suis à deux doigts de jouir sous l'assaut des sensations.

— C'est bien, commente Easton.

Lorsqu'il me donne à nouveau la fessée, mon corps tout entier palpite d'excitation. Je n'ai jamais ressenti une chose pareille. Sa main effleure mes courbes avec douceur jusqu'à atteindre mon entrejambe. Là, il suspend son geste, me laissant en proie à un désir bouleversant.

Enfin, il avance son fauteuil de bureau et s'installe juste derrière moi. Il me regarde, je le sais. À cette idée, mes joues s'embrasent. Quand il gémit tout haut, mon clitoris se met à vibrer de plaisir.

Le fauteuil grince légèrement en se rapprochant. Plus près, encore plus près.

Soudain, je sens son souffle chaud entre mes cuisses et je me cambre instinctivement.

— Ne bouge pas, murmure-t-il, son visage à quelques centimètres de mon sexe.

Dès que sa langue touche ma peau, je suis perdue – perdue par le talent de ses lèvres, de sa langue qui tournoie sur mon clitoris. La chair de poule se propage sur ma peau tandis qu'il m'embrasse et me suce. Ses lèvres sont délicieusement douces sur mon clitoris. Il sait exactement comment me lécher pour me faire frémir.

C'était son intention depuis le début. Me fâcher contre ma famille pour me rendre plus malléable et plus conciliante avec ses exigences. C'est tellement efficace que je ne sais même plus si ces ébats étaient mon idée ou la sienne.

Toutes les limites deviennent poreuses et floues lorsqu'il enfouit sa langue en moi. Mon esprit est engourdi par le plaisir et je deviens incapable de réfléchir. Avec les poignets attachés dans le dos, je ne peux rien faire d'autre que céder au bien-être sous ses assauts répétés.

Et putain, ça me fait un bien fou !

— Tu es tellement détrempée pour moi.

Easton gémit, alternant coups de langue et succions jusqu'à me rendre folle de désir.

— Jouis pour moi, princesse. Montre-moi que tu aimes ça.

Je me sens humiliée, utilisée – plaquée sur le bureau, les fesses en l'air et chaque partie de mon corps exposée à sa vue. Tout cela sous l'œil des caméras. Qui d'autre verra cette vidéo ? A-t-il seulement fermé la porte à clé ? Seigneur, j'espère que personne n'entrera.

— Arrête de réfléchir, grogne Easton. Je sais que tu te retiens.

— Quoi ? murmuré-je.

Il me frappe à nouveau les fesses, mais je suis habituée à la douleur cuisante causée par le plat de sa main. Soudain, il me mord la fesse.

— Aïe ! Pourquoi tu as fait ça ?

— Parce que tu serres les jambes. Écarte-les.

Il les ouvre d'un coup de coude, me forçant à m'offrir à lui plus largement encore. Plus je cède, plus mes jambes tremblent.

— C'est bien... libère tout ton plaisir, Charlotte. Tu sais que tu en as envie, murmure-t-il contre ma peau.

Je suis en plein délire, noyée dans mon propre désir au point de perdre tout contrôle.

Il lui suffit d'une pression supplémentaire de sa langue sur mon clitoris pour me faire jouir. En même temps, il m'assène une claque et enfonce un doigt dans mon sexe. Une vague d'extase me traverse et je me contracte autour de son doigt. Les pulsations sont si fortes et incontrôlables que mes genoux se dérobent. Mais Easton me saisit à bras-le-corps, me forçant à rester debout pendant qu'il termine.

Juste après, je m'effondre sur son bureau, complètement épuisée.

Que va-t-il faire, maintenant ? Va-t-il me prendre pour de bon ?

Je m'y attends d'un moment à l'autre.

Mais au lieu de ça, il cesse de me caresser et reprend place sur le fauteuil.

Je tourne la tête vers lui. Son pantalon est ouvert, son membre énorme bien visible. Son gabarit me fait encore saliver. Je n'en reviens pas de l'avoir eu dans ma bouche.

Plus je le regarde, plus je m'impatiente. J'étais prête. On ne peut pas dire que j'en aie vraiment envie, mais au moins, cela m'aurait permis de me rapprocher de lui pour prendre le dessus. Que se passe-t-il ?

— Tu ne vas pas... ?

— Quoi ? fait-il en arquant un sourcil. Te baiser ?

Ces deux mots dans sa bouche ont un accent de péché.

Son sourire diabolique me rend à la fois faible et furieuse.

Le mot qu'il prononce alors achève de me briser.

— Non.

∗∗∗

EASTON

C'est bien. J'en ai fait ce que je voulais.

Elle est sur mon bureau, nue et offerte pour mon plus grand plaisir.

C'est exactement comme ça que j'imaginais les choses entre nous, que je les ai fantasmées pendant des années. Mais je ne vais pas aller jusqu'au bout. Je ne vais pas lui prendre sa virginité comme ça... pas alors qu'elle est à moitié ivre et à bout de nerfs.

Non, ce serait trop facile. Je veux qu'elle me supplie.

Je veux qu'elle crie mon nom et m'implore de la remplir de mon sperme.

Ce n'est qu'à ce moment-là, et pas avant, que je la marquerai de mon sceau.

— Tu vas devoir me supplier, dis-je dans un grondement.

Je me caresse tout en la regardant, contre le bureau,

ses magnifiques orifices en évidence. Putain, j'ai tellement hâte de les remplir. Mais elle doit d'abord se soumettre à moi.

Ce soir n'était qu'une étape dans le long cheminement pour faire d'elle mon petit jouet, mon animal de compagnie. Ma princesse doit apprendre le sens de la soumission, mais je sais que nous y viendrons. Ce n'est qu'une question de temps.

Je m'astique pendant qu'elle me regarde par-dessus son épaule. Je me fiche de ce qu'elle pense. J'ai envie de jouir sur elle.

Je lui assène une autre claque sur les fesses pour faire bonne mesure.

— Je n'ai pas dit que tu pouvais te retourner.

— Mais tu...

— Je fais ce qui me chante. Alors, reste là et écarte les cuisses en grand, princesse. Montre-moi tes jolis petits trous.

Tout son corps rougit à mes paroles. Je sais qu'elle a horreur que je parle d'elle comme si elle n'était qu'une poupée de baise, mais je veux le lui faire ressentir pour qu'elle n'oublie pas qui est le chef.

Elle ne me manipulera pas pour me faire faire ce qu'elle veut. C'est moi qui contrôle.

J'aime la soumettre... Et j'aime le spectacle offert à mes yeux. Le magnifique diamant entre ses fesses scintille à chaque mouvement et cela m'excite tant que je décide de gicler sur ses deux globes rebondis.

À présent, je me branle furieusement sur la jolie fille en face de moi, ses jambes encore tremblantes de ce que je lui ai fait. Je parie qu'elle a aimé sentir ma langue en elle, même si je sais qu'elle me le reprochera. Elle est incapable d'assumer son désir… pour l'instant. J'ai ma petite idée pour faire taire le brouhaha dans son esprit, pour l'éteindre. Il suffit d'un coup de pouce pour l'aiguillonner et la douleur est un formidable atout.

Je lui donne une autre claque, rien que pour le plaisir, parce que ça m'excite. Je suis un vrai connard, c'est vrai, mais ça m'est égal. C'est ma femme et je peux faire d'elle tout ce que je veux. En cet instant, ce que je veux, c'est qu'elle me fasse du bien.

— Laisse ta poitrine sur le bureau, grogné-je. Ne bouge pas, putain.

Ses épaules se soulèvent à chacune de ses respirations. Elle a le souffle court, peinant visiblement à garder son calme. C'est la première fois depuis longtemps qu'elle ne joue pas les fortes têtes, qu'elle ne me crie pas dessus et ne lâche aucun juron. C'est bien. Elle apprend.

Mes yeux se concentrent sur son adorable petite chatte. Son goût est divin, j'ai hâte d'y retourner. Mais pas ce soir… Non, je tiens à ce qu'elle s'imprègne du plaisir que je lui ai procuré. Je veux qu'elle s'y baigne et s'en souvienne éternellement.

Ça ne lui plaît peut-être pas, mais son corps m'appartient.

J'ai enfoui ma langue en elle. Je l'ai léchée. Alors,

elle est à moi.

Sur cette pensée, je jouis avec force sur ses fesses rondes et le bijou brillant.

Un gémissement m'échappe tandis que je libère toute mon énergie refoulée. Une fois que l'orgasme s'estompe, j'admire la substance laiteuse répandue sur sa peau comme un tableau pittoresque.

Un sourire narquois me vient aux lèvres. Je vais prendre mon pied en visionnant la vidéo que vient de saisir sur le vif la caméra au-dessus de nos têtes.

Je me lève du fauteuil et retire son plug anal, que je dépose sur le bureau pour le nettoyer plus tard. Elle pousse un soupir lorsque je délivre ses poignets de la ceinture et la retourne dans mes bras. Elle a les yeux vitreux comme si elle n'était pas vraiment présente.

Son visage entre mes mains, je l'approche de moi et dépose un tendre baiser sur ses lèvres.

— Maintenant, tu sais quel goût tu as... murmuré-je.

Elle passe une main autour de ma taille en susurrant :

— Aigre-doux.

— Exactement. Tout comme toi.

Après quoi, elle remonte tant bien que mal le bustier de sa robe sur sa poitrine sans se soucier qu'il soit totalement déchiré.

— Hmm, fait-elle. Tu essaies de me séduire.

— Est-ce que ça marche ? demandé-je en haussant un sourcil taquin.

— Non, affirme-t-elle avec un visage qu'elle s'efforce de garder impassible.

— C'est ça, essaie toujours de t'en persuader.

Elle prend une grande inspiration agacée, mais elle ne répond pas. Très bien. Elle apprend vite.

— Tu as fini ? demande-t-elle.

Évidemment, elle fait comme s'il ne s'agissait que de moi. Comme si c'était mon idée, mon choix.

Ce n'était pas le cas.

Mais si ça lui fait plaisir de le croire, alors soit.

Après un dernier baiser sur les joues, je lui chuchote à l'oreille :

— Bonne nuit, Charlotte. Dors bien.

Elle ferme les yeux un instant, puis relâche ma taille et s'éloigne dans le couloir avec sa robe déchirée comme si de rien n'était. Bien sûr, nous savons tous les deux qu'il n'en est rien.

Il s'est bel et bien passé quelque chose... son corps tout contre le mien.

***

Charlotte

Une fois dans ma chambre, je me déshabille tout de suite.

Une clé dégringole sur le sol.

Une clé que j'ai dissimulée entre mon corps et le tissu.

Une clé... que j'ai chapardée dans sa poche en profitant de son inattention.

Je ne peux m'empêcher de sourire en la ramassant sur le sol pour l'examiner. Cette séance torride et crue en valait la peine, car elle m'a permis de mettre la main sur ce trésor. J'ai beau avoir encore mal aux fesses, ce n'est rien en comparaison avec la jubilation qui m'étreint le cœur. Cette clé ouvre le tiroir secret de son bureau, celui dont il cherche si visiblement à me tenir à l'écart.

Il me cache quelque chose et je veux savoir quoi. Après tout, les époux ne devraient pas avoir de secrets l'un pour l'autre. Eh bien, en tant que femme, j'ai quelques recherches à effectuer, au nez et à la barbe de mon mari. À ce jeu-là, je n'ai pas dit mon dernier mot.

VINGT-CINQ

Charlotte

Sans le moindre coup d'œil à la caméra rivée au mur, je me couche entièrement nue et fais mine de m'endormir, la clé serrée fermement entre mes doigts. Ensuite, j'attends pendant des heures tout en surveillant attentivement le réveil.

À trois heures du matin, je me faufile enfin hors du lit et enfile un peignoir. Je quitte ma chambre et referme doucement la porte pour ne pas faire de bruit. Il semblerait que la maison soit vide, mais si je tente de m'échapper, il est à parier que des gardes m'attendront dehors.

Ce n'est pas mon intention pour cette nuit... Je me

contenterai d'une brève exploration et je sais exactement où aller. Sur la pointe des pieds, je me glisse au rez-de-chaussée jusqu'à son bureau. La porte est fermée à clé, mais je sors la mienne et l'insère dans la serrure en la tournant. Avec un léger déclic, la porte s'ouvre.

Mon cœur bat la chamade lorsque j'entre et referme derrière moi. Je me dirige tout droit vers son bureau. Il n'y a personne. Je suis sure qu'il est allé se coucher et que son passe-temps préféré consiste à me regarder devenir folle dans ma chambre. Il vient dans son bureau tous les jours pour faire je ne sais quoi, gagnant toujours plus d'argent et accumulant du pouvoir. Je suis convaincue que cette clé mène quelque part, ici même dans cette pièce.

Ma main effleure la surface du bureau, puis passe sous le rebord à la recherche d'un bouton. *Ça y est.* L'écran descend à nouveau, révélant la vidéo en direct. Sans surprise, aucune caméra ne surveille l'intérieur de sa chambre. Il n'espionne que les autres, mais lui, personne ne peut le regarder. Le fumier, avec ses doigts répugnants et intrusifs qui m'ont pénétrée là où je n'avais encore jamais été touchée. Ça s'est passé juste ici, contre ce bureau...

Le simple contact de ma peau avec le bois me donne l'impression de sentir ses doigts en moi, qui jouaient avec mon clitoris pendant qu'il m'embrassait avec passion. Sans trop savoir pourquoi, je me surprends à serrer les cuisses.

Non, je ne peux pas penser à ça. Pas maintenant ni jamais.

J'ouvre l'ordinateur portable sur le bureau et

l'allume. Il est protégé par un mot de passe, mais ça ne m'empêche pas d'essayer. Je fais diverses tentatives au hasard, selon ce qui me vient à l'esprit.

VanBuren.

Erreur.

CharlotteDavis.

Erreur.

Il ne me reste plus qu'un essai. Merde. Voyons, et si...

CharlotteVanBuren.

Bingo.

L'ordinateur s'allume et je ne peux retenir un sourire. Cet enfoiré a choisi *mon nom* comme mot de passe ? C'est flippant, mais ça ne m'étonne même pas. Après tout, il s'agit d'Easton Van Buren.

Je jette un œil aux dossiers de son ordinateur en essayant de trouver quelque chose sur moi à l'aide de la fonction de recherche, mais en vain. Il n'y a aucune information à mon sujet, à l'exception peut-être des vidéos. Je lance un fichier correspondant à l'heure d'hier soir.

Nos ébats ont bel et bien été immortalisés. On distingue même parfaitement mon sexe, tout comme le sien qu'il caresse avec ardeur. Mes joues s'empourprent et je déglutis en le voyant enfoncer ce plug entre mes fesses.

Je referme le dossier avant de me laisser émoustiller, pour constater qu'il en a des dizaines de ce genre. Que compte-t-il en faire ? S'en servir pour se masturber ? Pour me soumettre au chantage ?

Quoi qu'il en soit, je ne peux pas le permettre. Je m'empresse de faire glisser les fichiers d'hier soir dans la corbeille et les supprime définitivement de son ordinateur avec un petit sourire. Puis j'éteins la caméra du bureau pendant une heure pour qu'elle ne garde aucune trace de ma présence et j'en profite pour effacer les images qu'elle a déjà prises.

Ça lui apprendra à me chauffer.

Enfin, je ne dois pas oublier pourquoi je suis venue dans ce bureau hier, la raison pour laquelle je me retrouve dans cette situation. Je voulais lui voler sa clé. Il doit me cacher quelque chose, car il a su que mon père et mon frère organisaient cette fête au restaurant. Je dois absolument découvrir comment.

Je fouille dans tous les recoins de son ordinateur, sans succès. Il n'y a même pas d'informations sur son travail là-dedans. Tout est gardé par des mots de passe et j'ai beau essayer, je n'arrive à rien. C'est exaspérant. Curieusement, il n'a pas non plus accès à Internet, ce qui m'empêche d'envoyer des e-mails ou d'appeler à l'aide.

Je soupire tout haut, appuyée contre le bureau, regrettant que mes efforts n'aient servi à rien.

Soudain, mes doigts glissent sur le tiroir fermé à clé.

Et si...

Aussitôt, je me mets à genoux et tâtonne sur la serrure. Elle est identique à celle de la porte. Saisissant ma clé, je l'enfonce et la tourne. Lorsqu'un déclic se fait entendre, mon cœur remonte dans ma gorge. J'ouvre le tiroir et regarde autour de moi pour m'assurer que personne ne m'épie avant de jeter un coup d'œil à l'intérieur.

Au fond, il y a un carnet... à la couverture rose moelleuse...

C'est le mien.

J'écarquille les yeux et, le souffle court, je récupère l'agenda qui me servait aussi de carnet de notes. Je m'effondre au sol, le cahier rose et souple dans mes mains. En l'ouvrant pour lire mes propres notes manuscrites, je tremble de tous mes membres. Mon cœur s'emballe et mon estomac se noue lorsque je passe les pages en revue à la recherche d'une date... celle à laquelle l'entreprise de mon père serait cédée à mon frère.

Tout est consigné là-dedans. C'est comme ça qu'il était au courant pour la fête dans ce restaurant.

Dans *mon* carnet.

Un carnet que je ne lui ai *jamais* donné.

Pire encore, un carnet que je n'ai jamais sorti de mon petit appartement.

Mes doigts sont saisis de tremblements alors que je relis ces mots.

Easton l'avait dans son bureau pendant tout ce temps. Mon carnet... volé chez moi. Le même carnet qui a soudain disparu, il y a quelques mois, me faisant retourner en vain tout mon appartement.

Easton est entré par effraction chez moi et il m'a volé quelque chose sans que je le sache. Sans ma permission.

Des frissons dévalent ma colonne vertébrale quand

je l'imagine pénétrer dans mon appartement en mon absence... ou pire, peut-être, en ma présence.

Il y a bien eu cette nuit-là, quand je me suis réveillée avec les résidus d'un rêve, la sensation qu'on me touchait le visage et les cheveux, un courant d'air s'engouffrant dans ma chambre. Si ce n'était pas un rêve, en fin de compte ? Et si c'était... *lui* ?

S'il était là depuis le début, à me regarder... à me traquer ?

Je suis toujours affaissée sur le sol, le carnet toujours à la main, mon corps entier engourdi et glacé jusqu'aux os.

Pas étonnant qu'il en sache autant sur moi, sur ce que j'aime, sur mon style, mes préférences et mes aversions. Tout y est. Ce putain de carnet lui a offert ma vie sur un plateau. Et lui, il s'en est servi contre moi.

Les larmes me montent aux yeux. J'aimerais réduire ce machin-là en pièces, le déchirer et le jeter par la fenêtre. Mais je risquerais de me trahir.

Il saurait que je suis venue dans son bureau et que j'ai fouillé dans ses affaires. Il saurait que je lui ai volé une clé qui lui appartient.

Et il me punirait très certainement.

D'ailleurs, il pourrait bien m'enfermer dans ma chambre pour le reste de ma vie.

Je n'ai pas le choix. Je dois absolument remettre ce carnet là où je l'ai trouvé.

Les doigts sur le tiroir, je regarde fixement le bois comme s'il s'agissait d'un cercueil où je m'apprête à déposer un ami très cher. Si Easton le conserve, il pourra utiliser contre moi mes propres pensées et aspirations.

En serai-je seulement capable ? Pourrai-je vivre en sachant cela ?

Soudain, un cliquetis m'alerte et je ferme le tiroir avant de me cacher.

Quelqu'un passe devant le bureau, projetant une lumière depuis le couloir. Heureusement, les pas ne s'arrêtent pas, s'éloignant dans les marches.

Mais je n'arrive pas à me calmer les nerfs. Et si on revenait ? Je dois absolument quitter ce bureau avant d'être prise en flagrant délit. Je referme l'ordinateur, verrouille tout à nouveau et sors de la pièce, la laissant exactement comme elle était.

À l'exception du carnet de notes.

Parce que ce carnet m'appartient. À moi, pas à lui.

Et personne d'autre que moi ne pourra le cacher.

VINGT-SIX

EASTON

Ce matin, comme toujours, je l'attends à la table du petit-déjeuner. J'aime que mes journées commencent par un bon café, un journal et une discussion agréable. Ça me remonte le moral, surtout quand c'est avec elle. Pour une raison quelconque, je ne me lasse pas de sa langue bien pendue, même si elle s'en sert pour me lancer toutes sortes d'invectives. Cela ne me dérange pas. Pour tout dire, j'adore sa persévérance.

Dommage qu'elle refuse de me parler ce matin. Depuis son arrivée, elle est blanche comme un linge et je ne peux m'empêcher de me demander si c'est à cause de ce que nous avons fait dans mon bureau, de toute la débauche que je lui ai infligée.

Refuse-t-elle toujours d'admettre son propre désir ? Je jurerais avoir perçu un soupçon de regret chez elle, hier soir, à la fin de notre échange érotique. Elle résiste toujours à son attirance, mais c'est inutile. Elle m'appartient et rien ne changera jamais cela, alors pourquoi ne pas céder ?

C'est ce que nous voulons tous les deux. Même si je dois avouer que j'aime voir la fille de mon ennemi ramper à mes pieds. Ça me fait plaisir qu'il ait sacrifié sa chair et son sang pour maintenir son entreprise à flot. Apparemment, l'argent valait bien ce sacrifice.

Je suis impatient de l'anéantir en lui montrant les vidéos que j'ai enregistrées et toutes ses petites initiatives coquines qu'elle prend pour m'exciter. Putain, j'ai hâte de voir l'horreur sur son visage et la défaite qui s'ensuivra naturellement.

La vie de cet homme n'a aucune importance à mes yeux et j'espère que cet enfoiré mourra dans la pauvreté et la solitude.

Mais d'abord, elle doit tomber amoureuse de moi.

Je n'ai aucun intérêt à l'exhiber tant qu'elle ne m'appartiendra pas de son plein gré. C'est son choix qui doit causer la chute de son père, pas le mien.

Je tambourine des doigts sur la table tout en mordant dans mon roulé à la cannelle. Elle n'y touche même pas, pas plus qu'aux autres plats devant elle. Je me demande pourquoi. L'ai-je perturbée à ce point ? Est-ce que quelque chose ne va pas ?

— Tu n'as pas faim ? demandé-je en posant ma

viennoiserie.

Elle suit des yeux le roulé à la cannelle comme si elle mourait d'envie d'en prendre une bouchée. Pourquoi s'en prive-t-elle ? Je sais qu'elle adore ça.

Elle secoue la tête et détourne les yeux.

— Pas depuis hier.

— C'est ça, dis-je avec un ricanement. Je ne suis pas dupe. Tu as aimé ce que j'ai fait, et tu le sais très bien.

— Je ne veux pas en parler, répond-elle en prenant sa tasse pour boire une gorgée de café.

Je la dévisage intensément.

— Tu ne veux pas l'avouer, ce n'est pas grave. On finira bien par y arriver.

— Je ne pense pas. Plutôt mourir.

Je ris tout en découpant mon œuf au plat sur une tranche de pain grillé.

— Je dois commencer à organiser les funérailles, alors ? Parce que ça ne va plus tarder.

Elle me jette un regard noir et prend un œuf dur qu'elle mange tout entier.

— Comme tu voudras. De toute façon, je suis déjà morte ici.

— Franchement, tu exagères un peu, dis-je avec une nouvelle bouchée. Tu es couverte de cadeaux, de bons petits plats, de confort et de luxe. Que demander de plus ?

— Ma liberté, rétorque-t-elle en croisant les bras.

Oh non, pas encore. Nous sommes tous les deux sur les nerfs, mais pour des raisons radicalement différentes.

Ce matin, je ne retrouve pas ma clé et ça me tracasse. Je suis persuadé que je l'avais encore dans ma poche hier soir. J'ai dû la mettre quelque part, mais où ?

Je ne peux pas lui montrer que je doute, sinon elle me soutirerait la vérité. Et ensuite, ce sera à qui la retrouvera en premier. Je préfère éviter, alors je garde la tête froide en dépit des tensions.

Si je n'ai toujours pas retrouvé ma clé à midi, j'appellerai le serrurier pour qu'il me remette le double qu'il conserve dans un coffre-fort. Et tant pis si je dois interrompre une affaire importante pour la récupérer. J'ai absolument besoin de cette putain de clé.

— On en a déjà parlé, dis-je en mâchant. Ta liberté se limite à ces murs, sauf si j'autorise le contraire.

— Mais tu m'as emmenée au restaurant.

J'arque un sourcil.

— Et alors ?

Que veut-elle dire ? Je sais qu'elle a détesté notre sortie, qui n'avait pour but que d'intimider son père. Je me demande pourquoi elle remet cette conversation sur le tapis. Je croyais qu'elle était déjà passée à autre chose.

— Tu pourrais me sortir encore, un de ces jours, dit-elle.

Oh... alors, maintenant, elle a l'intention d'utiliser notre sortie contre moi. C'est malin.

Je souris. Je le ferai peut-être un jour, mais selon mes conditions.

— Pourquoi pas ? murmuré-je. Mais j'ai beaucoup

de travail à faire aujourd'hui.

— Et demain ?

— Demain, je suis occupé aussi, malheureusement. Comme tout le reste de la semaine.

À ces mots, elle rougit, et malgré moi, j'éprouve un pincement au cœur. La première fois qu'elle m'a dit qu'elle voulait sortir, je rêvais seulement de l'attacher à son lit. Je n'ai jamais tenu à ce qu'elle touche la liberté du doigt.

— Tu inventes ton planning rien que pour me garder enfermée, siffle-t-elle. Je ne peux pas rester ici en permanence, Easton. J'étouffe, tu ne le vois pas ?

— Hmm... grommelé-je.

Si ça ne tenait qu'à moi, je l'enfermerais dans une cage et je jetterais la clé. Mais quand je regarde ses beaux yeux mélancoliques, je me sens fondre de l'intérieur. Je ne peux plus ignorer ses désirs et je ne peux pas me résoudre à l'idée de lui imposer mes propres objectifs en sacrifiant totalement les siens. Après tout, si je ne la nourris pas, son cœur va se flétrir et mourir.

— Comment peux-tu espérer que je t'aime si tu ne me donnes rien à aimer ? murmure-t-elle.

La douleur dans ses yeux en cet instant me blesse jusqu'à l'âme.

Elle a raison. Si je la désire entièrement et complètement, je lui dois un Ave Maria.

Après une profonde inspiration, je réponds :

— D'accord. Comme tu t'es bien comportée, ces derniers jours, je te laisse sortir pour la journée.

Une joie pure étincelle dans ses yeux.

— Si... ajouté-je en brandissant mon couteau. Si tu laisses Jill t'accompagner.

Le sourire sur son visage se dissipe.

— C'est à prendre ou à laisser, précisé-je avant de terminer mon assiette.

— Très bien, s'empresse-t-elle de dire, de peur que je revienne sur ma décision si elle n'obtempère pas.

C'est une astuce que j'applique toujours. Ça marche en affaires... tout comme avec les femmes.

Je m'éclaircis la voix.

— Jill va t'emmener faire un peu de shopping. Elle m'a dit que ta garde-robe était vide.

— Non, répond-elle en fronçant les sourcils. Je veux décider où aller.

Je penche la tête et m'humecte les lèvres pendant une seconde.

— Charlotte, dis-je d'un ton sévère, ne me pousse pas à bout.

Avec une moue boudeuse, elle s'adosse dans sa chaise.

— Ne perds pas ce temps précieux à tergiverser. Je suis peut-être gentil, mais je n'ai aucune patience, grogné-je.

— D'accord, reprend-elle. Je veux juste sortir d'ici.

— Pour t'échapper, précisé-je en souriant, lui faisant détourner le regard. Je l'autorise. Rien qu'aujourd'hui.

Comme elle ne répond pas, je continue à manger mon petit-déjeuner et elle finit par s'y mettre.

Je me demande ce qui lui prend. Elle paraissait sous mon charme hier, me suppliant presque de l'embrasser, et maintenant, elle est froide comme la glace. Une vraie sorcière. Son humeur varie constamment. C'est une femme difficile, et si nos enfants lui ressemblent, je vais devoir engager une dizaine de nounous.

Très franchement, j'ai hâte. Plus je passe du temps avec cette femme, plus je me rends compte... que j'ai épousé la fille idéale pour moi.

***

Charlotte

Comme je m'y attendais, Easton a fait avancer la voiture jusqu'à la porte d'entrée. Son chauffeur nous déposera juste devant le magasin, Jill et moi. Je suis sûr qu'il l'a fait exprès pour s'assurer que je ne m'enfuirai pas. Jill n'est pas seulement là pour m'emmener faire du shopping, elle est censée garder un œil sur moi.

Ça ne fait rien. Je pensais bien qu'il ne me laisserait pas sortir du domaine toute seule.

Mais je ne m'attendais pas à ce qu'il demande à Jill de jouer les garde-chiourmes.

C'est une femme charmante, très loin de l'archétype

de la gardienne de prison. Et pourtant, elle se plie aux désirs d'Easton et sifflote pendant le trajet en voiture sur le chemin du magasin. Cette mélodie sinistre me donne la chair de poule.

— Vous n'êtes pas très bavarde aujourd'hui, lance soudain Jill.

Je tourne la tête vers elle en répondant :

— Je devrais ?

— C'est enfin une sortie, dit-elle avec un sourire enjoué. Juste vous et moi !

Je ne sais pas pourquoi elle est si joviale, mais c'est presque effrayant, d'autant plus qu'elle sait très bien que tout ceci n'est qu'une farce. Je suis toujours prisonnière du manoir d'Easton. Cette « sortie » n'en est pas vraiment une... Là-bas comme ailleurs, je serai toujours sous surveillance. Je me sens comme un enfant avec une mère surprotectrice. Cela dit, Jill ne sait rien à mon sujet, ce qui pourrait jouer en ma faveur.

Devant le magasin, elle m'aide à sortir de la voiture, exactement comme Easton. C'est sûrement lui qui le lui a recommandé, car elle adopte les mêmes gestes, me prenant le bras comme pour m'empêcher de fuir.

Le magasin dans lequel nous entrons s'appelle *Luuks*, une boutique haut de gamme. Les vêtements sur les portants sont classés par couleurs et toutes les tenues sont minimalistes. Pendant que Jill les examine avec frénésie, je ne pense qu'au carnet coincé entre mon haut et mon soutien-gorge.

Je ne pouvais pas le laisser à la maison. Les femmes de ménage l'auraient certainement trouvé, quelle que soit sa cachette. Le mieux était encore de l'emporter sur moi.

J'espère que Jill n'essaiera pas de me suivre dans la cabine d'essayage.

Et qu'Easton n'ouvrira pas le tiroir de son bureau aujourd'hui.

Une main s'abat soudain sur mon épaule et je sursaute.

— Oh, je ne voulais pas vous faire peur, me dit Jill.

— Non, ce n'est rien. J'étais perdue dans mes pensées, c'est tout.

Je ris tout bas comme si de rien n'était.

— Regardez ce que j'ai trouvé.

Elle me montre un tas de robes, de jupes et de hauts, du genre qui plairait à Easton.

— J'ai même trouvé une belle épingle à cheveux assortie. Regardez comme elle est jolie !

— Oui... dis-je sans trop savoir quelle réaction elle attend de moi.

— Allez, essayez-les, fait-elle en me poussant vers la cabine d'essayage, récupérant au passage une paire de chaussures à talons.

Elle me tend le tout en disant :

— Si vous avez besoin d'aide, appelez-moi, d'accord ?

Sur ce, elle ferme le rideau.

Enfin, je peux respirer à nouveau. Assise sur le

tabouret, je me regarde dans le miroir élégant tout en me demandant ce que je fais ici.

Je suis dans un magasin. Un vrai magasin. Dans une ville bien réelle.

Pas dans son manoir ni sur son domaine, mais dans le monde extérieur.

La liberté est à portée de main. Je devrais essayer de m'en saisir, non ?

Mais comment ? Comment sortir d'ici sans me faire remarquer par Jill ni suivre par les gardes du corps ?

Et mon père... Easton le tuera si je disparais. Il y a peut-être un moyen de l'empêcher. Si je parviens à le rejoindre, je pourrai le prévenir, lui dire de se cacher. Ça pourrait marcher. Mais comment me débarrasser de Jill ?

Et serai-je capable de me débrouiller, là dehors, sans avoir de contacts et sans parler la langue ?

Je frissonne à cette perspective, mais je souris dans le miroir. Je devrais peut-être enfiler cette robe, ça me changera les idées pendant une seconde. Être la captive d'Easton, tout compte fait, ce n'est peut-être pas si terrible.

***

EASTON

Avec ma nouvelle clé en main, je me rends immédiatement dans mon bureau. Ça fait trop longtemps que je n'ai pas regardé les caméras. Je reconnais que je suis accro depuis qu'elle a posé le pied dans mon manoir. Je n'ai qu'une envie, la regarder. C'est mal, je crois...

Mais au diable la raison ! Pendant son absence, je pourrai regarder de vieilles séquences et m'amuser un peu. Ça m'aidera à oublier qu'elle n'est pas là aujourd'hui. On peut vite se sentir très seul dans cet immense manoir.

Les yeux plissés, je regarde attentivement autour de moi, mais rien ne manque, tout est à sa place, exactement comme je l'ai laissé la dernière fois... quand elle était ici avec moi.

Son parfum flotte toujours dans l'air et je le renifle comme une drogue.

Délicieux.

Je me rends derrière mon bureau et ouvre mon ordinateur pour visionner les vidéos. À l'aide de ma clé, j'ouvre mon tiroir pour chercher le lubrifiant que je garde à côté de son carnet... qui n'est plus là.

J'ouvre grand les yeux en reculant, abasourdi.

Non, je n'ai pas la berlue... le carnet a bel et bien disparu.

Mais enfin, qu'est-ce qui se passe ?

Qui a fait ça ? Qui m'a pris ce carnet ?

Soudain, la vérité me frappe. La clé disparue, sa colère inexplicable de ce matin... et son jeu de séduction hier soir... Tout cela n'était qu'une mise en scène.

Elle a volé ma clé pour pouvoir entrer dans mon bureau et mettre la main sur son carnet.

Putain. Putain de merde !

Une rage sourde ravive le feu en moi. Avec un rugissement de colère, je m'empare du téléphone.

Je dois passer un coup de fil, et vite !

VINGT-SEPT

Charlotte

Je me déshabille pour enfiler la longue robe blanche aux épaules asymétriques. Elle me va bien et dissimule mes genoux que je trouve particulièrement disgracieux. J'attache mes cheveux, y enfonçant l'épingle choisie par Jill. Les escarpins viennent parfaire ma tenue. C'est magnifique... mais je ne ressens rien à l'exception d'une culpabilité profonde qui me noue le ventre et me crispe le visage.

— Oui ? fait une voix.

Je lève les yeux en retenant mon souffle. C'est Jill.

— Easton ? Pourquoi m'appelez-vous ? Il y a un problème ?

Merde.

— Oh non, quelle horreur, poursuit-elle. Un carnet de notes ? Non, je ne l'ai pas vu.

Merde, merde, merde !

Comment sait-il que le carnet a disparu ? J'ai toujours sa clé dans ma culotte. Il n'a pas pu regarder dans son tiroir, sauf s'il possède un double.

L'esprit en ébullition, je tremble de tous mes membres.

Et maintenant, qu'est-ce que je fais ? Easton sait que j'ai volé le carnet et il ne prendra pas cet écart de conduite à la légère. Je ne peux pas retourner au manoir. Jill est au courant, à présent. Elle va forcément resserrer sa surveillance.

Pour l'instant, je suis toujours dissimulée à sa vue. Je dois en profiter pour m'enfuir.

— *Hallo ? Heb je hulp nodig ?*

C'est une voix que je ne reconnais pas et une langue que je ne parle pas. Je soulève légèrement le rideau. C'est la vendeuse. Elle me sourit comme si elle essayait de m'aider à faire mon choix et je crois que Jill ne l'a pas vue. Je pourrais l'utiliser à mon avantage.

— Vous parlez anglais ? demandé-je aussitôt.

— Oh, oui, bien sûr, répond-elle en se raclant la gorge. Vous avez besoin d'aide ?

— J'adore ces habits, dis-je pour la flatter un peu. Est-ce que... est-ce que vous avez des toilettes ? ajouté-je avec un sourire avenant.

Elle fronce les sourcils et ouvre la bouche, mais elle se mord les lèvres en réfléchissant.

— Je suis désolée, les toilettes sont réservées exclusivement au personnel...

— En fait, je suis enceinte et j'en ai terriblement envie chaque fois que je quitte la maison, même si ce n'est que pour une petite virée shopping. J'aurais peut-être dû rester chez moi.

J'improvise, mais on dirait que ça marche, car ses yeux s'enflamment dès que j'évoque mon regret d'être venue.

— Oh, toutes mes félicitations ! Attendez, nous pouvons sûrement faire une exception pour vous, me dit-elle avec un clin d'œil.

Comme par hasard, elle a changé d'avis. Personne n'aime perdre une cliente, surtout pleine aux as – ce dont elle doit bien avoir conscience, à en juger par son regard sur ma bague en diamant.

— Ce serait très gentil. Merci, dis-je en repoussant un peu plus le rideau.

— C'est au fond du magasin.

Avant de la suivre, je vérifie si Jill est dans les parages, mais elle est toujours concentrée sur les rayons de vêtements, à comparer deux tailles différentes de la même robe.

J'emboîte le pas à la vendeuse, qui marche en oscillant du fessier. Mais le temps qu'elle met à franchir la porte de derrière me permet d'apercevoir un détail important. Une clé, qui pend hors de sa poche. Une clé qui pourrait bien ouvrir la porte de secours juste en face de nous.

Elle tourne rapidement les talons une fois devant la porte des toilettes.

— Et voilà.

Elle me tient la porte ouverte comme si elle attendait que j'entre pour la verrouiller derrière moi, mais je sais qu'il est impossible de les fermer à double tour de l'extérieur. Je suis juste un peu parano.

À tel point que je me heurte contre elle en rentrant.

— Désolée ! marmonné-je lorsqu'elle m'aide à garder l'équilibre. La grossesse m'a rendue toute bizarre.

Je ris et elle aussi. Puis je rentre, refermant la porte derrière moi.

Mais je ne me sers pas des toilettes.

Je reste assise dans l'obscurité totale... les yeux baissés sur la clé dans ma main.

Elle n'a même pas remarqué que je l'ai récupérée en la cognant, car elle était trop occupée à essayer de m'empêcher de tomber. Je n'en reviens pas que cette astuce ait fonctionné.

Mon cœur bat la chamade et des gouttes de sueur perlent dans mon dos. J'attends encore quelques secondes. Bientôt, je n'entends rien d'autre que ma propre respiration. Je déverrouille alors la porte et me faufile à l'extérieur. La voix de Jill me parvient depuis l'avant du magasin.

— Charlotte ? Où est la fille aux cheveux roses ?

Euh... *War iz Charlotte ? Rosé har ?*

Elle essaie de parler néerlandais, mais elle échoue lamentablement. Elle a l'air de plus en plus agitée. Je n'ai pas de temps à perdre. Sans y réfléchir à deux fois, je tourne dans l'autre sens en direction de la sortie de secours sur laquelle « Exit » est indiqué en vert, et enfin, je prends la clé des champs.

En surgissant dans la lumière du soleil, je cligne plusieurs fois des paupières pour laisser à mes yeux le temps de s'accoutumer à la luminosité. Je prends une ou deux inspirations, savourant l'odeur de la liberté...

C'est alors que je me retrouve face à face avec l'un des gardes d'Easton.

Merde.

Il devait surveiller toutes les issues pour le cas où j'essaierais de m'échapper.

Je n'ai pas le temps de cligner des yeux qu'il me saisit à bras-le-corps.

Je pousse un cri, mais il plaque une main sur ma bouche. Quand je lui écrase le pied, son emprise sur mon corps se relâche une seconde et je pivote pour détaler. Il me rattrape en trois enjambées et me saute dessus. Nous roulons au sol. Je m'acharne contre lui, griffant son visage et ses joues avec l'énergie du désespoir.

Il me retourne violemment et m'attrape entre ses bras robustes, me jetant par-dessus son épaule. Mon cœur s'emballe et mon esprit vacille.

Non. Je ne peux pas y retourner. Je ne veux jamais y

retourner !

Dans une dernière tentative, je détache mon épingle à cheveux... et la lui plante à plusieurs reprises dans les côtes.

Le garde du corps s'effondre, à genoux, et je trébuche sur son corps.

Me relevant péniblement, je le regarde par-dessus mon épaule. Mes pieds sont prêts à repartir, mais je ne peux tout de même pas le laisser dans cet état.

Il saigne et gémit de douleur. La culpabilité se propage dans mes veines, mais je ne peux pas m'occuper de lui. Je n'aurai pas d'autre occasion de m'échapper, je dois saisir cet instant et y aller... *tout de suite !*

— Je suis désolée, marmonné-je avant de faire volte-face pour m'enfuir.

— Charlotte, non !

Une voix aiguë me fait tourner la tête.

C'est Jill, les yeux écarquillés et la bouche grande ouverte. Nos regards se croisent, elle agrippée au chambranle de la porte et moi dehors dans la ruelle. Le silence semble s'éterniser. Ses yeux reflètent la douleur de la trahison, le regret de ne pas m'avoir arrêtée et toutes les conséquences qu'elle devra assumer après mon évasion.

Je suis désolée de lui mettre tout ça sur le dos, car je sais qu'Easton sera intraitable avec elle quand il le découvrira, mais je ne peux pas m'arrêter maintenant que je suis allée aussi loin.

J'aimerais pouvoir lui dire au revoir, lui jurer que je ne la déteste pas, que je ne lui en veux pas pour ce qu'il m'est arrivé, et que j'aimerais qu'elle fasse un meilleur choix la prochaine fois.

Après tout, Easton ne changera jamais. Il restera toujours ce maniaque du contrôle assoiffé de pouvoir.

Mais une chose est certaine... moi, il ne m'aura pas.

Alors, avec un dernier sourire dans sa direction, je laisse tomber son bipeur par terre et je prends mes jambes à mon cou.

MERCI POUR LA LECTURE!

Assurez-vous également de ramasser Une Dette À Effacer ! Maintenant disponible sur Amazon

Avez-vous apprécié ce livre ? Vous pouvez vraiment aider en laissant un avis sur Amazon et Goodreads. Merci!

Liens auteurs :
Site web : www.clarissawild.com
Facebook : www.facebook.com/ClarissaWildAuthor
le Fan Club :
www.facebook.com/groups/FanClubClarissaWild

Envie de rester informés de mes futures parutions ?
Inscrire à ma anglaise newsletter :
https://www.clarissawild.com/newsletter

A PROPOS DE CLARISSA WILD

Clarissa Wild est une auteure de romances dark et contemporaines figurant au classement de best-sellers du New York Times et de USA Today. En tant que lectrice et auteure, elle adore les histoires qui vous emportent et les personnages au caractère bien trempé, les hommes dangereux et les femmes fougueuses. Elle aime son mari hilarant, son fils adorable, et ses deux chiens tout fous mais non moins mignons. Pendant son temps libre, elle aime regarder toutes sortes de films, jouer aux jeux vidéo, lire des tas de livres et cuisiner ses plats préférés.

Printed in France by Amazon
Brétigny-sur-Orge, FR